춘원 이광수 전집 9

삼봉이네 집

장문석 | 서울대학교 국어국문학과를 졸업하고 동 대학원에서 「최인훈 문학과 '아시아'라는 사상」으로 박사학위를 받았다. 현재 경희대학교 문과대학 국어국문학과 교수로 재직 중이다. 대표 논문으로 「수이성(水生)의 청포도 ─ 동아시아의 근대와 「고향」의 별자리」, 「두보나 연암같이 ─ 김윤식의 고전비평」 등이 있다.

춘원 이광수 전집 **9**

삼봉이네 집

초판 1쇄 발행 2023년 6월 9일

지은이 | 이광수
감수 | 장문석

펴낸곳 | (주)태학사
등록 | 제406-2020-000008호
주소 | 경기도 파주시 광인사길 217
전화 | 031-955-7580
전송 | 031-955-0910
전자우편 | thspub@daum.net
홈페이지 | www.thaehaksa.com

편집 | 조윤형 여미숙 김선정
디자인 | 이영아
마케팅 | 김일신
경영지원 | 김영지
인쇄·제책 | 영신사

ⓒ 이정화, 2023. Printed in Korea.

값 18,000원

ISBN 979-11-6810-183-8 03810

이 전집은 춘원 이광수 선생 유족들의 협의를 거쳐 막내딸인 이정화 여사의 주관으로 발간되었습니다.

책임편집 | 조윤형
북디자인 | 이윤경

춘 원 **이 광 수** 전 집 **9**

삼봉이네 집

—

장편
소설

장문석 감수

태학사

이광수(李光洙, 1892~1950)

일러두기

1. 이 책은 『동아일보』(1930. 11. 29. ~ 1931. 4. 24.) 연재본을 저본으로 삼았다.
2. 이 책은 2017년 3월 28일 한국 어문 규정에 따라 현대역을 진행하였다. 작가의 의도를 고려할 필요가 있거나 사투리, 옛말, 구어체 중에서도 의미나 어감이 통하는 표현은 가급적 살리고자 하였다.
3. 한글만 쓰기를 원칙으로 하였다. 단, 낱말의 뜻을 파악하기 어려운 경우나 지금 사용하지 않는 한자어의 경우 혹은 경전, 시가, 한시, 노래 등의 원문을 그대로 인용한 경우 한글을 먼저 쓰고, 한자를 병기하였다.
4. 대화를 표시하는 『 』혹은 「 」은 모두 " "로, 등장인물의 생각이나 강조하는 뜻을 표시하는 경우에는 ' '로 바꾸었다. 대화나 생각 중에 다른 사람의 말이나 생각이 인용되어 있는 경우 ' '로 표기한다. 말줄임표는 모두 '……'로 통일하였다.
5. 작품에 나오는 저술, 영화, 희곡, 소설작품 등은 각각의 분량을 기준으로 「 」와 『 』를 사용하여 표시하였다.
6. 읽는 이들의 편의와 문맥의 흐름을 돕기 위하여 원문의 의미를 훼손하지 않는 선에서 적절하게 문장부호를 추가하거나 삭제 및 단락구분을 진행하였다.
7. 숫자표기는 가급적 한글로 하되 연도 표기 등 문맥을 고려하여 필요하다고 판단되는 경우 아라비아 숫자료 표기하였다.
   예) 열아홉 살, 사십구 척, 1934년
8. 외래어나 외국어 원문을 특별히 밝혀야 할 필요가 있는 경우, 그 뜻을 병기하였다.
9. 외래어 표기법을 따르되 현행상 그 쓰임이 굳어진 것은 관례인 표현을 따랐다.
10. 명백한 오탈자라거나 낱말의 순서 바꿈 등의 오류는 바로잡았다. 선정한 저본 안에서 해결할 수 없는 경우 다른 판본을 참조하여 수정하였다.
11. 이상의 편집 원칙에 따르되, 감수자가 개별 텍스트의 특성을 고려하여 유연하게, 탄력적으로 이 원칙들을 적용하였다.

춘원연구학회가 춘원(春園) 이광수(李光洙) 연구를 중심축으로 하여 순수 학술단체를 지향하면서 발족을 본 것은 2006년 6월의 일이다. 이제 춘원연구학회가 창립된 지도 17년이 되었다. 그동안 우리 학회는 2007년 창립기념 학술발표대회 이후 학술발표대회를 25회까지, 연구논문집 『춘원연구학보(春園研究學報)』를 25집까지, 소식지 『춘원연구학회 뉴스레터』를 13호까지 발간하였다.

한국 현대문학사에 끼친 춘원의 크고 뚜렷한 발자취에 비추어보면 그동안 우리 학회의 활동은 미약하였다. 그러나 여러 가지 어려운 여건 속에서도 학회를 창립하고 3기까지 회장을 맡아준 김용직 선생님과 4~5기 회장을 맡아준 윤홍로 선생님, 그리고 학계의 원로들과 동호인들의 각고의 노력으로 우리 학회의 내일이 한 시대의 문학과 문화사에 깊고 크게 양각될 것으로 기대된다.

일제강점기에 춘원은 조선인들에게 민족의식을 일깨워주고 문학적 쾌락을 제공하였다. 춘원이 발표한 글 중에는 일제의 검열로 연재가 중단되거나 발간이 금지된 것도 있다. 춘원이 일제의 탄압에도 끊임없이 소설을 쓴 이유는 「여(余)의 작가적 태도」에 잘 나타나 있다. 이 글은 검열을 의식하면서 쓴 글임에도 비교적 자세히 춘원의 입장을 밝히고 있다. 춘원은 "읽을 것을 가지지 못한" 조선인, 그중에도 "나와 같이 젊은 조선의 아들딸을 염두에" 두고 "조선인에게 읽혀지어 이익을 주려" 하는 것이라 하면서, 자신이 소설을 쓰는 근본 동기가 "민족의식, 민족애의 고조, 민족운동의 기록, 검열관이 허(許)하는 한도의 민족운동의 찬미"라고 밝히고 있다. 춘원의 소설은 많은 젊은이에게 청운의 꿈을 키워주기도 하고 민족적 울분을 삭여주기도 했다.

뿐만 아니라 춘원은 『신한자유종(新韓自由鐘)』의 발간, 2·8독립선언서 작성, 대한민국 임시정부 수립, 임시정부의 『독립신문』 사장, 수양동맹회(修養同盟會)와 수양동우회(修養同友會), 그리고 동우회(同友會) 활동 등 독립운동과 민족운동에 참여한 바 있다.

일제는 1937년 7월, 중일전쟁 직전인 1937년 6월부터 1938년 3월까지 수양동우회와 관련이 있는 지식인 180명을 구속하고 전향을 강요하였으며, 1938년 도산(島山) 안창호(安昌浩)의 사후 춘원은 전향하고 '가야마 미쓰로(香山光郎)'로 창씨개명을 하게 된다.

당시의 정황은 우리가 생각하는 것처럼 단순하지 않다. 조선의 히틀러라 불리는 미나미 지로(南次郎) 총독이 전시체제를 가동하여 지식인들의 살생부를 만들고 그들의 생명을 위협하던 시기였다. 나라를 잃고 민족만 남아 있는 일제강점기에 우리 선조들은 온갖 고난을 감수해야만 했다. 일제에 저항하여 독립운동을 하고 옥사한 사람들도 있지만, 생존을 위해 일제에 협력하고 창씨개명을 한 이들도 적지 않았다.

해방 후 춘원은 자신의 과오를 반성하지 않고, 자신은 민족을 위해 친

일을 했고, 민족을 위해 자기희생을 했노라고 했다. 이러한 주장은 많은 사람들로부터 질타를 받았다. 그럼에도 춘원을 배제하고 한국 현대문학과 현대문화를 논할 수 없으며, 그가 남긴 문학적 유산들을 친일이라는 이름으로 폄하하는 것은 온당해 보이지 않는다. 문학 연구에 정치적인 논리나 진영 논리가 개입하면 객관적인 연구가 진척될 수 없다. 공과 과를 분명히 가리고 논의 자체를 논리적이고 이지적으로 전개해야 재론의 여지가 생기지 않는다.

삼중당본『이광수전집』(1962)과 우신사본『이광수전집』(1979)은 편집자의 의도에 따라 많은 작품이 누락되어 춘원의 공과 과를 가리기에 어려움이 있다. 또한 현대어와 거리가 먼 언어를 세로쓰기로 조판한 기존의 전집은 현대인들이 읽기에 어려움이 있다.

따라서 춘원이 남긴 모든 저작물들을 포함시킨 새로운 전집을 발간할 필요성이 제기되었다. 춘원연구학회에서는 춘원의 공과 과를 객관적으로 평가하는 장을 마련하기 위해 춘원학회가 아닌 춘원연구학회라 칭하고 창립대회부터 지금까지 공론의 장을 마련해왔으며, 새로운 '춘원 이광수 전집' 발간을 준비해왔다.

전집 발간 준비가 막바지에 달한 2015년 9월 서울 YMCA 다방에 김용직, 윤홍로, 김원모, 신용철, 최종고, 이정화, 배화승, 신문순, 송현호 등이 모여, 모 출판사 사장과 전집을 원문으로 낼 것인가 현대어로 낼 것인가, 그리고 출판 경비는 어느 정도로 할 것인가를 가지고 논의했으나 합의점을 찾지 못했다. 2016년 9월 춘원연구학회 6기 회장단이 출범하면서 전집발간위원회와 전집발간실무위원회를 구성하였다. 전집발간위원회는 송현호(위원장), 김원모, 신용철, 김영민, 이동하, 방민호, 배화승, 김병선, 하타노 등으로, 전집발간실무위원회는 방민호(위원장), 이경재, 김형규, 최주한, 박진숙, 정주아, 김주현, 김종욱, 공임순 등으로 구성하였다.

전집발간위원들과 전집발간실무위원들은 연석회의를 열어 구체적인 방안들을 논의하고, 또 전집발간실무위원들은 각 작품의 감수자들과 연석회의를 하여 세부적인 사항들을 논의한 끝에, 2017년 6월 인사동 '선천'에서 춘원연구학회장 겸 전집발간위원장 송현호, 태학사 사장 지현구, 유족 대표 배화승, 신문순 등이 만나 '춘원 이광수 전집' 발간 계약을 체결하였다. 춘원이 남긴 작품이 방대한 관계로 장편소설과 중·단편소설을 먼저 발간하고 그 밖의 장르를 순차적으로 발간하기로 하였다. 또한 일본어로 발표된 소설도 포함시키되 이 경우에는 번역문을 함께 수록하기로 하였다.

전집발간위원회에서 젊은 학자들로 감수자를 선정하여 실명으로 해당 작품을 감수하게 하며, 감수자가 원전(신문 연재본, 초간본, 삼중당본, 우신사본 등)을 확정하여 통보해주면 출판사에서 입력하여 감수자에게 전송해주고, 감수자는 판본 대조, 현대어 전환을 하고 작품 해설까지 책임지기로 하였다.

'춘원 이광수 전집' 발간은 현대어 입력 작업이나 경비 조달 측면에서 간단한 일이 아니어서 오랜 시일이 소요되었다. 전집 발간에 힘을 보태주신 김용직 명예회장은 영면하셨고, 윤홍로 명예회장은 요양 중이시다. 두 분 명예회장님을 비롯하여 전집발간위원회 위원, 전집발간실무위원회 위원, 감수자, 유족 대표, 그리고 태학사 지현구 사장님께 감사드린다. 아울러 실무를 맡아 협조해준 전집발간실무위원회 김민수 간사와 춘원연구학회의 신문순 간사, 그리고 태학사 관계자에게도 고마운 마음을 전한다.

2023년 5월

춘원이광수전집발간위원회 위원장 송현호

차례

떠나는 길

인제 겨우 양달쪽 진퍼리에 버들가지가 보얀 털을 돋칠락 말락 한 때에 삼봉(三峯)이네 집은 십여 대 살던 고향을 떠나야만 하게 되었다.

십여 대를 살던 고향이라고 그것을 그리워할 한가한 처지의 삼봉이네 집은 아니었다. 인제는 집을 잃고 농토를 잃었으니, 인제는 이곳에 더 있으려도 있을 수가 없어서 떠나는 것이다. 삼봉이의 할아버지가 유명한 근농이요 또 신용도 있고 수완도 있었기 때문에 박 진사(朴進士) 집 논을 얻어 부치게 되어서, 삼봉이 조부가 환갑이 되던 해에는 집도 하나 새로 짓고 밭과 나뭇갓도 장만하게 되었었다.

그 논이라는 것이 유명하게 좋은 것이어서 걸고 물채 좋고 김 안 나고, 도무지 흉풍이 없이 한 마지기에 넉 섬씩은 나던 것이었다. 아마 이 '박가동이'라는 이름으로 통칭되는 논과 비등할 논은 인근 읍을 다 털어도 없을 것이다. 게다가 삼봉이네 집에서 이 논을 소작한 지 무릇 오십여 년에 한 마지기에 한 섬 턱은 더 나게 되었다는 것은 박 진사네 집에서도 인정하는 바이다. 그래서 삼봉이네 집은 명색은 소작이라고 하여도 남 제 땅 가진 사람보다도 탐탁하게 살았다.

비록 그런 좋은 농사 바탕이 있다손 치더라도 주인이 술을 먹는다든지 잡기를 한다든지 하면 그까짓 볏섬 따위로 배겨날 리가 없지마는, 삼봉이네 집에서는 그 조부(벌써 돌아가시고 없다)나 아버지(그도 지난겨울에 돌아가시고 없다)나 담배는 먹었으나 술은 제사 때에 듬뿍 한 잔밖에는 아니 하였다.

그러고 일들만 하였다. 일을 아니 하면 손이 가려워서 못 견딘다고 삼봉의 조부는 노 말했다. 이 까닭에 삼봉이네 집은 호미 한 자루, 도깨그릇 한 개씩이라도 늘어가서 참으로 깨보숭이가 쏟아지도록 재미있었다.

그러나 인제는 삼봉이네 생활의 기초가 되던 '박가동'은 박 진사 손자가 만주 좁쌀 장사를 한답시고 서울로 봉천(奉天)으로 덤벙이고 돌아다니다가, 동척(東拓)과 식은(殖銀)에 저당하였던 토지는 그만 경매되어 동척에게로 넘어가고, 그 토지는 동척농장이라는 것이 되어서 일본 이민 십여 호가 지난가을부터 박 진사네 땅 전부를 맡아서 갈게 되었다. 이 때문에 본래 박 진사네 작인이던 동민 수십 호는 무슨 방법으로든지 달리 생계를 구하지 아니하면 아니 되게 되었다. 삼봉이네 집도 이 수십 호 중에 하나이어니와, 삼봉이네가 소작하던 한 섬지기가 박가동이 중에도 달걀 노른자위라고 하던 것이어서, 이것은 동척 마름이 될 중촌겸작이라는 사람이 가지게 되고 삼봉이네 집도 그 사람이 사게 되었다.

농토가 없으니 집은 해서 무엇 하나. 집과 채마와 뒷산 나뭇갓 모두 합하여 중촌에게 넘긴 대가 이백오십 원이 삼봉이네 여섯 식구의 목숨 줄이다.

이 커다란 돈 이백오십 원을 가지고 삼봉이는 서간도(西間島) 길을 떠나기로 된 것이다.

집은 초겨울에 중춘에게 내어주고 삼봉이네 다섯 식구(또 한 식구 삼봉의 처는 사흘 전에 데려왔다)는 동넷집 빈 사랑채 단칸방에서 오글오글 겨울을 나고, 사흘 전 삼봉의 처를 데려온 날부터는 밤에는 그 단칸방을 삼봉이 부처에게 맡기고, 다른 네 식구는 동네 아는 집에 흩어져 자고 아침이면 모여들었다.

동네 사람들은 며칠 안이면 만리타국으로 떠나는 이웃이라고 해서, 기쁘게 삼봉이네 식구를 자기네 이불 속에서 잠도 재우고 자기네 밥상 귀퉁이에서 조반도 먹였다. 그러고는 끊임없는 서운한 정담을 주고받았다. 또 삼봉이네 집에서도 쓰던 열바가지, 함지박, 도깨그릇, 먹던 장, 김치 쪽 같은 것을 정분 따라 이 집 저 집에 나누어주었다.

삼봉의 처는 작년 봄에 약혼만 해두고, 지난가을 추수만 끝이 나면 혼례를 하자던 것이, 삼봉의 아버지가 병이 난 통에 가을도 지내고 또 겨울에는 삼봉의 아버지가 돌아가셔서 혼인을 못 하였던 것이다.

삼봉이네가 일조에 못살게 되어서 서간도로 떠나가게 되었다는 말을 듣고, 삼봉의 처갓집인 사돈집에서는 파혼하자는 의논이 생겼다. 그러나 신부의 아버지가 의리를 주장하여서 마침내 삼봉에게 딸을 내어주기로 한 것이었다.

삼봉이네 집이 서간도로 떠나는 날 동네 사람들은 신작로까지 배웅을 나왔다. 노인들은 멀리서 잘 가라고 소리를 치고, 젊은 부인네들, 처녀들은 삼봉의 어머니와 두 누이를 붙들고 한없이 울었다. 어떤 부인네는 무명 헝겊에 먹을 것을 싸서 삼봉이와 삼봉이 동생 오봉(五峯)이에게 들려

주었다.

"아주머니도, 이건 왜 이러시우?"

하고 삼봉이는 한두 번 그것을 사양하였다.

"어서 가지고 가다가 시장할 때에 먹어라. 차 속에는 일본 밥밖에 없다
더라. 일본 밥은 달아서 욀질이 나서 못 먹는다더라."

이 모양으로 설명해주는 부인도 있었다.

신작로에는 짐실이 자동차와 객(客)실이 자동차가 이따금 지나갔다.
여기서 정거장이 이십 리, 낮차라는 열한 시 직행을 타려면 오래 지체할
수가 없었다.

삼봉은 이불짐 무게에 약간 허리를 굽히고 동네 어른들에게 골고루 작
별 인사를 하고, 그래도 새색시라고 분홍 치마를 입은 열여섯 살 먹은 조
그마한 아내를 대견히 여기는 듯이 때때로 쳐다보며,

"자, 다들 들어가시우. 가을이나 다하고는 뵈러 나오지요."

하고 더 따라오려는 사람들을 떠밀어 세우고 걸음을 빨리하였다.

삼봉의 어머니 엄 씨는 눈이 벌겋게 되었으나 모처럼 새로 살길을 찾아
떠나는 길에 눈물을 내는 것이 사위스럽다는 생각으로 이를 악물고 울음
을 참았다. 그의 생각에는 오직 아들딸의 장래를 위하는 염려가 있었을
뿐이다. 그러나 굴고개에 올라 마지막으로 여러 백 년 살던 고향과, 피땀
으로 적신 박가동이 봄물이 질펀한 논을 바라볼 때에는 엄 씨를 비롯하여
삼봉의 울음이 아니 터질 수가 없었다. 인제 겨우 열다섯 살밖에 아니 된
오봉이도 어머니와 형이 우는 양을 보고 주먹으로 눈물을 씻었다.

오봉에게는 온 집안의 운명에 관한 슬픔 밖에도 자기 자신의 특수한
슬픔이 있다. 그것은 동네에 정들인 동무들과 보통학교 동창 학우들을

이별하는 일이었다. 어제 오봉이가 마지막으로 학교에를 가서 선생들과 아이들에게 서간도로 떠난다는 말을 할 때에 어떻게 한끝 부끄럽고 한끝 슬펐던지, 그것은 오봉에게는 일생에 처음 보는 아픈 경험이었다. 맨 나중에 오봉이가 학교 문을 나설 때에 아이들이 파리 떼 모양으로 욱 밀려와서,

"너 왜 서간도 가니?"

"공부하기가 싫어서 가니?"

"먹을 게 없어서 간단다, 야."

하고는 작별 삼아 떠들다가, 상학종 소리에 놀란 병아리 떼 모양으로 오봉이는 돌아보지도 않고 흩어져버리고, 오봉이 혼자만 댕그렇게 남아버리는 것이 더욱 서러웠다.

　어서서 하고 빨리 걸어서 읍내 정거장에 일행이 도착한 것은 차 시간에는 아직도 한 시간이나 남은 오전 열 시였다.

　정거장에는 삼봉이네 집과 같이 이불 보퉁이와 열바가지 짝을 짊어진 사람들이 십여 인이나 된다. 서간도로 밀려 나갈 철도 지났지마는, 지금 가는 사람들은 어떻게 해서라도 고향에 붙어서 배기려다가 못 배기는 패들인가 보다.

　삼봉이는 이제 겨우 스무 살 먹은 농촌 청년이다. 얼마 전까지도 할아버지와 아버지 밑에서 만사를 따라갔고 제 맘대로 해본 일이 없었다. 명절날밖에는 주머니에 돈을 넣어본 일조차 없었다.

　그렇지마는 인제는 여섯 사람 한 가족의 지배자다. 다만 이백오십 원든 불룩한 돈지갑을 맡았을뿐더러 다섯 식구의 운명 주머니까지도 맡아 가지고 있다. 그 동생들은 말할 것도 없거니와 그 어머니까지도 아들 삼

봉의 지도를 순종하고 있다.

이러한 무거운 짐을 지기에는 삼봉이는 너무도 어리고 지식과 경험이 없었다. 그러나 달구치면 아니 맡을 수가 있느냐.

삼봉은 그의 죽은 고모의 남편 되는 박 주사라는, 읍내에서 대서업하는 사람에게 차표 사는 것을 맡길 수는 없었다. 그것은 다만 박 주사를 신용하지 않는 것뿐이 아니요, 가장의 위신을 잃은 생각이 있기 때문이었다.

삼봉은 사년제 보통학교를 졸업한 지식을 가지고 가까스로 무순(撫順)까지의 어른 표 넉 장, 반표 두 장 값을 계산하여서 손에 꽉 부르쥐고 표 파는 구멍이 열리기만 고대하였다.

차표 파는 정거장 사무원은 표 파는 구멍으로 삼봉이를 내다보며,

"반표 사람이 오데 있소? 이리 와!"

하고 반표 탈 사람을 보이기를 요구하였다. 삼봉이는 오봉이와 작은누이 정순(貞淳)이를 불렀다. 사무원은 오봉이를 가리키며,

"도시 이구쯔?(몇 살?)"

하고 물었다.

"열두 살이오."

하고 박 주사가 뒤에서 대신 대답한다.

"고진마리 헤도 보루그무 바닷소.(거짓말해도 벌금 받았소.)"

하고 사무원은 오봉이와 정순이를 비교해보았으나 무슨 생각이 났는지 그대로 표를 찍어준다.

뒤에 달린 사람들은 삼봉이가 차표를 한 줌 받아 들고 돌아서는 것을 이상한 듯이, 부러운 듯이 바라보았다.

삼봉의 이마에는 땀이 돋았다. 열다섯 살 먹은 오봉이를 열두 살로 속이고 표를 산 것이 정직한 그의 양심을 아프게 한 것이다. 그렇지마는 반표 한 장을 사고 못 사는 것이 오 원 상관이나 되는 것을 생각하고는 그는 양심을 누르고 거짓말을 하지 않을 수 없었다. 박 주사도 오봉이가 열둘로 행세된 것이 자기의 기민한 처치인 것을 자랑하는 듯이 오봉의 어깨를 툭 치며,

"이 녀석, 열두 살로는 숙성하다."

하고 아는 사람들을 바라보며 눈웃음을 쳤다. 그의 바짝 마른 얼굴은 꾀죄죄 흐르는 누런 주란포 두루마기에 지지 않게 그의 궁상을 잘 표현하였다.

마침내 출입구 문이 열리고 사람들이 입장하기를 시작했다. 삼봉이네 짐을 날라다 준 동네 사람들은 출입구 난간에 배를 대고 허리는 굽히고 고개를 번쩍 들고, 삼봉이네 일행이 보따리와 바가지를 들고 플랫폼으로 들어가는 양을 바라보았다. 박 주사는 읍내에 사는 까닭에 정거장 사무원들과도 안면이 있어서 거침없이 입장하였다.

산모퉁이에 선 시그널의 팔이 뚝 떨어지는 것이 보였으나, 차가 오는 소리는 아직 들리지 아니하였다. 서간도로 가는 다른 가족들은 모두 정거장 쪽을 바라보며 배웅 나온 친척, 고구들과 다만 한 번이라도 더 낯을 보고, 다만 한 마디라도 더 말을 해보려고 했다. 누구의 집에 작별 인사를 못 했으니 말이나 해달라, 누구를 못 보고 가니 섭섭하다, 인편이 있는 대로 편지나 해달라, 웬걸 살아서 다시 환고향을 하랴, 대개는 이런 슬픈 말들이었다.

삼봉의 처 안 씨가, 혹시나 친정 식구 중에 누가 오지나 않나 하고 눈물

머금은 눈을 연해 씻는 것도 가련하였다.

마침내 '뛰' 하는 고동 소리가 들리고 시커먼 열차가 씨근거리고 들어와 닿았다. 역부들이 길게 길게 정거장 이름을 왼다.

"××! ××!"

오봉이는 찻간으로 기어오르면서 역부가 정거장 이름을 부르는 흉내를 낸다.

삼봉이는 믿음성 있는 가장 모양으로 어머니와 아내와 누이들을 붙들어 올리고, 그러고도 또 플랫폼에 다시 내려와서 정거장에 배웅 온 이웃 친구들에게 한 번 더 작별 인사를 주고받을 여유를 보였다.

차장이 한 팔을 들고 호각을 불어서 열차에게 출발 신호를 줄 때에 박 주사가 차에 뛰어올랐다.

"아자씨, 차가 떠나는데."

하고 삼봉은 걱정스러운 듯이 박 주사를 위해서 길을 비켰다.

"××까지 같이 가자, 섭섭해서."

하고 박 주사는 차장 대리나 되는 듯이 삼봉이네 식구들의 자리를 잡아준다, 짐을 시렁에 얹어준다, 뒷간이 어디다, 뒷간에 갈 때에는 어떻게 하고, 또 차에서 밥을 사 먹을 때에는 어떻게 한다는 설명을 하여서, 삼봉의 어머니와 누이들의 갈채를 받고 또 이웃에 앉은 다른 승객들에게도 이 귀한 진리가 들리어지라 하고 힐끗힐끗 눈질을 하며 떠들었다.

차 속에는 박 주사와 면분이 있는 사람도 몇 사람 있어서 일일이 큰 소리로 인사를 하고, 또 자기는 처갓집 조카네 식구가 먼 길을 떠나는 것을 바래다준다는 것과, 미처 차표를 사지 못하여서 역장이 친하기 때문에 탔다는 말을 번번이 반복하였다.

'아자씨는 말도 많다.'

하고 삼봉이는 생각했다. 그 피골이 상접한 멱살이 불룩거리면서 떠드는 것이 차라리 비참하였다.

한바탕 설명이 끝난 뒤에 박 주사는 삼봉의 곁으로 와서 섰다.

"아자씨, 앉으셔요."

하고 삼봉의 큰누이 을순(乙淳)이와 삼봉이가 일어나 조여 앉고 남은 자리 끝에 한편 볼기짝만을 올려놓고 삼봉의 귀에 입을 대며,

"삼봉아, 그 말 말야. 글쎄, 그 말인데, 내가 그른 말 하겠느냐. 어서 내 말대로 을순이를 노 참사(魯參事)헌테로 보내어라. 너는 첩으로 보내기가 싫다고 하지마는 요새 세상에 첩이고 본처고 어디 있다던? 그 집에 들어가서 아들만 하나 낳아놓으면 노기호(魯基浩) 집 재산은 다 확실히 손에 있구나. 그렇게만 되면야 너의 한 집은 말할 것도 없거니와, 이 아자비인들 그래도 모른 체할 리 있느냐. 어서 그렇게 해라. 내 말대로 해! 저 열여덟 살이나 먹은 커다란 처녀를 되놈의 땅에 데리고 가다가 무슨 일이 생길지 아느냐. 이 아재비 말을 들어! 자, 요담 정거장이 ×× 아니냐. 거기서 내리면 노 참사네 집이 지척이거든. 너만 허락한다면야 그 집에서 우리 일행을 칙사 대접을 할 게로구나. 그리고 몇 날 묵어서……. 혼인 잔치라야 별것 있나. 부잣집이라 의복이 없단 말이냐, 이부자리가 없단 말이냐. 노 참사의 말 한마디면 모두 뜨르르하는 판이야. 그리고 돈이나 한 삼사백 원 달래가지고 가면 거드럭거리고 부자 노릇 할 것 아니냐. 자, 어서 말을 떼어라!"

박 주사는 술 냄새, 담배 냄새, 파·마늘 냄새 섞인 구린 입김을 삼봉의 코에다가 뿜고 나서 맞은편에 앉은 삼봉의 어머니를 보고,

"글쎄, 그 말 말씀야요, 노 참사가 말씀야요. 노 참사로 말하면 당당하지 않습니까. 이 애가 반대하는 것도 옳아요. 허지만 요새 개화 세상에 어디, 아 옛날로 말씀해도 유처춰처라면……."

하고 아무쪼록 첩이라는 말을 쓰지 않으려고 애를 쓴다.

노 참사와 을순과의 혼인 문제는 박 진사네 땅이 동척으로 넘어가고 삼봉의 아버지가 죽으면서부터 박 주사를 통하여 있어오던 말이다. 삼봉의 어머니의 계통이 얼굴이 아름다운 계통이어서, 삼봉의 누이동생들은 적어도 한 면내에서는 이름이 높을 만하게 미인이었다. 삼봉이네 집이 못살게 된 낌새를 보고 노 참사가 을순을 첩으로 얻으려 한 것이다.

"어딜 내 앞에서 그런 말씀을 하셔요? 그런 말씀을 하시려거든, 다신 내 집에 발길도 마셔요!"

하고 말을 붙여볼 수도 없이 준절히 잡아떼던 엄 씨도 수다한 식구에 먹일 길은 망연하고 또 박 주사가 꾸준히 감언이설로 꾀는 바람에 맘이 솔깃했으나, 호주 되는 아들 삼봉이가 "밥을 빌어먹어도" 아니 한다고 딱 잡아떼고 듣지 않는 바람에 일이 파의가 되었던 것을 오늘 이 열차 이등실에 타고 오던 노 참사를 아까 정거장에서 만나서 최후의 계책을 써보려는 것이다.

"글쎄, 저 애가 마다하는 걸 어찌합니까."

하고, 엄 씨는 아들 삼봉이와 딸 을순이를 보았다.

엄 씨에게는 을순이를 노 참사의 첩으로 주어도 괜찮은 양하는 생각이 있었다. 왜 그런고 하면, 첫째 서간도를 가서 누구한테 시집을 보낸다 하더라도 그 오랑캐 땅(엄 씨의 관념으로는)에 웬걸 사람 같은 것이 있을 리도 없고, 또 일생 조밥 덩어리나 깔 수밖에 없을 것이다. 그러나 노 참사의 첩이 되면 일단 의식 걱정은 없을 것이다. 먹고 입었으면 그만이지 이 처지에 그 이상을 어떻게 바라나, 이것이 엄 씨의 생각이었다. 이를테면 재산을 잃었다는 의식은 엄 씨에게 모든 체면과 자존심을 빼앗아버린 것 이다.

그러나 삼봉이에게 물어보면 그 어머니의 관념과도 딴 관념이었다. 첫 째로 누이동생을 남의 첩으로 준다는 것은 더 말할 수 없는 수욕이었고, 둘째로 먹고 입을 것으로 말하면 자기의 주먹이 든든한 동안 걱정이 없는 가 싶었다. 하물며 주머니 속에는 꽁꽁 뭉친 돈 이백여 원이 있지 아니하 냐. 김문제(金文濟)의 말에 의하건댄, 홍수하자(紅樹河子)에서 이백 원 어치 땅만 사면 첫해부터라도 벼 삼십 단〔삼십 섬이라는 호어(胡語)〕은 걱 정이 없고, 오 년만 지나면 백 단은 무려(無慮)하다고 하지 않느냐. 백 섬 이면 부자가 아니냐.

또 한 가지 을순이가 아무에게나 시집가지 못할 이유가 있으니 그것은 곧 유정석(柳正錫)이라는 청년에게 대한 언약이다.

유정석이라는 스물두 살 된 청년(그가 삼봉이네 동네에 왔던 것은 스무 살 적이다)은 삼봉이네 동네에 가장 구가인 오 참봉(吳參奉)의 외손자다. 그 는 서울 가서 대학 예과라는 학교에 다닐 때에 하기방학에 그 흰 줄 두 줄 두른 둥그런 모자를 쓰고 여름방학 한 달을 외가에서 보낸 일이 있다.

그의 외조모 되는 오 참봉의 부인 심 씨가 죽은 후(벌써 십 년은 되었다) 로는 별로 외가에라고 오지 아니하던 정석이가 웬일인지 금년따라 달포 나 와서 유하게 되었다. 그때에 삼봉이는 그와 친하게 된 것이다. 어려서 안면도 있었으나 정석이와 삼봉이와는 첫째로 계급이 달랐다. 양반과 상놈, 돈 있는 집과 없는 집, 이 차이는 아이들까지도 가까이하기가 어려웠던 것이다.

정석이가 대학 예과 정복을 입고 온 때로 보면 삼봉이와의 거리는 더욱 멀어진 것은 사실이다. 하나는 전문 학생, 하나는 보통학교 사년 정도, 하나는 서울서 닦인 선비, 하나는 풀 속에서 개구리를 동무로 사는 농촌 소년, 어디로 보든지 피차에 말이 맞을 리가 없었다. 그렇건만도 웬일인지 삼봉이와 정석이와는 틈만 있으면 한데 모였다.

정석에게는 한가한 여름방학이라도 삼봉이에게는 바쁜 농사철이었다. 그러나 아무리 바쁜 농사라 하여도 저녁을 먹고 나서라든지 점심때라든지에는 손바닥만 한 빈 틈을 낼 수는 있어서 그런 때면 삼봉은 정석과 만났다. 그래서 정석에게 낚시질 터도 지시해주고, 참외가 단 원두막이며 딸기 많은 풀밭 길도 가르쳐주었다. 앞 개천에서 헤엄도 같이 쳤다.

이리하는 동안에 두 사람은 정다운 친구가 되었다.

"을순이 어디 혼인 정했나?"

"아니, 어느새."

"내가 학교 졸업하거든 을순이하고 혼인할 테야, 될까?"

"정말야?"

"으음, 을순이가 맘에 들어."

"보통학교도 못 마친 것을?"

"그래도 상관없어. 너 부모가 안 들으실 테지."

"왜 안 들어. 꼭 그래, 응."

이렇게 아이들 장난 모양으로 말이 되어가지고는 삼봉이 새에 서서 정석과 을순이와를 산에서 몇 번 만나게까지 해주었다. 그러나 그때에 삼봉이가 겨우 열여덟, 을순이는 열여섯의 어린애들이었다. 지금은 스무 살, 열여덟 살의 다 익은 젊은이지마는.

방학이 다 끝나고, 정석이가 서울로 올라가는 날 을순이는 울었다.

서울 올라간 지 두 달이 못 되어서 공산당 사건에 걸려서 유정석이가 경찰에 붙들려 가고, 그가 여름 동안 있던 곳이라고 해서 그의 외가 되는 오 참봉 집에도 읍내에서 순사가 넷이나 나와서 가택 수색을 하고, 정석이가 맡겨두고 간 책, 편지 같은 것을 몰수를 당하였다. 동네 사람들은 정석이가 "공산당 죄를 지어서" 죽거나 크게 징역을 지리라고들 수군거리고, 오 참봉은 술을 먹고 화를 내었다.

"을순아, 정석이가 공산당 죄를 짓고 잡혀갔다는구나!"

하고 삼봉이가 을순에게 말할 때에 눈이 빨갛게 되도록 울었다.

이러한 일이 있는 것도 삼봉이가 을순의 혼인 문제에 대반대를 하는 한 이유가 된다.

"아자씨, 사람이 굶어 죽을지언정 누이동생을 첩으로 팔아먹어요? 못합니다, 못 해요!"

하고 삼봉은 박 주사를 핀잔을 주었다.

이때에 웬 허리가 기다랗고 입을 헤벌린 작자가 외투와 양복 앞가슴을 탁 풀어 젖히고 싱글벙글하며 삼봉이 일행이 있는 곳으로 온다. 그 눈은 좌우로 굴려 누구를 찾는 것이 분명하다. 삼봉은 그 사람을 볼 때에 얼른 '노 참사로구나.' 하고 짐작하였다. 그의 목은 길고 기다란 얼굴은 빼빼 말랐으나 그 눈만은 광채가 있고 또 웃음을 띤 품이 그 속에 정기도 있고 호색하는 생각도 있을 듯하였다.

'저놈을 따귀를 한 개 붙일까 보다.'

하고 삼봉이는 속으로 중얼거렸다.

그때에야 박 주사는 그 사람을 보고 벌떡 일어나서 요공(要功)하는 웃음을 한 입 물고,

"아아, 영감! 이리 오시우."

하고 손을 내밀어서 영감이라는 사람의 팔을 잡으려 하였으나, 그 영감이라는 사람은 박 주사 따위는 눈에 보이지도 아니한다는 듯이 박 주사를 한 손으로 비키며 삼봉이네 일행을 한번 둘러보고는 그 호색적인 눈이 을순의 몸에 붙어서 떨어지지를 아니한다.

깃광목 치마, 옥양목 저고리, 짚신, 이러한 가난한 상제의 차림차리, 틀진 허리를 돌아서 무릎 위에 놓인 흰 댕기 드린 검은 머리채, 이런 것은 을순의 처녀 태를 더욱 아담스럽게 하였다.

'이놈이! 이 자식이!'

하고 삼봉의 속은 더욱 아니꼬워진다. 그 영감이라는 작자가 무슨 구경거리나 보는 듯이 을순이를 보고 헤벌린 입에 침을 흘리는 것이 못 견디게 불쾌하였고, 또 그 곁에 마치 그의 신하 모양으로 읍하고 섰는 박 주사가 요공하는 웃음을 띠고 영감이란 작자의 낯가죽이 움직이는 것을 엿보고 있는 것이 또한 미웠다.

"이 사람이 내 처질이오, 허허. 이 양반이 노 참사 영감이시어. 일어나 인사해라, 절해야지! 그 무슨 소리."

하고 박 주사는 두 사람을 소개하며 '집안 어른'의 위풍을 보이려고 한다.

삼봉이는 아니꼬움을 꾹 참고 작숙[고모부]이 하라는 대로 일어나서

허리를 한번 굽신하고는 앉을지 설지를 몰라서 엉거주춤하고, 손으로 자리 등 기대는 데를 만지작거렸다. 을순이는 웬 사람(속으로는 누구인지를 안다)의 시선이 제 홋홋거리는 면상에 붙어서 떨어지지 않는 것을 간지럽게 생각하는 듯이 고개를 돌려 창밖을 내다보았다.

삼봉의 어머니 엄 씨와 삼봉의 처 안 씨는 자기네와는 딴 세상 사람이라고 할 만한 부자요, 이름 높은 노 참사가 곁에 와서 섰다는 사실에 기운이 질려서 가만히 마루창만 내려다보고 이따금 눈을 굴려 이 위대한 인물의 발과 다리를 엿보았다.

오직 어린 오봉이와 정순이만이 놀라지도, 미워하지도 않는 눈으로 노참사와 박 주사의 이 꼴 저 꼴을 연구하였다.

"자, 나리지. 여기서 나리지. 나릴 채비를 해야지."

하고 노 참사는 마치 자기가 이 집 식구의 가장이나 되는 듯이 말한다.

삼봉의 양미간 근육이 씰룩하고 한번 경련한다.

"글쎄, 이 사람이 말을 안 듣고 자꾸 바로 간다는구려."

박 주사는 삼봉이를 '이 애'라고 아니 하고 '이 사람'이라고 높여서 불렀다. 박 주사는,

"글쎄, 노 참사가 노자도 보태주실 것이요, 그나 그뿐인가, 농토도 주실는지 모르고, 또 집도 주실는지 모르지. 안 그래요, 영감? 그저 영감의 신세를 지는 것이 미안해서 그렇겠지마는, 무어 미안할 것은 있나. 사돈만 하면은 남매간 아니냐. 처남 매부 간이면 친형제나 다름 있나. 안 그래요, 영감? 안 그렇습니까."

하고 처남댁인 삼봉의 어머니를 본다.

"그럼. 그렇길 두말인가. 그렇지 않아도 농막 하나를 내놓았어. 아따,

저 옥천이 삼백 석 받는 그 자리 말요, 박 주사 알지?"

하고 노 참사는 박 주사는 아니 보고 삼봉이와 을순이를 본다. 을순이도 노 참사가 박 주사를 보는 동안에 얼른 보아볼 양으로 노 참사에게로 눈을 돌렸다가, 그만 그 눈이 노 참사의 눈에 붙들리고 말았다. 노 참사는 을순의 눈을 향하여 눈을 끔쩍하는 듯하였다. 을순은 낯이 빨개져서 고개를 돌리고 말았다.

"아, 알고말고요. 저 옥천이 벌 말씀이지. 아마 노 참사 영감의 땅 중에도 그만한 데는 없을걸. 아, 그 자리가 삼백 석만 나요? 나는 오백 석은 넘을 줄 알았는데."

하고 박 주사는 노 참사의 말에 승인하는 도장을 찍는다.

"지금 그 옥천이 농막이 비었으니까, 그렇지 아니해도 누구를 하나 근실한 사람을 구하던 길이니까, 집은 누추하지마는 오셔도 좋지. 사돈이니 무엇이니 그것은 문제 외이고 말야. 혼인이란 거야 그렇게 한두 마디로 결정할 것이 아니니까."

이 말을 던지고는 노 참사는 자기 방으로 가버리고 말았다. 정거장을 바라보는 열차는 기다랗게 소리를 지르고 걸음을 늦추었다.

밥의 유혹

노 참사의 관대한 제의, 혼인 문제는 말할 것 없이 삼백 석 추수하는 농막에 와 살라는 제의는 삼봉의 어머니를 힘 있게 움직였다. 원체 서간도란 가고 싶어서 가는 길인가, 죽지를 못해서 가는 길이다. '만리타국 되오랑캐 사는 땅, 거기를 과년한 딸자식을 끌고 가는 것은 차마 못 할 일이었다. 만일 집이 있고 파먹을 땅이 있으면야 왜 누가, 무엇 하러 그놈의 곳에를 꿈에나 가?' 이것이 엄 씨의 생각이다.

삼봉이도 속으로는 원치 아니하지마는 몇 달 전까지도 아버지에게 대룽대룽 매달려서 살던 습관을 가진 스무 살 먹은 그로는 아직 끝끝내 제고집을 세우는 의지력이 발달이 되지 못하였다. 마침내 이불짐을 지고 박 주사를 따라서 그 정거장에서 내려버렸다.

삼봉이네 가족은 정거장에서 얼마 되지 아니하는 노 참사의 읍내 집에 인도함을 받았으나, 친척도 아니요 친구도 아닌 무엇인지 알 수 없는 이 한 떼를 노 참사의 부인 송 씨가 말없이 받아들일 리가 없었다.

"내 친구의 집 식구야."

하고 노 참사가 점심이나 한때 먹여 보낼 것을 말하나, 송 씨는 을순을 보았기 때문에 듣지 않았다.

"그렇게 정다운 친구 집 식구거든 안방으로 모시어 들이시구려. 우리 모녀는 어디로 나갈 것이니. 고 여우 같은 것이 없어져서 좀 발을 뻗고 잘까 했더니, 또 어디서 거지 같은 계집애를 끌고 들어왔어. 친구는 무슨 친구야, 낯바대기가 반주그레한 계집애가 있으니까 허겁지겁해서 끌고 들어왔지. 아나, 귀남아, 이리 나오나라. 우리는 나가자. 너의 아버지가 또 어디 가서 너의 서모를 한 분 모시고 들어오셨나 보다. 네나 내나 다 이 집에 쓸 데 있는 식구냐. 자! 나서라, 어서 나서! 요년, 너마저 내 말을 안 들어, 이 주릴 할 년아!"

하고 히스테리의 한 발작이 일어나서 몸부림을 하고 소리를 지른다.

비록 노 참사네 집이 대문 있고 중문 있고 한 큰 집이라고 하더라도 안채에서 나는 이 야단이 밖에 아니 들릴 리가 없었다. 역력한 노 참사 마누라의 발악을 듣고 대문 밖에 주춤거리는 삼봉이네 집 일행은 더구나 초조하게 보였다. 그중에도 자존심이 남달리 강한 삼봉이는 쥐구멍에라도 들어가고 싶도록 수욕을 깨달았다. 그리고 차에 내린 것을 후회하며 원망스러운 눈으로 박 주사를 흘겨보았다. 박 주사도 면목 없는 듯이 삼봉의 시선을 피하였다.

무에라고 호령하는 노 참사의 목소리가 안에서 들리더니마는 무슨 도깨그릇 같은 것이 깨어지는 소리가 나더니만, 노 참사의 해쓱한 모양이 대문으로 쑥 나선다.

"자동차 불러라."

하고 노 참사는 문밖에 서 있는 사람을 세어보더니, 상노를 보고,

"자동차 칠 인승 하나 가시끼리[대절]로 얼른 오라고 ××자동차부에 전화 걸어라. 노 참사 댁으로 오란다고, 응? 노 참사 영감이 부르신다고, 응?"

하고는 박 주사를 향하여,

"옥천집으로 나가지. 자동차 타고. 시장들 하시겠지마는 자동차로 가면 지척인걸."

하고 지금 안에서 내외 싸움 하느라고 성났던 낯빛을 푸느라고 애를 쓰나, 커다란 입의 입술에 묻은 거품이 아직도 남아 있고 눈에는 눈물이 홍건히 고였다.

사람들이 자동차에 오르고 자동차가 공연히 뿡뿡 소리를 낼 때에 대문이 방싯 열리며, 어떤 열칠팔 세나 되어 보이는 여자의 목이 쑥 나와서 바깥 형편을 둘러본다. 그것은 노 참사의 딸이다. 어머니를 위해서 그의 시앗 후보자의 선을 보려는 것이다.

삼봉이는 어디 여관에 잠시 들었다가 오늘 밤차로 서간도로 직행하기를 주장하였으나 한번 휘어진 삼봉의 위신은 다시 서기가 어려웠다. 그래서 그는 불평을 삼키고 가족을 따라서 자동차에 올랐다. 박 주사가 주장이 되어 맨 뒷자리에 노 참사, 을순이, 엄 씨, 이 모양으로 앉고 다른 식구들은 다 앞자리에 앉았다.

고개를 넘고 개울을 지나고 노랗게 새로운 이엉을 덮은 조그마한 초가집들로 된 농촌을 지나서, 옥천이라는 넓은 벌을 앞에 내다보는 오류 호나 되는 동네 앞에 자동차가 정거하였다. 어떻게나 길이 나쁜지 어떻게 자동차가 뛰는지 을순이는 서너 번이나 몸이 공중으로 솟아서 노 참사의

무릎 위에 올라앉았다. 그랬다는 것보다도 을순의 몸이 공중으로 올라갈 적마다 노 참사는 익숙하게 을순을 끌어 제 무릎 위에 올려 앉히거나 제 가슴에 을순의 몸이 부딪치게 한 것이다. 그럴 때마다,

"어어 이거, 어어 이거."

하고 노 참사는 근심하는 듯한 소리를 내었으나 기실은 대단히 속으로 좋아서 그 커다란 입이 더욱 큰 것 같았다.

이 조그마한 동네 한복판에 다른 집들을 다 잡아먹어도 트림도 하지 않을 듯한 큰 기와집이 노 참사의 '옥천집'인 것은 말할 것도 없다.

자동차가 오는 소리를 듣고 온 동네가 떨어 나왔다. 논밭에 거름 싣고 나간 어른들을 제하고는 늙은이, 아이들, 여편네들, 개, 강아지, 돼지 새끼까지 맞아 나왔다. 닭들도 쓰러진 담에 올라서서 웅성거리는 사람들을 바라보았다.

사람들의 눈이 이 동네의 왕(아마 왕 이상일는지도 모른다. 이 동네 백성들을 죽이고 살리는 것이 참으로 노 참사의 손에 달렸으니까)에게로 몰릴 것은 말할 것도 없는 일이다. 노 참사의 "나가!" 한마디면 집과 농토를 내어놓고 누더기 짐을 지고 늙은이와 어린것들을 끌고 쫓겨나지 않으면 안 되는 것이다. 그렇게 쫓겨나는 사람을 일 년에도 한둘씩은 보는 그들은 논 있고 집 있는 노 참사의 힘이 어떻게나 큰지를 너무도 잘 안다. 아무러한 짓을 해서라도 노 참사의 비위를 거슬러서는 아니 된다. 노 참사 집 개나 고양이가 들어오더라도, 들어와서 행패를 하더라도 건드리기는커녕 큰소리 한번도 내지를 못한다. 왜 그런고 하면, 만일 그 집 개나 고양이가 얻어맞는 듯한 소리를 낸다 하면 그 소리가 난 집은 십상팔구는 무슨 벌을 받기 때문이다.

"큰댁 개야."

하고 동네 사람들은 아이들을 훈계한다.

그러한 노 참사다. 그러한 노 참사가 왔으니 사람들은 감히 눈을 들어서 우러러보지 못한다. 늙은이 몇 사람이 한두 마디 인사를 하고 황송스럽게 허리를 굽힐 뿐이요, 장난꾼이 아이들까지도 비실비실 어른의 뒤로 돌아가 숨었다.

그러나 노 참사의 눈에 보이지 않는 맘들은 살아서 속으로 무엄하게 감히 노 참사의 비평을 하였다.

'흥, 어디서 또 계집애 하나를 얻어 왔군. 며칠이나 데리고 살다가 말려는고.'

사람들의 맘은 이 모양으로 일치하였다. 그들은 양 씨(楊氏)와 방 씨(方氏)와 정 씨(鄭氏)가 십 년 내외에 어떻게 된 것을 알기 때문이다. 양씨는 쫓겨 나갔고, 방 씨는 도망을 하였고, 정 씨는 바로 몇 달 전에 죽어나간 것이다. 이번 뒤를 이어 들어온 저 계집애(을순)도 이 몇 가지 운명중에 하나를 택하지 아니하면 안 될 줄을 알기 때문이다.

큰댁의 안팎 굴뚝에서는 일제히 연기가 올라서 마치 큰 경사나 난 집과 같았다. 동네 여편네들도 분주하게 큰댁에 들락날락하였다.

노 참사는 그렇게 양반도 못 된다. 자기로 말하면 일등 가는 양반이지마는 남의 말을 들건댄 그는 대단하지 아니한 사람이었다. 그러나 그가 참사가 되고, 서울을 자주 다니게 된 뒤로 양반 행세만은 열심으로 배워서 하인 부리는 법이나 하인으로 하여금 자기를 부르게 하는 법이나 모두 양반식을 본뜨게 되었다. '나리마님'이라던 노 참사의 존칭도 작년에 도평의원이 된 뒤로는 '영감마님'이라고 부르라는 영을 내렸다. 그 후부터 하인들과 동네 사람들은 평생에 불러보지도 못한 영감마님이라는 존칭을 바쳤다.

이렇게 자기의 나라의 신민이라고 할 만한 하인들과 소작인들에게는 모범적이라고 할 만치 거만하였지마는 관리와 '내지인〔일본인〕'에게 대하여서는 또한 모범적이라고 할 만치 겸손하였다. 주재소 순사가 호구 조사를 나왔던 길에 들르더라도 노 참사는 반드시 사랑으로 청해 들여서 주식을 내어서 극진하게 대접을 하였다. 이것이 노 참사의 인생관이요 또 처세술이었다.

노 참사는 안채에 거처하고 삼봉이네 식구들은 머슴, 유모 따위가 거처하는 뜰아래 이간방에 거처하도록 노 참사가 지시하고 박 주사는 사랑에 들어앉게 하였다.

닭을 잡고 점심을 지어서 삼봉이네 식구들의 상이 들어왔다. 밥상을 들어온 여편네들은 무슨 구경거리나 대하는 듯이 삼봉이네 식구를 뚫어지게 보았다.

"어디서 왔소?"

하고 묻는 여편네도 있었다.

"아까운 색시가."

하고 의미 있게 혀를 차는 이도 있었다. 아무려나 그 여편네들이 삼봉이네 식구에 대해서 존경을 가지지 아니한 것만은 사실이었다.

동네 여편네들의 이러한 태도가 다 맘에 불쾌하였지마는 시장했던 김에 닭고기 반찬에 더운밥 점심은 맛나지 아니할 수가 없었다. 어린 오봉이나 정순이까지도 밥 한 그릇을 순식간에 다 먹고 반찬도 접시굽을 핥다시피 다 먹어버렸다.

"퍽들 시장했군. 어디 멀리서 왔나?"

하고 얼굴 까만 중늙은이가 밥 먹는 곁에 지키고 앉아서 삼봉이 처를 들여다보면서 말을 붙인다.

그 까마중이 여편네는 오봉이가 뜯어 먹다가 잠깐 내려놓은 닭의 다리 뼈다귀를 얼른 집어 들고,

"어그, 넨장. 하나 먹어보자."

하면서 고양이 모양으로 아드득아드득 뜯는다.

나이는 오십이 못 되었겠는데 벌써 앞니가 빠지고 머리도 염병 치르고 난 사람 모양으로 나불나불해서 명색이 쪽이지 머리카락 댓 오리에다가 댓개비 비녀를 대롱대롱 매어달았다. 그것이 상제라는 표인지 아무것이나 주워 들인 것인지 얼른 알 수가 없다.

까마중이 여편네가 오봉이의 닭의 다리를 훔쳐 먹고 있는 것을 삼봉이네 가족이 무시무시하게 바라보고 있을 때에 맨 처음에 밥상 들고 들어왔던 키 작고 눈이 굉장히 크고 입이 비뚤어진 여편네가 한 손에는 닭의 대강이, 죽지, 발, 뼈다귀 담은 바가지와, 한 손에는 선지 덩어리와 노란 기름이 둥둥 뜬 닭 국물 한 대접에 밥을 말아 숟가락을 담아 들고 삼봉이네 방으로 들어오며,

"인제야 상이 났구먼. 여기 들어와 앉아서, 이야기나 들으면서 나도 한술 먹어야 살지."

하고 물려놓은 삼봉의 어머니 상에다가 손에 들고 온 그릇들을 올려놓는다.

"아니, 나리…… 아이구머니나, 이년의 정신 보아. 나리가 무에야, 영감마님이지, 히히."

하고 깜장 마누라는,

"아차, 내가 무슨 말을 하려다가 잊어버렸니. 원, 이년의 정신 보았나. 개똥 어멈, 내가 무슨 말을 하려다가 잊었나?"

하고 그 쥐눈 같은 방정맞은 눈으로 한창 먹느라고 우물거리는 키 작은 여편네의 비뚤어진 입을 본다.

"저 하려던 소리를 내가 어떻게 안담."

하고 입비뚤이가 성난 듯이,

"말하다가 잊어버리면 곁에 걷다가 주워대는 사람 하나 데리고 다닐 게지. 누구는 남 위해 살던감."

하고 맛나게 국 국물을 훌훌 들이마신다.

이때에 안에서,

"이놈들!"

하고 호통 뽑는 소리가 들린다.

아이들이 끼득끼득하고 달아나는 기척이다. 아마 닭고기 냄새를 맡고 뼈다귀나 얻어먹을 양으로 안마당으로 모여들었다가 영감마님의 호통에 혼이 나서 달아나는 모양이다.

"옳지 옳지, 알았어!"

하고 깜장 마누라가 무릎을 치며 소리를 지른다.

"어머나, 그게 무슨 빌어먹을 소리유? 아이 떨어지겠네."

하고 입비뚤이가 국그릇을 떨어뜨리는 듯이 소반 위에 내려놓으며 대단히 놀라는 표정을 보인다.

"알긴 무얼 알았단 말이우? 무얼 먹고 기운이 만장이나 되어서 그런 큰 소리를 내우? 호좁쌀 죽 먹은 기운으로야 그런 소리가 나오겠다구,

어마니나!"

깜장 마누라는 잠깐 성내는 양을 보였으나 얼른 웃는 낮을 지으며,

"아냐, 저 영감마님인가 한 양반 말야. 아까 내가 말하려다가 잊어버린 것을 알았단 말이야. 그게 무슨 말인구 하니 말이야. 암만해도 영감마님이 무슨 살이 있는 게야."

"살? 살이 무슨 살? 창살? 빗살?"

하고 입비뚤이가 빈정대는 것을 까마중이 마누라는 들은 체도 아니 하고 가끔 엄 씨와 을순이와 안 씨를 힐끗힐끗 유심히 보면서 이야기를 쏘아놓는다.

"글쎄, 안 그런가베, 이 집 지은 지가 올해 몇 해가 되오? 구 년인가? 십 년인가? 어쨌으나 우리 영감이 이 집 짓다가 허리를 삐어서 돌아갔으니깐, 한 일 년 앓고 돌아갔으니깐 십 년은 되었지. 그런데 말요, 십 년 안에 이 집에 글쎄 마마님이 몇이 들고 났소? 그 돌개집 말야, 아따 양 씨 말요, 그 상글상글 웃는 기생 같은 이 말야, 개통 어멈 못 봤나?"

"못 보긴 누가 못 봐. 그 여편네 들어올 적에 떡물은 누가 보았는데. 내가 아니면 이 동네에 메떡, 찰떡에 간이나 맞출 년이 있던가베."

"아, 참, 그렇던가. 그 아씨가 한 이태나 살았나. 허구는 그 녀석, 그 김 서긴가 한 녀석하고 배가 맞아서 달아났지. 또 그담에 들어온 방 씬가, 아따 그 긴무룻집 말요, 주근깨 있는 갸름하고. 그 아씨는 한 삼 년 살았더냐, 허고는 빼빼 말라서는 한 일 년이나 골골하다가 쫓겨났지. 울고불고, 픽은 안 나가겠다고 하더니."

"아이 참, 그랬어. 허지만 미친년이지. 가라는 서방한테를 왜 있는대? 어딜 가면 서방 없을라구. 나 그런 년들 소갈머리 알 수 없어. 나 같으면

서방 녀석이 나가라면, 에라 이 녀석 똥이나 먹어라 하고 가래침을 그놈의 낯바닥에다 탁 뱉고 나갈 테야."

하고 입비뚤이는 정말 가래침을 뱉는 시늉을 한다.

까마중 마나님은 더욱 신이 나서,

"그러구는 글쎄 ×× 아씨 아닌가, 저 섣달에 죽은?"

"아이, 말 말아요, 글쎄."

하고 입비뚤이는 눈앞에 징그러운 것을 보는 듯한 표정을 한다.

"왜요? ×× 아씨가 어떻게 돌아갔나요?"

하고 삼봉의 어머니 엄 씨는 남의 일 같지가 아니하여서 비로소 말참례를 하였다.

"아이, 글쎄 말 말아요."

하고 이번에는 입 비뚤어진 여편네가 말을 가로맡는다.

"나도 팔자가 사나운 년이 되어서 사람 죽는 것도 많이 보고 악상도 많이 보았지마는 ×× 아씨같이 악착스럽게 죽는 것은 처음이라니께. 아이, 글쎄 말 말아요, 아이!"

입 비뚤어진 부인이 하는 말을 들으면 과연 진저리가 아니 날 사람이 없었다. 그 말을 다 여기 적는 것은 독자를 위해서 삼가거니와, 정 씨는 처녀로 노 참사 집에 들어와서 삼 년이 넘어도 자식을 낳지 못한다고 해서 소박을 받기 시작하다가 무꾸리를 하고 기도를 하고 그야말로 여염집 부녀로서 자식 빌기에 할 일을 다해서, 그 때문이야 물론 아니지마는 잉태를 해서 산삭이 다 되어 바로 순산하는 날에 노 참사가 어디서 누구에게서 무슨 소리를 듣고 왔는지, 자기가 관광단에 들어서 일 개월 동안 일본 시찰 갔다가 돌아와서 정 씨와 처음 동침한 날로부터 이백팔십 일이 차지 못한다고, 그러니까 이날에 나는 자식이 필시 어떤 다른 놈의 자식이니 바로 대라고, 그렇지 아니해도 초산이요 난산으로 수십 시간째 사생 간에 방황하는 정 씨를 위협하고 못 견디게 굴어서, 정 씨는 입술을 깨물고 혀끝을 깨물고 제 손으로 제 머리를 쥐어뜯고 원통하게 울다가 마침내 해산은 하였으나, 어린애 젖꼭지도 못 물려보고, 미역국 국물 한 모금도 안 마시어보고,

"영감, 이것이 당신 혈육이오."

하고 울다가 죽었다는 것이 그 대지다. 그러나 그 참혹한 이야기를 도저히 그대로 적을 수는 없었다.

"에그, 저런!"

하고 맘 약한 엄 씨는 눈물을 흘렸다. 을순이는 감히 표정은 못 하나 전신에 소름이 끼치고 머리가 쭈뼛쭈뼛함을 깨달았다.

삼봉이는 주먹으로 방바닥을 치며,

"어머니, 갑시다."

하고 서둘렀다. 이런 인정 없는 흉악한 사람의 집에 일각이라도 머물러 있을 수가 없다고 생각한 것이다.

이때에 박 주사가 떠나니 잠깐만 사랑으로 나오라는 기별이 들었다.

"어머니, 아자씨가 가신다오."

하고 삼봉이가 펄쩍 뛰며,

"아니, 우리도 같이 갑시다. 어머니, 같이 가요. 자, 다들 나서라. 우리는 서간도로 가야 해. 자, 어서 다들 일어나!"

하며 이불짐을 지고 나선다.

엄 씨 이하로 모든 식구들도 이런 경우에 가장 되는 삼봉의 명령을 어

길 아무 이유도 있지 아니하여서 다들 한 가지씩 저 맡은 짐을 들고 삼봉의 뒤를 따라서 대문을 나섰다. 깜장 마나님과 입비뚤이 개똥 어멈은 이 영문 모를 일에 하도 어이가 없어서 멍하니 삼봉이네 식구들 뒷모양만 바라보고,

"괜한 소릴 했지."

"글쎄."

이 여편네들은 자기네들의 쓸데없는 소리를 한 것을 후회하였다. 술이 얼근해서 박 주사도 무슨 경사나 난 듯이 노 참사를 보고 웃고 떠들다가, 삼봉이가 짐을 지고 다른 식구들이 주룽주룽 뒤를 따라 나오는 양을 보고 깜짝 놀라며,

"너 짐은 왜 지고 나오니? 지금 영감허구 너의 거처할 집과 농토 교섭까지 다 해놓았는데, 이게 다 웬일이냐?"

하다가 박 주사는 삼봉이를 보고 담판을 했자 유리한 결과를 얻지 못할 줄 알고, 엄 씨에게 한 걸음 가까이 가서 말을 붙인다.

박 주사는 노 참사에게 들리기를 꺼리는 듯한 낮은 음성으로,

"아, 글쎄, 망령이세요? 저기 저, 뽕나무 백힌 집을 드리기로 하고, 앞 고래 논하고, 그나 그뿐인가요. 이 동네 소작인들 부치는 삼백 석지기도 마름이란 말이야요. 그나 그뿐인가요. 을순이가 노 참사 집에 들어가서 아들 하나만 낳아놓으면야 노 참사 집 광문 열쇠는 을순이 것입니다그려. 두말할 것 있습니까? 설사 을순이가 아들을 낳지 않는다 하더라도 삼봉이네 식구 밥 굶을 일은 없거든. 그럴세, 이 좋은 판에……. 또 노 참사가 점잖은 사람이란 말이야요. 또, 저, 또 노 참사 본마누라가 말야요, 아주 병꾸러기거든."

하고 더욱 어성을 낮추어서,

　"서울 제중원에를 가네, 대학병원에를 가네 하고, 배를 째네, 옆구리를 가르네 하야 나을 병이 아니란 말야요. 골골하지. 그러니까 기껏 살아야 금년을 넘길까 말까 합니다."

　"그렇기로 남 죽기를 어떻게 기다리겠어요?"

하고 엄 씨는 아까 노 참사의 마누라가 떠드는 품이 일 년, 이 년에 죽을 것 같지는 않던데 하는 생각을 하나, 또한 박 주사의 말이 그럴싸하기도 해서 맘이 솔깃함을 억제할 수가 없었다. 그리고 네 생각은 어떠냐 하는 듯이 살짝 아들 삼봉을 본다.

　삼봉은 말 같지 아니한 소리는 듣기도 싫다 하는 듯이 외면하고 섰다. 그의 소년다운 공상에는 서간도의 풍성하고도 자유로운 벌판이 떠올랐다.

　"그야 그런 말이 아니지마는……."

하고 박 주사는 연해 얼렁뚱땅 농치면서,

　"이를테면 그렇단 말씀이야요."

하고는 노 참사도 다 들으라는 듯이,

　"그럼, 안녕히 겝시오. 아직 저 집이 날 때까지는 여기 계시지요, 안 그래요?"

하고, 엄 씨와 노 참사를 번갈아 본다.

　"아, 그럼."

하고, 노 참사는 이제야 말할 기회를 얻은 것으로 다행히 여기는 듯이 두어 걸음 걸어 나오며,

　"아, 크나큰 집이 노 비어 있는걸요."

하는 것은 엄 씨에게 하는 말,

　"내야 한 달이면 스무닷새는 읍내에 있는걸. 거시키 어……."

하는 것은 박 주사에게 하는 말,

　"애, 저 손님 짐 받아들여라."

하는 것은 하인에게 하는 말,

　"자, 그럼. 뭐, 그럴 것 있나?"

하는 것은 삼봉에게 하는 말이다.

　"어머니 가세요! 모르는 어른의 신세를 지면 언제 갚아요?"

하고 삼봉이는 노 참사를 향하여,

　"가야만 하겠어요!"

하고 고개를 끄덕 인사를 하고는 앞길로 훨훨 달아난다.

　동네 사람들, 아이들 모두 눈이 부신 듯이 눈살을 찌푸리고 입을 벌리고 여간해서는 보기 어려운 광경을 물끄러미 구경하고 섰다. 그중에도 동네 여편네들의 시선이 노 참사와 을순의 사이로 오락가락한 것은 말할 것도 없는 일이다.

　삼봉이의 강경한 뜻을 찬성하는 듯이 오봉이와 정순이가 그 뒤를 따라서 나서고 안 씨와 을순이는 그 어머니 등 뒤에 꼭 붙어 서서 어머니와 시어머니가 가는 데로 갈 뜻을 표하는 듯하였다.

　이 꼴, 삼봉이가 자기의 모든 호의를 물리치고 달아나는 꼴을 보고, 노 참사는 한끝 무안도 하고 한끝 괘씸도 해서 말없이 사랑으로 들어가 버리고 만다. 오직 박 주사만이 그 기다란 눈을 엄 씨에서 삼봉에게로 분주히 옮기면서 좌편으로 한 걸음 왔다가 우편으로 한 걸음 갔다가 하고 쩔쩔맨다.

그러나 삼봉이의 정당한 결심은 마침내 박 주사의 감언이설과 엄 씨의 '밥의 유혹' 때문에 휘어지고 말았다.

집을 주고(박 주사가 가리킨 뽕나무 박힌 집이란 것은 이 동네 작은 집들 중에는 그중 크고 좋은 것 같았다), 농토를 준다는 이 좋은 판을 버리고 '만리타국 오랑캐 땅'으로 미거한 아들 하나를 믿고 따라가는 것은 참말 못 할 일이었다.

"삼봉아, 여기서 금년 농사나 지어보고 가자. 한 해 지나보고 좋거든 있고, 언짢거든 가면 고만 아니냐?"

이런 말로 어머니 엄 씨는 적극적으로 삼봉이를 권하였고, 마침내는,

"어미 말을 들어라. 네가 무얼 아느냐!"

하고 위협적으로 친권을 내세웠다.

삼봉이는,

'어머닐랑은 계십쇼. 딸자식 팔아먹고 계십쇼.'

하고 내뺄 용기까지는 없었다. 그래 삼봉이는 울고 싶은 것을 참고 누이 을순이를 바라보았다. 그래야 을순이도 적극적으로 오라비의 편을 들려는 눈치는 보이지 아니하였다. 만일 을순이가 눈치로라도,

'오빠, 난 여기 있기 싫어요. 저 싱거운 키다리 녀석의 첩 노릇은 싫어요. 오빠, 나는 오빠 따라가요.'

하는 뜻을 보였다 하면, 아마 삼봉이는,

'어머니, 안 됩니다. 서간도로 가서야 합니다.'

하고 기어이 가장의 위엄을 세울 용기도 있었을 것이다. 그러하건마는 을순이는 도리어 삼봉이가 가자고 고집하는 것을 시들하게 보는 눈치였다. 을순이 맘에도 그까짓 서간도에 하는 생각도 있었을는지도 모르고,

이 동네에 대궐 같은, 고래 등 같은 기와집에 주인아씨가 되어서, 온 동네 사람들을 남종, 여종으로 부려볼 욕심이 있었는지도 모른다.

어쨌으나 이리하여서 삼봉이네 집은 노 참사네 집에 부치게 된 것이었다.

노 참사는 삼봉이가 녹록지 아니한 줄을 알기 때문에, 그의 의사를 거스르려고 아니 하였다. 그래서 을순이를 첩으로 달라는 말 같은 것은 일절 입 밖에도 내지 아니하고, 다만 삼봉이더러는 집을 거두어달라 하고 혹시 읍내 심부름이나 시키고, 엄 씨더러는 옥천이집 살림(노 참사가 읍내에서 나와 있는 동안의 공궤 같은 것)을 보아달라 하고, 을순이더러는 안채 방을 치우고, 노 참사의 잠자리를 펴고 걷는 것이며, 밥상, 숭늉 심부름이나 하지 아니하면 아니 되도록 꾸미고, 오봉이는 사랑 치우고, 사랑 심부름하는 것을 맡게 하였다. 누가 보더라도 이만한 일이나 시키는 것은 당연한 일이라고 할 것이다.

그러나 뽕나무 박힌 집은 언제 날지도 몰랐다. 두 달 전에 죽었다는 정 씨의 어머니 황 씨(黃氏)가 그의 총각 아들 형제를 데리고 사는 집이 뽕나무 박힌 집이다. 정 씨가 죽었으니 황 씨가 일이 없어 그를 내쫓고 을순의 어머니인 엄 씨네 식구를 두자는 것이 노 참사의 배짱인 모양이나, 노 참사가 황 씨더러 집을 내놓으라면, 황 씨는 노 참사더러 딸을 내놓으랄 배짱이다.

"내 딸이 노가네 집 귀신이 되었거든, 그래, 내가 있는 집을 내놓으라고. 흥, 내 딸을 죽인 놈이 누군데. 내가 법사(法司)에 가서 발괄 아니 하는 것도 무엇하거든……."

이렇게 황 과부가 뽐내는 판이다.

황 과부의 말도 옳다. 처음 황 과부의 딸 정은순(鄭銀順)을 첩으로 구하여 올 적에도 노 참사는 여러 가지로 유리한 조건을 제출하였었다. 그것을 다 말할 필요도 없지마는 그 대강을 말하면, 황 과부에게 집과 농토를 줄뿐더러, 장차는 아들 형제 장가를 들이고, 작은아들에게도 집과 농토와 농우를 따로 장만해주어서 일생에 생활 걱정이 없게 하자는 것이었다.

돈, 돈, 돈

그러나 어머니와 오라비들을 위해서 몸을 판 정 씨 은순이가 그 어머니 황 씨의 혼수대로 노 참사를 졸라서, (1) 뽕나무 박힌 집을 황 씨 이름으로 문서를 낼 것, (2) 지금 황 씨네가 농사짓는 삼십 석지기를 황 씨 이름이나 은순이 이름으로 이전할 것을 이루려 하였으나, 차일피일하는 동안에 정 씨 은순이가 아들을 못 낳는다는 이유로 소박을 받게 되었고, 천만의외에 은순이가 아이를 배어서 낳는 것이 다행히 아들만 되면 목적을 달해볼까 하고 황 과부는 물론이어니와 수줍은 정 씨도 은근히 속으로 바라던 노릇이 아들을 낳아놓고도 누명을 쓰고 분사하여버린 것이었다.

을순의 장래도 아마 은순의 과거와 대동소이하였을 것이다. 만일 을순이가 마침내 노 참사의 넷째 첩이 되었더라면.

그러나 일이 생겼다, 어떤 날 밤.

그날 다 저녁때나 되어서 노 참사는 읍내에서 나오는 길로 몸이 편치 아니하다 하여 안방에 자리를 펴고 눕고, 삼봉이더러는 약을 지어 오라고 묵은 처방전을 주어서 읍내로 보내었다. 읍내가 여기서 삼십 리, 아무리 빨리 걸어도 열한 시 전에는 돌아올 수가 없었다.

엄 씨는 자리에 누워서 늦게 혼자 돌아오는 아들을 염려하였으나, 다른 식구들은 다 잠이 들었다. 밖에는 봄비가 소리도 들릴락 말락 하게 내리는 모양이다. 엄 씨는 죽은 남편이며, 잃어버린 집이며, 농토며, 말 못된 현재의 신세며, 이러한 생각을 하고 누웠을 때에 안에서,

"을순아! 을순아!"

하고 부르는 소리가 들렸다. 그것이 노 참사의 소리인 것은 말할 것도 없다.

어른이 아이를 애, 쟤 하고 부르는 것은 당연한 일이라고 생각은 하면서도, 노 참사가 요새 종의 자식이나 부르는 듯이 "을순아!" 하고 부르는 것을 삼봉이는 말할 것도 없지마는 엄 씨도 불쾌하게 생각하였다. 그러나 노 참사는 주인이요, 자기네는 부쳐 있는 군식구다. "을순아!" 하고 부르면, "네." 하고 나설 도리밖에는 없었다.

"을순아!"

하고 노 참사의 소리는 점점 더 커진다.

"어머니, 저것이 또 불러."

하고 을순이가 시방 잠을 깨었는지, 저도 무슨 제 시름이 있어서 잠을 이루지 못하고 있었던지, 어머니를 향하고 소근거린다.

"숭늉 떠다 놓았니?"

"그럼, 꼴깍 한 그릇을 떠다 놓았는데."

이것은 노 참사가 가끔 물 떠 오라는 핑계로 밤중에 을순이를 부르는

까닭이다.

"어머니, 어떡해? 또 다리나 밟으라면 어떡허우? 원, 이 노릇을 어떡해?"

하고 을순이는 짜증 내는 듯이 몸을 튼다.

엄 씨는 을순의 말에 가슴이 찔리는 듯하였다. 이것이 다 어미 아비가 자식들에게 돈을 못 물려준 탓이로구나 하고, 눈자위가 슴벅슴벅함을 깨달았다. 그러나 그런 생각을 할 처지가 아니다.

"을순아!"

하고 또 부른다.

"을순아, 가보려무나, 대답하고. 그리고 무슨 심부름을 시키시거든 얼른 해드리고는 나와!"

하고 엄 씨는 딸을 훈계하였다.

"에구, 이 노릇을 어떻게 해? 밤중에 왜 사람을 부를까? 숭해라!"

하고 을순은 부시시 일어나서, 머리맡에 벗어놓았던 치마를 더듬어 입고 머리를 쓰다듬고 버선을 신고 문을 열고 신을 찾아 신으면서 가늘게,

"네에."

하고 대답을 하였다.

을순은 안방 쌍창 밖에 가서 떨리는 음성으로,

"불르셨어요?"

하고 안에서 나오는 대답을 기다렸다.

"오! 이리 들어오너라."

하고 안에서 부스럭거리는 소리가 난다.

을순이 그 명령에 복종하지 않고 그 자리에 가만히 선 채로 또 한 번,

"불르셨어요? 숭늉 떠 와요?"

하고 저고리 고름과 치맛고름을 다시 졸라매었다.

"어, 그래 숭늉 떠 와. 숭늉 가지고 들어오너라."

하는 것이 안에서 나오는 대답이었다. 그 말이 도무지 자신이 없는 말 같았다. 원체 혈개가 늦어빠지고 말도 맺고 끊지를 못하는 노 참사이지마는, 지금 하는 말은 도무지 종작이 없는 듯하였다.

다른 때와 같으면 을순이가 밤중에 안방에 불릴 때면 삼봉이가 따라와서 연해 기침과 발자취로 인기척을 하였을 것이나, 오늘 밤에는 삼봉이는 읍내 가서 아직도 돌아오지 아니하였다. 시간으로 말하면 아마 삼봉이가 지금 이리로 오는 길일 것이다. 아홉 시를 친 지가 한참이나 되거든.

그러나 을순은 이 이상 주인의 말을 더 거역할 이유는 없었다. 그래서 부엌으로 가서, 솥에 남아 있는 숭늉을 주발에 떠서 대접에 받치고 뚜껑을 덮어서, 아주 얌전하게 물 한 방울 흐르지 않게 치맛자락으로 그릇을 훔치어서 두 손으로 받들고 소리 아니 나게 마루에 올라서서 안방 문을 열었다.

안방에는 벽과 봉창을 대어 병풍을 두르고 가느스름하게 낮춘 책상 남포 불빛에 무늬 큰 자줏빛 모본단 이불을 배꼽까지 걸치고 일본 자리옷 가슴을 풀어 헤치어서 털이 시커먼 가슴패기를 내어놓고, 커다란 눈에 이상한 빛을 내어 빙그레 웃으면서 노 참사가 을순이 들어오는 것을 보고 누웠다.

을순이는 물그릇을 들고 잠깐 어찌할 바를 모르는 듯이 주저하다가 한번 한숨을 쉬고 조심히 걸어서 노 참사의 머리맡 자리끼 그릇 놓인 곁에 숭늉 그릇을 내려놓고 물러나려 하였다.

노 참사는 얼른 물을 두어 모금 마시더니 나가려는 을순이를 황망하게 부른다.

"애, 내 조끼 주머니나 그렇지 아니하면 외투 주머니에 담배 들었나 보아라. 안됐다. 응. 어머님 주무시니. 방이 차지들이나 아니하냐. 나무 아끼지 말고 불 때지."

이렇게 중얼댄다.

을순은 돌아서서 노 참사의 조끼를 찾았다. 그러나 그것은 노 참사를 타고 넘거나 머리 위로 엎드리지 아니하고는 꺼낼 수가 없는 위치에 있었다. 그래서 조끼는 단념하고, 을순은 벽에 걸린 외투 주머니를 뒤지었다. 안과 밖 모두 네 주머니를 뒤져보았으나 장갑, 구둣주걱, 콧수건 이런 것밖에는 나오지를 아니하였다. 그래서 을순은 외투 앞에 선 채로 노 참사를 돌아보며,

"담배가 없습니다."

하였다.

열여덟 살 되는 처녀의 어깨와 허리와 볼기짝의 선, 을순이가 움직일 때마다 치맛자락과 버선목 사이로 비쭉비쭉 보일 듯 말 듯 하는 다리의 흰 살, 이상한 리듬으로 몸의 동작을 따라서 꿈틀거리는 을순의 머리채, 가느스름한 등불 빛에 밝았다 어두웠다 하는 다 익은 처녀의 얼굴, 이것은 애초부터도 불같이 일어나던 노 참사의 정욕을 급속도로 부채질하였다. 노 참사의 몸뚱이는 이불 속에서 꿈틀거렸다.

외투 주머니에는 없다는 을순의 말에 노 참사는 턱으로 조끼 있는 쪽을 가리키며,

"그러니까 이 조끼 주머니를 먼저 보라고 했지. 내가 몸이 아파서 움직일 수가 없으니 미안하지마는 좀 찾아보아다고. 어디 삼봉이 와서 담배가 있지."

하고 누렁 때 끼인 윗이빨을 내어놓고 싱글벙글 웃는다.

을순은 마지못하여 노 참사의 머리맡으로 갔으나, 차마 머리 위로 엎드려서 조끼를 잡지 못하여 어찌할 줄을 모르고 왼편 손 엄지손가락 끝만 씹었다.

온 집안 식구의 목숨이 노 참사에게 달리지만 아니하였더라도 을순은 발길로 노 참사의 얼빠진 듯한 낯바닥을 탁 차고 그 아가리에다가 가래침을 탁 뱉어 넣고 뛰어나오고 싶지마는, 을순은 그런 일을 하기에는 너무나 앞과 뒤를 재도록 영리하였다. 자기가 노 참사의 비위를 거스르는 날에는 노 참사는 이 밤으로 자기 집 식구를 내쫓아버릴 것이다. 뽕나무 박힌 집 한 채 준다는 것, 농토 준다는 것, 다 허사가 되지 않느냐. 맘 같아선 유정석과 같은 대학생의 아내가 되고 싶지마는 어디 그것을 바랄 수가 있나. 어찌어찌 어머니와 동생네가 먹을 것이나 생긴다면, 몸이 노 참사의 첩이 되기로 어떠하랴, 이만한 생각을 을순이도 가지지 않는 바는 아니다. 그렇지마는 당장 목전에 노 참사가 자기를 대하는 모양을 보면 마치 길바닥에 가로 나자빠진 능구렁이를 대하는 것같이 징글징글해서 도무지 숨이 막힐 듯이 불쾌하였다.

그러나 다 돈 때문이다, 집안 식구 때문이다. 노 참사의 비위를 맞추어야 한다고 결심하고 을순은 마치 끓는 물에 발을 담그는 결심으로 노 참사의 베개 밑에 무릎을 꿇고 앉아서 노 참사의 얼굴 위로 허리를 넘겨 손을 내밀어서 금시곗줄이 번적번적하는 노 참사의 회색 조끼를 끌어당겼다.

아니나 다를까. 을순이가 그 조끼를 들고 몸을 바로잡기도 전에 '흑'
소리가 나며, 노 참사의 두 팔이 을순의 가는 허리에 구렁이같이 감김을
깨달았다.

그렇지마는 소리를 질러서는 안 된다. 노 참사를 망신을 시켜서는 안
된다.

"아이, 놓으십시오!"

하고 을순은 가늘게 반항하였다.

"아이, 놓으셔요!"

그러나 노 참사는 을순을 끌어서 자기의 가슴 앞으로 끌어오려 하였다.

"아이, 놓으셔요!"

하고 을순은 애원하면서 힘껏 몸을 뿌리치었다.

을순의 몸은 노 참사의 팔에서 빠져나왔으나, 치맛자락이 노 참사의
손에 잡히어 치마폭이 두어 폭 '득' 하고 떨어졌다.

을순은 몸을 가리려는 처녀의 본능적 수치심으로 그만 옹송그리고 앉
았다. 그리고도 을순은 노 참사의 명령을 시행하노라고 조끼 주머니를
뒤지었으나 거기는 돈지갑, 궐련 물부리, 명함 조각, 무슨 종잇조각들뿐
이요, 궐련은 없었다.

"조끼에도 궐련은 없습니다."

하고 조끼를 차곡차곡 개켜서 노 참사의 머리맡으로 밀어놓았다. 그리고
일어서서 터진 치마폭을 손으로 꽉 붙들고,

"놓으세요!"

하고 또 한 번 애걸을 하였다.

"아나, 아나!"

하고 노 참사는 외면하고 앉았는 을순이를 부른다.

"네에."

하고 을순의 소리는 모깃소리와 같다.

"을순아, 너 나하고 살아. 응, 나하고 살아. 돈 주께. 응, 돈 주께."

하고 노 참사는 조끼 주머니에서 돈지갑을 꺼낸다.

돈지갑을 꺼낸 노 참사는 분주히 그것을 열고, 거기서 길이로 넣었던 십 원박이 지전 한 장을 꺼내어서 을순의 손에 쥐여주며,

"자, 이것을 받아!"

하고는 인제는 을순의 몸을 자유로 처분하는 권리를 샀다는 듯이 쓰윽 을순의 허리를 끌어 잡아당긴다.

"아스셔요. 점잖으신 어른이."

하고 을순은 무릎 위에 놓였던 십 원 지폐를 방바닥에 떨어뜨리면서, 팔굽이를 버티어서 노 참사를 쓰윽 떠밀었다.

"흥흥, 부끄러워서 그러느냐. 파겁을 해야. 누구든지 계집애들이 처음에는 그러는 법이야."

하고 노 참사는 또 십 원짜리 지전 한 장을 꺼내어서 아까 치와 아울러 두 장을 을순의 손에 억지로 쥐여주고 그 손을 으스러지어라 하고 꼭 잡으며,

"손이 예쁘거든, 조고마한 게. 시골 계집애 손이 어디 이렇기가 쉬운가. 홍, 어느 모로 보아도 얌전하거든. 과연 내 배필이야, 하하."

하고 노 참사는 또 한 번 이번에는 을순의 목을 쓱 끌어당긴다.

을순은 노 참사가 쥐었던 손을 힘껏 잡아 뿌리쳐서 목에 걸린 노 참사의 손을 떠밀었다.

"아유, 왜 이러셔요. 점잖으신 어른이."

하고 십 원박이 지전 두 장을 노 참사의 무릎 앞에 착 놓고 일어섰다.

　노 참사는 무료하여 눈이 씰룩하며,

　"어 고년, 방자한 년. 어른이 주시거든 받아 넣는 게지. 웬 버르장머리란 말이냐."

하고 위엄 있게 소리를 지른다.

　을순은 더 참을 수 없다고 생각하고 노 참사의 호령도 들은 체 만 체 문을 향하고 걸어 나갔다.

　을순의 손이 마루로 통하는 미닫이 손잡이에 닿을락 말락 할 때에, 마치 사슴이나 토끼를 덮치는 호랑이와 같이 노 참사는 등 뒤로서 을순을 덮쳤다. 그러고는 을순을 반짝 들어다가 자기 자리 위에다가 드러누이려 하였으나 을순은 죽을힘을 다하여 노 참사를 뿌리치려고 하였다. 을순과 노 참사의 사이에는 일종의 격투가 일어났다.

　"요년! 요년!"

하고 노 참사는 을순을 금시에 잡아먹기나 할 듯이 어르기도 해보고,

　"을순아! 아나, 을순아."

하고 애걸하는 어조로 을순을 달래기도 하였다.

　어찌하였으나 노 참사가 오늘에 을순을 범하려는, 완력으로라도 범하려고 결심한 것은 사실이다. 십 원, 이십 원 돈만 집어주면 만만히 휘어넘을 줄로만 믿었던 노 참사는 을순이가 너무도 강경하고 세찬 데 화가 났을뿐더러, 그러하는 정욕의 열도는 참을 수 없이 흥분되었다. 일신이 도시 정욕이 되고 만 것이다.

　그렇지마는 을순은,

　'오, 네가 이럴 작정이냐. 계집애의 생각이 얼마나 매운가 좀 알아봐

라.'

하는 듯이, 이를 악물고 노 참사의 팔과 몸에 항거하였다. 을순의 얼굴은 핏빛같이 상기가 되고, 팔다리는 분을 못 참아 바르르 떨었다.

'이놈아, 이 즘생 같은 놈아!'

하고 노 참사의 따귀를 한 개 힘껏 붙이고 발악을 할 맘은 불 일듯 하건마는 이래서 노 참사를 망신을 시키면 온 집안 식구의 생활의 줄이 끊어지지를 않느냐.

노 참사의 구린내 나는 입김이 가끔 을순의 뺨과 코를 찔러도 을순은 그것은 참았다. 어머니와 오랍동생들을 위해서는 무엇이나 다 참자, 그러나 내일은 어떻게 될지 몰라도 오늘까지는 내 정조만은 지키자, 그것 하나만을 죽기로써 지켜서 빼앗기지 말자! 을순은 이것을 목표로 달팽이 모양으로 몸을 옹송그렸다.

"을순아, 을순아!"

하고 노 참사는,

"아따, 아따, 자, 백 원 주께. 자, 이백 원 주께. 을순아, 요렇게도 어른의 말을 안 듣느냐?"

하고 울 듯이 애걸하였다.

노 참사는 한 십 리나 달음박질을 한 사람 모양으로 씨근씨근 숨이 찼다.

"을순아, 아나."

하고, 한 팔로 을순을 꽉 껴안고 한 팔로 조끼 주머니에서 만년필을 꺼내어서 그 뚜껑을 입으로 열어서,

"종이, 종이가 어디 갔나, 종이."

하여 문갑에 편지지를 꺼내어,

證(증)

一(일), 金壹千圓也(금일천원야)

右之通婚禮支度金(우지통혼례지도금)으로 支拂(지불)을 約束(약
속)함.

×××年(년) ×月(월) ×日(일) 魯基浩(노기호)

金乙淳(김을순) 殿(전)

이렇게 써서 수정 도장을 꺼내어서 이름 밑에 꼭 찍고, 후 입김을 불어
서 말린 뒤에 을순에게 보이며,

"자, 이러면 어때?"

하고 그 글을 한번 내리읽고서,

"이만하면 을순이 친정집도 살 것이 아니야. 을순이로 말하면 이 집 맡
아가지고 이 집 주인마님이 된단 말이야. 내 재산은 다 을순이 재산이거
든. 비단옷에, 구경 가고 싶거든 구경 가고, 또 우리 둘이 동부인해서 서
울도 가고, 온양온천, 동래온천, 여름이면 삼방약수, 석왕사, 금강산 막
가고 어디는 못 간단 말인가. 우리 을순이가 하고 싶다는 일이면 노기호
가 무엇이나 다 할 것이란 말야. 여율령시행으로. 서간도를 가? 아니, 서
간도를 가다니 말이 되나. 거기 가서 그 되놈들 속에서……. 안 그런가,
을순이. 자, 어서 내 말을 들어, 응."

하고 노 참사는 또 한 번 을순을 껴안으려 한다.

보통학교를 마친 을순은 노 참사가 써놓은 것이 무엇인지를 안다. 그

것은 돈 일천 원을 자기에게 준다는 말이다.

또 을순은 일천 원이란 돈이 얼마나 많은 것인 줄을 안다. 잘은 모르더라도 어찌하였으나 일천 원의 돈이 있으면 온 집안이 살아갈 밑천이 되는 줄을 안다. 아버지가 돌아가기 전에 "돈 천 원만 있었으면, 돈 천 원만 있었으면." 하던 것을 을순은 잘 기억하기 때문이다. 또 을순은 안다. 아마 을순이가 일생을 벌더라도 돈 천 원이란 것은 절대로 얻지 못할 것을. 그런데 지금 노 참사가 을순에게 돈 일천 원 준다는 표를 쓰지 아니하였느냐. 그 표에는 분명히 수정 도장이 찍히지 아니하였느냐.

을순은 노 참사가 이것을 무슨 값으로 주는 줄을 안다. 그것은 을순의 정조다. 노 참사는 을순의 정조에 탐이 나서, 그 아까운 돈 일천 원을 내어놓는 것이다.

천 원만 있으면, 아아, 천 원만 있으면 하고 아버지가 임종까지 애쓰던 것을 을순은 안다. 돈 천 원이 지금 을순의 손에 있지 아니하냐. 을순이가 한마디 허락만 하면, 잠시…… 아아.

을순은 얼마나 그 천 원 돈이 가지고 싶었을꼬. '금일천원야'라는 표지, 그것을 볼 때에 을순은 핑 내어두르는 것을 깨달았다. 마치 천 길 벼랑 위에 선 듯하였다. 을순은 얼마나 그 천 원 표를 집어서 괴춤 속에 꼭꼭 눌러 넣고 싶었는지. 을순의 손은 그 표를 향하여 또 넘너른한 십 원박이 지전에 대하여 저항할 수 없게 끌림을 깨달았다. 을순의 약한 정신은 마치 무섭게 빠르게 흘러내려 가는 여울물 속에 선 연약한 풀대와 같이 휘청거렸다. 을순은 돈 천 원의 유혹에 부서질 듯하였다.

"자, 이걸 집어넣어라. 응, 집어넣어."

하고 노 참사는 천 원 표와 이십 원 지전을 한데 뭉쳐서 을순의 허리 속에 집어넣었다. 그러고는 노 참사는 흥정이 다 끝났다는 듯이 을순이를 꽉 껴안고 을순의 입에다가 그 커다란 구린내 나는 입을 대고 비볐다.

"이놈아! 이 즘생 놈아!"

하는 깁을 찢는 듯한 소리가 들리자 노 참사는 왼편 눈에 불이 번쩍 남을 깨달았다.

이 불의의 소리, 이 불의의 때림! 노 참사는 혼이 빠져서 을순을 놓고 뒤로 물러앉았다. 그리고 얼빠진 듯한 눈을 크게 뜨고 달려드는 무엇을 막으려는 사람 모양으로 두 손으로 허공을 할퀴면서 발딱 일어선 을순을 바라보았다.

"이 녀석, 이 개 같은 녀석, 돈이면 다 되는 줄 아느냐."

하고 을순은 허리에 손을 넣어서 그 천 원 표와 돈 뭉텅이를 입으로 아드득아드득 두어 번 깨물어서, 노 참사의 면상을 향하고 냅다 치었다.

"이 돈만 아는 녀석 같으니, 이 오랑캐 같은 놈 같으니!"

하고 을순은 참았던 분통이 터져 나오는 것을 참을 수가 없었다. 무슨 욕설이든지 있는 대로 다 쏟아놓고 싶었으나 본디 욕을 해볼 기회가 없이 자라난 을순의 입에서는 맘대로 욕이 나오지를 아니하였다. 그래서 사지를 떨고 이를 갈았다. 만일 노 참사가 한 번만 더 자기를 건드리면 그놈의 멱살을 물어뜯어 죽여버리리라고까지 독이 올랐다.

어디서 그 소리가 나왔을까. 어디서, 그 비둘기 같은 가슴 속에서, 어디서 그 암상이 나왔을까. 거지 같은 신세에 있으면서, 어디서 돈 천 원을 개똥같이 팽개를 치는 기운이 나왔을까. 노 참사는 지금 당하는 일이 도무지 꿈과 같았다. 결코 있을 수 없는 일이 있은 것만 같았다.

"허, 고년 맹랑하거든. 어른을 때려!"

하고 노 참사는 을순에게 얻어맞은 왼편 눈을 비빈다. 눈만 감으면 아직도 불꽃이 번쩍번쩍하고, 눈만 뜨려면 눈물이 쫙 쏟아졌다.

이때에 마루에서 시계가 평소보다 바쁜 일이나 있는 듯이 땅땅땅 하고 열한 시를 친다.

노 참사는 한 손으로 아픈 눈을 만지고 한 눈으로 독이 오른 을순을 물끄러미 바라보더니, 나는 듯이 벌떡 일어나며,

"에끼 오라질 년, 말로 안 듣거든 힘으로는 못 할 줄 알더냐. 요 발칙한 년 같으니!"

하고 을순에게 대든다.

을순은 문밖으로 뛰어나가려 하였으나, 노 참사의 힘을 당하지 못하여 억지로 끌려서 아랫목 노 참사의 자리 있는 데로 가서 동댕이침을 받고, 노 참사는 얼른 뛰어가서 마당으로 향한 덧문과 마루로 향하는 지게문을 꼭꼭 가두어 걸고, 책상머리에 놓았던 남포등 불을 혹 불어서 꺼버렸다.

그동안에 을순이는 몇 번 뛰어나가려고 하였으나, 성공하지 못하고 마침내 노 참사에게 눌림이 되었다.

"어머니! 나 죽어요, 어머니!"

하고 을순이는 소리를 질렀으나 노 참사는,

"요년! 요년!"

하고 일변 을순의 입에 재갈을 물리고 일변 일본 허리띠로 을순의 두 팔을 몸에다 비끄러매었다.

엄 씨는 두 번째나 을순의 소리가 나는 것을 보고 뛰어나왔으나, 안방에 불이 꺼졌음을 보고 어찌할 줄을 몰라서,

"을순아! 을순아!"

하고 안방을 향하고 부를 뿐이었다.

엄 씨는 을순을 안방으로 보내고는 이슥히 나오지 않는 것을 보고 여러 가지로 상상도 하고 염려도 하였으나 설마설마하고, 혹은 노 참사의 점잖음을 믿어도 보고, 혹은 을순의 얌전함을 대견히도 생각하다가, 을순이가 악을 쓰는 소리를 듣고는 가슴이 뜨마해서 노 참사에게 겁탈을 당하는 딸을 상상하고 허겁지겁 뛰어나오는 것이다.

그러나 불은 꺼지지 아니하였느냐. 다시는 아무 소리도 들리지 않지 않느냐. 조선 부인인 엄 씨는 "을순아! 을순아!" 하고 불러보는 것밖에 아무 주변도 있을 수가 없었다.

엄 씨가 안마당에서 쩔쩔매고 돌아갈 때에 대문 밖에서 쩌벅쩌벅하는 발자국 소리가 들린다.

엄 씨는 그것이 삼봉의 발자국 소리인 줄을 잘 안다.

삼봉이를 생각할 때에 엄 씨의 눈앞에는 무서운 비극이 번듯하였다.

엄 씨는 안방에서 들으라 하는 듯이,

"삼봉이냐, 인제 오느냐?"

하고 외치었다.

"어머니!"

하고 삼봉이가 들어선다. 어두운 봄밤에 삼봉의 모양은 마치 산더미같이 커 보였다.

"삼봉아!"

"왜 그러슈? 왜 안 주무슈?"

하고 삼봉이는 어두움을 통해서 어머니의 얼굴을 들여다본다.

"삼봉아, 주인 양반이 부르시어서 을순이가 안방에를 갔는데……."

하고 엄 씨의 말이 채 끝도 나기 전에 삼봉이의 몸은 엄 씨의 손을 뿌리치고 나는 듯이 안방 쌍창 앞에 서서 문고리를 힘껏 잡아채며,

"문 열어라!"

하고 소리를 지르고 있었다.

을순이가 안방에 들어갔다는 말에 삼봉의 머릿속에는 벌써 깊은 밤중, 안방에 불 끈 것, 노 참사, 을순 등의 관념이 번개같이 돌아간 것이다.

"문 열어라!"

하는 둘째 소리가 나며 안방 덧문은 삼봉의 발부리에 산산조각이 나게 부서진다.

문 잡아 젖히며 젖은 신발째로 안방에 들어서는 삼봉의 손에서는 성냥불이 번쩍하였다. 그 성냥불 빛에 노 참사의 일본 자리옷 앞자락을 손으로 끌어 쥔 모양이 번뜻하였으나, 어느 겨를에 노 참사는 삼봉의 손에 대롱 달려서 문밖으로 나와 삼봉의 발이 한 번 노 참사의 등 뒤에 번쩍하며 노 참사는 공중에 몸이 뜨기 팽 소리를 내며 질척질척한 마당에 날아와 엎드러졌다.

안방 어두운 속에서,

"오빠!"

하고 을순의 목을 놓아서 우는 소리가 들렸다.

삼봉의 손에서는 다시 성냥불이 번쩍하더니, 책상 위에 남포등에 불을 붙여서 바깥바람에 까불까불 춤을 춘다.

삼봉은 병풍을 들입다 차서 구멍을 뻥뻥 뚫고, 노 참사의 이부자리를 뭉쳐서 마당을 향하고 팽개를 치니 그 뭉텅이가 노 참사의 엎드러진 잔등이를 덮었다.

삼봉의 주먹과 발이 가는 곳에 와지끈지끈 소리가 났다.

"엉엉엉."

하는 을순의 울음소리가 밤을 흔들었다.

삼봉이는 안방에서 부술 것을 다 부수고 마당으로 내려오려고 툇마루에 나서며,

"이놈, 오늘 내 손에 죽어봐라."

하고 문짝 떨어진 것을 둘러메고 내려왔다.

"삼봉아! 참아라."

하고 엄 씨가 아들의 팔에 매달렸다.

이 틈에 마당에 있던 이불 뭉텅이가 들먹거리더니, 노 참사가 일어나서,

"사람 살려라! 도적야!"

하고 대문으로 뛰어가려 하였다.

"이놈 잡아라!"

하고 삼봉이가 엄 씨의 손을 뿌리치고, 그 쇠갈퀴 같은 손으로 달아나는 노 참사의 등덜미를 덮치니, 노 참사는 일본 자리옷은 삼봉의 손에 벗어 던지고 벌거벗은 채로,

"도적야, 사람 살려라!"

하고 대문 밖으로 뛰어나간다.

"삼봉아, 이놈아, 사람 죽일라."

하고 엄 씨가 울며 삼봉의 팔에 매달렸다.

죄

삼봉이, 눈에 불이 나는 삼봉은 어머니에게 붙들려서 다시 안방으로 들어왔다.

거기는 아직도 을순이가 엎드러져서 목을 놓아 울고 있었다.

온 동네가 잠을 깨어 나왔다.

노 참사네 안마당에도 사람들이 서성거렸다.

을순의 모양은 참혹하였다. 치마는 허리만 남고, 저고리는 소매까지 떨어져 나갔다. 방바닥에는 노 참사의 지갑, 도장, 시계 등속이 너더분하였다. 지금 삼봉이가 왕복 육십 리 읍내에서 지어가지고 온 쌍화탕 여섯 첩도 더러는 봉지가 꿰어져서 방바닥에 엎질러졌다. 뚫어진 병풍은 벽에 기대어 반쯤 넘어졌다.

"을순아! 을순아!"

하고 삼봉은 쓰러져 우는 을순을 일으키면서,

"일어나거라. 이놈의 곳에를 한 시각인들 더 있어? 어서 가자!"

이렇게 기운차게 말하는 삼봉의 눈에도 눈물이 있었다. 그러나 이런 경우에 눈물을 흘려서는 안 된다. 이때는 정히 가장의 위신을 보존할 때라고 삼봉이는 생각한다.

"어머니! 이 밤으로 우리는 이곳을 떠나야 해요!"

하고 삼봉은 큰 소리로 온 가족을 재촉하였다.

엄 씨는 삼봉의 지휘를 거역할 아무 이유가 없었다. 그러할뿐더러 도리어 삼봉이가 선견지명이 있던 것을 감복하는 동시에 정정당당한 이치로 서간도로 직행할 것을 주장하던 삼봉의 지도를 좇지 아니한 것을 부끄럽게 미안하게 생각하지 않을 수 없었다.

삼봉이네 일행은 올 때와 다름없이 보퉁이를 지고 이고, 봄비 부실부실 오는 밤중에 이 동네를 떠났다.

그러나 일행이 동네를 떠나서 오 리를 다 가기 전에 웬 사람들이 뒤를 따라와서,

"이놈아! 네가 김삼봉이지?"

하고 삼봉의 좌우 팔을 붙들었다.

"그렇소."

하고 삼봉은 벌써 알아차린 듯이 겁내지 않고 대답하였다.

둘 중에 한 순사가 삼봉의 따귀를 서너 개 눈에 불이 나게 붙이었다.

"사람을 왜 따려요? 당신은 무슨 사람인데 죄 없는 사람을 따려요?"

하고 삼봉이는 유치한 반항을 하였다.

"이놈아, 무슨 잔소리야?"

하고 곁에 있던 순사가 또 삼봉의 뺨을 두어 개 때렸다.

삼봉이는 더 말한대야 매나 얻어맞을 줄을 알았기 때문에 고만 입을 다

물어버리고 말았다.

두 순사는 포승으로 삼봉이를 묶었다.

그러고도 울고 떨고 섰는 일행 중에서 을순을 골라내었다.

"네가 김을순이냐?"

을순은 울고 대답이 없었다.

"요년, 왜 대답이 없어? 앙큼한 년 같으니라고."

하고 한 순사가 을순의 옆구리를 쥐어지른다.

"요년도 포승을 지울까요?"

하고 덜렁거리는 순사는 다른 순사에게 묻는다.

"고년은 지우지 말어라."

하는 대답은 일본말이었다.

삼봉이와 을순이는 두 순사에게 몰려서 빨리빨리 읍내를 향하고 걸었다. 밤길을 육십 리나 걸은 삼봉이는 말할 것도 없거니와, 노 참사와 한시간이나 넘게 격투를 한 을순이도 다리가 어디 놓이는지 알지 못하도록 피곤하였다.

사랑하는 아들과 딸을 죄인을 만들어서 앞에 세운 엄 씨의 심사나, 또 어린 오봉이며 정순이며, 또 삼봉의 처 안 씨의 심사가 어떻게 처참한 것은 말하는 것이 도리어 부질없는 일이다.

먼동이 훤하게 틀 적에야 일행은 읍내에 들어왔다. 경찰서에서는 숙직하는 순사부장 하나, 순사 하나밖에 없었다.

삼봉이와 을순이는 따로따로 유치장에 집어넣음이 되었다. 엄 씨 이하로 다른 식구들은 경찰서에서 지정하는 차입 주인의 집에 들 수밖에 없었다. 아홉 시 출근 시간이 되어서 사법계 주임이며 경찰서장이 사진(仕進)

을 해야만 정식 신문을 받을 것이지마는, 숙직 경관들이 심심파적으로 한 마디 두 마디 삼봉이와 을순에게 묻기도 하였다.

"웬 것들야?"

하고 숙직하던 순사부장은 삼봉이와 을순이를 압송해 온 ×××주재소 순사를 보고 물었다.

"노 참사 말야요, 이놈이 이년을 노 참사 방에다가 들여보내놓고는 노 참사가 불을 끄고 자는데, 이놈이 달려들어서 돈을 내라고, 이년은 이놈의 누이거든요. 짜구서 그런 게란 말야요. 애초에 이년을 먹을 것이 없는 것을 첩을 삼으려고, 노 참사 첩이 죽지 않았에요? 그래서는, 이놈이 어쨌든지 노 참사를 칼로 위협을 하고는 현금을 강탈하고는, 또 천 원 표를 받았단 말야요. 그러고는 더 안 준다고 노 참사를 벌거벗겨서 마당에다가 내동댕이를 쳐서는……."

"아, 이 계집애가? 거, 맹랑한걸!"

"오, 아노 로까. 아이쯔모 스께베이다나. (아, 그 노가 말야? 그 녀석도 계집은 좋아하거든.)"

이런 말들을 하였다.

이런 말들을 들어서 삼봉이는 자기가 붙들려 온 까닭을 비로소 짐작하였다.

"그렇기로 어쩌면 그놈이 그따위로 둘러댄담!"

하고 삼봉이는 노 참사가 꾸며댄 데 대하여 이를 갈았다.

"그렇지만 죄가 없는데야 설마 어쩔라고?"

하고 삼봉이 혼자 안심하려 하였다.

곁방에서는 누이 을순이가 훌쩍훌쩍 우는 소리가 들렸다.

좀 잠을 잘까 하고 드러누웠던 삼봉이는 을순의 울음소리를 듣고 벌떡 일어났다. 마치 전신의 피가 온통으로 머리로 끓어오르는 듯하였다.

을순이가 어떻게 귀한 누인가. 어떻게 세차고 얌전한 누인가. '그 누이가 노가 놈 때문에 이 꼴이 되었구나.' 하면 당장에 노 참사를 가루로 만들어 마시고 싶게 분하였다.

"을순아! 울지 마라."

하고 삼봉은 을순의 방을 향하여,

"내가 나가기만 하면 노가 놈을 다릿마댕이를 분질러놓고 말 터이니. 내가 아까 그놈을 왜 살려놓았어, 단박에 물고를 내어버리지. 아이구 분해라."

하고 주먹으로 벽을 탕 치었다.

"이놈아!"

하고 숙직 순사가 달려왔다.

"나리, 아까 그건 다 거짓말야요. 노가 놈의 말은 다 거짓말야요."

하고 삼봉이는 연해 변명한다.

삼봉이는 숙직 순사에게 뺨을 얻어맞고 가만히 자리에 누워서 울었다.

키가 작고 살이 마르고 몹시 신경질인 듯한 사법계 주임 전중 경부보가 삼봉이 남매를 사법주임실로 불러낸 것은 아침 열 시 반이나 되어서였다.

그 신문 대략은 이러하였다.

첫째는 삼봉의 가족이 무슨 연고로 노 참사의 집에 의탁하였느냐 하는 것이니, 여기서는 전중 사법계 주임은 삼봉의 누이가 노 참사의 첩으로 간 것이 아니냐, 설혹 당장은 첩이 아니라고 하더라도 장차 첩이 되려고 간 것이 아니냐 하는 것을 분명히 하려고 힘쓰는 듯하였다.

둘째로 사법주임이 알려고 한 것은 을순이가 전일에도 노 참사와 동침한 일이 있느냐 하는 것이었다.

"김을순아, 너는 전일에도 여러 번 노기호와 동침한 일이 있지?"

하고 사법주임의 묻는 말에,

"아이고 망칙해라! 동침이 무업니까?"

하고 을순은 낯을 붉혔으나,

"저는 심부름해드린 일밖에 없어요."

하고 힘 있게 말끝을 맺었다.

"네가 사오 차나 노 참사하고 한자리에 잔 것을 내가 다 아는데도 아니래?"

하고 전중 경부보는 땅방울같이 을렀다.

"누가 그래요? 어떤 놈이 그래요?"

하고 삼봉이는 참다못하여,

"그놈을, 그 말한 놈을 불러주셔요. 아가리를 찢어주게, 아가리에 똥을 틀어막아주게."

하고 경관이 책망하는 것도 듣지 아니하고 분개하였다. 그 때문에 삼봉이는 뺨을 몇 개 얻어맞았다.

그러나 얻어맞으면서도 삼봉이는 누이의 정조를 어디까지든지 변호하고, 그의 깨끗한 정조를 빼앗으려 한 노 참사의 비행을 공격하였다.

삼봉의 생각에는 자기가 이처럼 정성으로 주장하면 그것이 반드시 사법주임의 마음을 움직이리라고 생각한 것이다.

셋째로 전중 사법주임이 삼봉이와 을순이로 하여금 말하게 하고자 한 것은 노 참사에게서 현금을 강탈하고, 또 노 참사를 위협하여 '현금을 주마.' 한 표를 노 참사에게서 받았다는 것이다. 노 참사의 고발에 의하면, 자기가 을순이를 전과 같이 방에 불러들여 한자리에서 불을 끄고 잘 때에 삼봉이가 식칼을 들고 달려들어서 자기를 위협하고 현금 이십 원과 일천원 표를 강탈하고도, 그것도 부족하여서 돈 일천 원을 더 내라고 노 참사에게 폭행을 가하였다는 것이었다.

그러나 이 사실에 대해서 다만 삼봉이가 부인할뿐더러 을순이는 너무도 의외의 죄목에 기절하려 하였다.

"아닙니다, 아냐요!"

하고 을순은 처녀의 수줍음도 다 집어치우고 전중 경부보를 향하여 군세게 변명하였다.

"아냐요. 날더러 숭늉을 떠 오라기에 숭늉을 떠 갔더니, 또 조끼 주머니에서 담배를 내라시겠죠. 그래 담배를 찾느라고 그 어른 위로 허리를 굽혔더니, 노 참사가 나를 껴안겠지요. 그러길래 뿌리쳤더니 쫓아오는 걸. 그래, 나를 이렇게 꽉 껴안고는 숭한 말씀을 하신단 말야요. 그래서 내가 '아닙니다, 점잖으신 어른이 그게 무슨 말씀이냐.'고 하고 울었지요. 내가 그러니깐 노 참사가 '아나, 돈 주랴. 어따 돈 받아라.' 하고 십 원박이 한 장을 주시길래 너무나 분해서 그 돈을 집어서 동댕이를 치었어요. 했더니 적어서 그러느냐고 십 원박이 한 장을 더 주겠지요. 그래도 아니 들었더니 이번에는 표를 써서 내 허리에 이렇게 집어넣는단 말야요. 그러길래 내가 하도 분해서 그 표지와 돈을 꺼내서 노 참사의 면상에 내던지고, '이놈아, 돈이면 다 되는 줄 아느냐.' 하고 악을 썼지요. 그러니깐 노 참사가 막 나를 덮쳐누르고, 내 손발을 동여매겠지요. 또 보선으로 내 입을 틀어막고. 그때에 오빠가 읍내 갔다가 오시었는데, 어쩌면 그렇게 사람을 잡아. 어쩌면 그렇게 능청스럽게시리 제 죄를 남에게 뒤집어씌울까."

을순은 누가 열여덟 살 된 시골 계집애라고는 못 하리만치 씩씩한 태도로, 웅변으로 당시의 진상을 설파하였다. 그러고는 다시 어린 처녀가 되어서 울고 쓰러지었다.

그러나 경찰서의 공기는 삼봉이 남매에게 유리하도록 변하지 아니하였다. 두 사람의 변명은 그럴듯하나 노 참사에게 여러 가지로 유리한 조건이 있었다. 첫째는 그가 재산가요 공직자라는 것이다. 노 참사로 말하면 당당한 신사다. 둘째로 삼봉이네 가족이 노 참사 집에 가 부치게 된 것이 을순이를 노 참사의 첩으로 주려 한 것이라고밖에 해석할 아무 이유가 없었다. 그렇다고 하면 삼봉이가 힘써 주장한 강간이란 것은 도무지 어불성설이다. 그뿐 아니라 첩을 삼을 목적으로 데려다 둔 계집애를 수십 일이 넘도록 침실에 불러들이면서 '스께베이〔호색한〕'라는 노 참사가 가만두었을 리가 만무하다. 그렇다 하면 더구나 삼봉이와 을순이가 꾸며대는 강간이란 것은 거의 거론할 가치가 없는 유치한 핑계였다.

그렇다 하면 노 참사의 고발이 가장 믿을 만한 것이 아닌가.

다만 한 가지 의문되는 것은 그 현금 이십 원과 일천 원 표의 거처다. 만일 노 참사가 고발한 바와 같이, 이번 일이 삼봉이가 그 누이 을순이와 꾸미고 노 참사를 강간으로 위협하여 금품을 강탈할 목적이었다고 하면, 그 현금 이십 원과 일천 원 표라는 것은 삼봉이나 을순이나 또는 그들의 가족의 손에 있어야 할 것이나, 아무리 전력을 다하여 수색을 하여도 그 것이 나오지를 아니하고 또 격투한 현장인 노 참사 집 안방을 수사했으나 흔적도 찾을 길이 없는 것이다.

"너, 그 현금과 일천 원 표는 어찌하였어?"

하고 사법주임이 물을 때에 삼봉이는,

"나는 그런 것은 보지도 못하였소."

하고 자못 견딜 수 없는 모욕을 당한 것이 더욱 분하여 발로 마룻바닥을 구르며,

"나는 그런 것을 집어넣을 사람이 아니오. 김삼봉이가 굶어 죽어도 내 것 아닌 것에 손 대일 사람이 아니오!"

하고 뽐내었다. 이렇게 말할 때에 삼봉의 눈에는 굵은 눈물이 뚝뚝 떨어졌다.

을순이도 삼봉의 뒤를 이어,

"아냐요, 아냐요! 그 돈허구 표지허구는 내가 그놈의 상바닥에 내던지었어요! 하나님이 내려다보시어요!"

하고 도무지 자기의 진정이 통하지 않는 것이 안타까워서 두 손으로 낯을 가리고 곁에 놓인 의자 위에 엎드러져서 울었다.

그러나 이 두 사람의 참된 말과 눈물도 전중 사법주임을 움직일 수는 없었다. 왜 그런고 하면, 두 사람의 말과 눈물은 비록 참된 듯하더라도, 또한 전혀 꾸며대는 거짓이 될 수도 있는 것이다. 그 이십 원 현금과 일천 원 표지가 어디서 다른 사람에게서 나오는 것만이 오직 삼봉이와 을순이가 무죄하다는 반증이 될 수 있는 것이다.

전중 사법주임의 결심은 삼봉이네 집 가족 전체를 혐의자로 보아서 그들의 보퉁이나 옷 속에서 목적하는 장물을 찾아내려는 데로 돌아갈 수밖에 없었다.

삼봉의 어머니, 아내, 아우 오봉이와 열두 살 먹은 정순이까지도 오정 때쯤 해서 정복 순사 하나, 사복 순사 두 사람에게 붙들려서 경찰서로 주 렁주렁 끌려 들어왔다.

연해 두 시간을 줄곧 취조를 받고 정신이 반은 빠져서 삼봉이와 을순은 유치장으로 돌아왔다.

삼봉이나 을순이나 평생에 자기네가 진정으로 하소연하는 소리가 의 심을 받아본 일도 없고, 그들의 눈물이 저편의 동정을 끌어보지 아니한 일이 없었다. 그러나 오늘 경찰서 사법주임의 앞에서는 그들의 진정, 그 들의 눈물은 쇠천 한 푼어치 가치도 없었다.

이런 일을 당한 삼봉이와 을순이는 마치 갑자기 지금까지 살아온 사람 의 세상을 떠나서 어떤 전혀 보지 못하던 딴 세상에 들어온 것 같았다. 그 세상은 쇠로 되고 얼음으로 되고 포승으로 된 것인 듯하였다. 이것이 그 들이 법률이라는 것의 압력을 감각한 처음이었다.

삼봉이가 차디찬 벽에 등을 기대고 물끄러미 바라보고 있을 때에 어디 서 우는 소리가 삼봉의 귀에 들렸다.

삼봉이는 깜짝 놀라서 귀를 기울였다. 그것은 분명히 삼봉의 어머니 엄 씨의 울음소리였다.

삼봉이는 지난해에 아버지가 죽었을 때에 그 어머니가 우는 소리를 들 은 것밖에는 일찍이 그 어머니의 울음소리를 들은 일이 없었다. 그것은 어머니에게 울 만한 불행한 일이 없었던 것이었다.

이따금 묻는 사람의 높은 어성도 들리고, 대답하는 사람의 안타까운 울음소리도 들렸다. 어머니가 이 곤경을 당하는 것을 생각할 때에 삼봉 이는 슬픔과 분함이 한데 북받침을 깨달았다.

얼마 후에는 분명히 삼봉의 아내의 울음소리가 들리고, 그다음에는 오봉이와 정순의 쨍쨍한 음성으로 아니라고 발악하는 소리도 들렸다. 삼봉이는 온 가족이 혐의를 받는 줄을 깨달았다.

시계가 없으니 그동안이 몇 시나 되었는지 알 수 없지마는, 아무러나 보리밥 한 솥 지을 동안이나 삼봉이는 그 가족이 우짖는 소리를 들었다.

신문실은 조용해졌다.

경찰서에서는 밖에서 활동을 하느라고 해가 지도록 삼봉이나 을순이를 불러냄이 없었다.

경찰서에서 주는 저녁밥도 먹는 둥 마는 둥, 삼봉이가 막 물을 마시고 난 때에 삼봉은 문득 그 어머니 엄 씨의 울음소리를 들었다.

삼봉이는 물 보시기를 마룻바닥에다가 떨어뜨렸다.

'또 어머니가 신문을 당하나.'

삼봉이는 이렇게 생각하고 숨이 막힘을 깨달았다.

이때에 어젯밤에 숙직하던 순사가 삼봉의 방으로 들어와서,

"애, 너 속여도 안 된다. 벌써 증거가 났어."

하고 달래는 것도 아니요, 위협하는 것도 아닌, 까닭 모를 말 한마디를 던졌다.

그 순사는 연해 삼봉이의 눈치를 슬쩍슬쩍 엿보면서,

"너 이 녀석, 여기가 어딘 줄 알고, 네가 잡아뗀다고 될 줄 아니?"

할 때에,

"아니야요, 아니야요!"

하는 엄 씨의 울음 섞인 소리가 들려온다.

그 순사는 잠깐 귀를 기울이더니,

"어서 바로 말해. 네가 바로 실토를 아니 하면, 네 어미, 네 계집이 오늘 밤새도록 고생을 할 테다. 밤새도록만 해? 내일 종일이라도 잠 한잠 안 재우고 공초를 받는단 말야. 너만 인제 실토를 하면, 네 어미, 네 계집은 단련을 아니 하지."

"내가 했다고만 하면 우리 을순이도, 내 누이도 내놓을 테야요?"

하고 삼봉이는 비록 나이는 스무 살이라 하여도 아직도 도회 사람 십육칠 세밖에 안 되어 보이는 점도 없지 아니한 소박한 눈치로 순사를 바라보며 물었다.

"암, 그럴 테지. 네 누이가 공모만 아니 했으면 놓이고말고."

하고 순사는 아주 쉬운 일같이 말한다.

"공모가 무에야요?"

하고 삼봉이는 대단히 열심이다.

"너하고 미리 짜가지고 노 참사의 돈을 강탈했단 말야."

하고 순사는 무슨 급한 일이나 생긴 듯이 문을 탁 닫고 나가버린다.

삼봉이는 휘 하고 길게 한숨을 쉬었다.

누이 을순이의 방문이 열리고,

"이년! 이리 나와!"

하고 왁살스러운 남자의 소리가 들린다.

삼봉이는 얼른 일어나서 판장문 틈으로 복도를 내다보았다.

침침한 광선, 좁은 문틈으로 바깥이 자세히 보이지는 아니하나, 복도로 걸어가는 발자국 소리며, 펄렁하는 흰 것이 분명히 을순이라고 삼봉이는 생각하였다.

"땅, 땅, 땅, 땅……."

고요한 봄밤에 어디서 열두 시를 치는 시계 소리가 들린다.

저녁 먹을 때에 시작한 삼봉이네 가족의 취조가 자정이 넘어도 끝이 나지를 않았다. 이 취조가 끝이 나려면 삼봉이네 가족 중에 누구든지 하나가 범죄를 자백해야 할 터인데, 아무리 물어도, 몇 번을 물어도, 한 사람씩 따로따로 물어도, 둘씩 셋씩 대질을 시켜도, 이 만만한 듯하고 어리석은 듯한 여편네와 계집애들이 좀처럼 자백을 하지 아니하였다.

묻는 경관도 화증을 내서 가끔 큰소리를 내고 위협도 하였으나,

"죽으면 죽었지 아니 한 일을 했다겠소?"

하고 일체를 부인하였다.

"화식 먹는 인간이 모르고 천지신명님과 조상님, 부처님께 죄를 짓는 일은 있을지 몰라도, 알고 죄를 지어본 일은 선조 대대로 없소이다."

하는 엄 씨의 답변은 일종의 종교적 감격으로 되었다. 그러나 그것이 사법주임의 선입견을 깨뜨릴 무슨 효과를 가질 수는 없었다.

"땅!"

한 시다!

한 시가 치도록 끝날 줄을 모르는 취조는 삼봉이를 미치게 하였다.

불규칙한 간격을 두고 들리는 어머니와 아내와 누이와 동생들의 울음소리와 절망적인 발악 소리와 애원하는 소리, 그것은 삼봉의 가슴을 에어내었다. 어버이와 골육에 대한 애정이며 평생에 처음 경험하는 수모의 감, 이런 것을 합하여 삼봉으로 하여금 이를 갈게 하고, 가슴을 쥐어뜯게 하였다.

"여보! 여보!"

하고 삼봉이는 미친 사람 모양으로 큰 소리를 내어 불렀다.

"여보, 순사 나으리."

하고 삼봉이는 주먹으로 판장문을 두드리고 두 발로 마룻장을 굴렀다.

간수하던 순사가 황망히 달려왔다.

"이놈아, 왜 떠들어! 왜 떠들어!"

하고 순사는 겁이 나는지 얼른 유치장 문을 열지 않고 문틈으로 엿보았다.

"여보시오, 순사 나으리."

하고 삼봉이는 유순한 어조로 말을 붙인다.

"왜 밤이 깊도록 아낙네들을 못 견디게 구시오? 모든 죄는 내가 지었으니, 내 집 식구들은 다 내보내주시오. 무슨 일이든지 다 내가 했으니까, 나리가 사법주임께 그렇게 말을 좀 해주시오."

"정말이냐, 네가 네 죄를 안단 말이지?"

하고 순사는 한 번 다진다.

"암, 내가 알죠."

하고 삼봉이는 말로만 하는 것이 부족하다는 듯이 고개를 끄덕끄덕하였다.

순사는 무슨 수나 난 듯이 희색이 만면해서 사법주임에게로 뛰어갔다.

사법주임 전중 경부보는 하루 종일 삼봉이네 가족을 취조하느라고 본래 신경질인 얼굴이 해쓱해지고 눈과 입술이 경련적으로 씰룩거렸다.

"먼저 그 계집을 잡으라."는 프랑스 경찰의 격언 모양으로 전중 경부보도 이 사건의 단서는 반드시 삼봉이 모친이나 을순에게서 나올 것을 믿은 까닭으로, 삼봉이는 그냥 두고 여자들의 취조에만 전력을 다했던 것이다.

숙직 순사가 들어오는 것을 보고, 사법주임은 거기서도 무엇을 찾으려

는 듯이,

"왜 그러나?"

하고 그 순사에게 의심의 눈을 던진다.

"범인이 자백을 했습니다."

하고 숙직 순사는 기착하고 서서 전중 경부보에게 고한다.

사법주임 앞에 늘어 앉았던 삼봉의 어머니, 을순이, 삼봉의 처, 오봉이, 정순이 들도 잠시 늦춰진 심문의 고삐를 다행으로 잠깐 피곤한 신경을 쉬이다가 숙직 순사의 보고에 다시 일제히 정신을 차린다. 그들은 범인이란 말이나 자백이란 말을 분명히 모르지마는, 직각적으로 이것이 그들의 사랑하는 아들이요, 남편이요, 오라비인 삼봉에게 관한 말인 줄을 깨달은 것이다.

"어느 범인이 무엇을 자백해?"

하고 전중 경부보는 눈이 둥그레진다.

"김삼봉이가 노기호의 돈 빼앗은 사실을 자백했습니다. 김삼봉이가 부르길래 갔더니만 모든 죄는 제가 지은 것이니까, 가족은 아무 죄가 없으니 내어보내달라고 합니다. 참이냐고 물었더니, 참이라고 합니다. 사법주임께 그 말씀을 여쭈어달라고 합니다."

"오, 소오까?(아, 그런가?)"

하고 사법주임은 잠깐 웃었다. 그는 마침내 목적을 달하였다는 듯이 길게 한숨을 쉬고 잠깐 눈을 감는다.

전중 경부보는 눈을 뜨며 엄 씨와 을순을 빨리 둘러보고,

"자, 보아! 삼봉이가 인제 제 죄를 자백했단 말야. 인제도 아니 했다고 할까?"

하고 한번 눈을 흘기고 위협하는 표정을 한다.

"아냐요! 아냐요! 그건 다 거짓말야요. 우리 아들은 죽으면 죽었지 제 것 아닌 것을 건드리기라도 할 아이가 아니야요."

하고 엄 씨는 군세게 부인하였다.

전중 사법주임은 부하를 시켜서 엄 씨 이하 삼봉이네 가족들을 유도실에 데려다가 가두라고 명하고, 인해 삼봉이를 불러내었다.

삼봉이는 방 안에 가족의 그림자도 없는 것을 보고 의아한 듯이 방 안을 둘러본다.

사법주임은 삼봉을 테이블 앞 의자에 앉으라 한 뒤에 친절한 듯한, 그러나 수수께끼 같은 웃음을 웃으면서 피존 한 개를 삼봉에게 권한다.

"담배 한 대 먹어라. 네가 죄를 자백했다니까 기특해서 주는 것이다."

"나는 담배 안 먹어요."

하고 삼봉이는 담배를 도로 밀어놓았다.

"술은 먹지?"

"술도 안 먹어요."

"그럼, 돈은 좋아하나?"

하고 전중 경부보가 빈정댄다.

"돈은 좋아하지요."

하고 삼봉이는 냉연히 대답한다.

"돈을 너무 좋아하니까 강도질까지 한단 말이지?"

"……."

"네가 노기호를 칼로 위협하고 현금 이십 원과 일천 원 표를 받은 것이 사실이라고 자백했다지?"

"그랬소."

"어째서 아침에 내가 물을 때에는 부인하더니, 지금에야 자백을 하는가? 양심에 가책이 생겨서 그랬나?"

"어머니가 밤새도록 우시고 고생하시는 것을 차마 보지 못해서 그랬소."

곁에 앉은 조선 순사 하나는 연해 이 문답을 받아쓰다가 이 대목에 와서는 사법주임에게 무슨 귓속말을 한다. 그것은 어머니가 우는 것을 차마 보지 못해서 자백했단 말을 신문조서에 쓸까 말까를 물은 것이다. 전중 경부보는 쓰지 말라고 명하였다.

"그러면 네가 칼을 들고 노기호를 위협하고 돈과 표를 강탈하던 이야기를 해라."

"어머니와 가족들을 내보낸다면 다 말하겠소. 내어놓고 다시는 잡아다가 묻지 아니한다면 무슨 말이나 다 하겠소."

"네 가족은 지금 방을 주어서 자러 갔으니까, 내일 아침에는 내어놓을 것이니, 염려 말고 말하여라."

하고 사법주임이 삼봉에게 언질을 준다.

"아니오. 내 가족은 아무 죄도 없으니까 내 가족을 내어놓지 아니하면, 나도 아무 말도 아니 하겠소. 내 어머니와 내 동생들이 경찰서 문을 나가는 것을 보아야 내가 말하겠소."

하고 삼봉은 딱 버티었다.

"그것은 안 될 말이다."

하고 사법주임은 약간 토라지는 빛을 보이며 눈을 반짝하고 경관에게 특유한 위엄 짓는 소리로,

"네가 내어놓으란다고 내어놓을 것이 아니다. 네가 죄상을 자백하는 것을 들어보아서 과연 네 어머니 네 동생이 무죄한 것이 판명되면, 네가 놓지 말라고 하더라도 놓아줄 것이요, 만일 네 어머니 동생이 죄가 있으면 너와 마찬가지로 검사국으로 넘어가고, 예심으로 넘어가고, 공판에 회부되고, 그러고는 죽거나 징역을 질 것이란 말이다. 그렇지마는 말야, 네가 네 죄를 하나 그이지 아니하고 똑바로 자백을 한다면 죄가 아주 경해진단 말이다. 내가 김삼봉이는 강도질은 했더라도 제 죄를 곧 회개해서 자백했다고 서장께 보고를 하면 네 죄가 아주 경하게 된단 말이다. 또 네 가족들도 무사하게 되고. 그러니까 똑바로 자백을 하란 말이다."

하고 전중 사법주임은 다시 화기 있는 낯에 웃음을 띠고 삼봉에게 차를 권하며,

"보니까 너는 정직한 사람이다. 술, 담배를 아니 먹는 것도 기특하고. 만일 네가 잘 자백을 한다면, 서장과 검사가 다 너를 동정해서 될 수 있는 대로 죄가 경하도록 할 것이다. 자, 그러니까 자초지종을 바로 말해라."

하고 삼봉의 입을 바라본다.

삼봉이는 전중 사법주임의 말이 어머니와 가족을 놓아준다는 말인지 아니 놓아준다는 말인지 분명치 아니하여 멍하니 있었다. 그러나 사법주임의 지금 하는 말은 아침에 자기를 심문할 때에 으르딱딱거리던 것과는 딴판으로 인정 비슷한 것이 흐르는 것같이 생각되었다.

그러나 아니 지은 죄를 지었다고 자복하려는 이 판에 삼봉이도 만만하게 첫 뜻을 뒤집을 리가 없다.

"내 어머니와 내 가족을 놓아주는 것을 내 눈으로 보지 아니하고는 나는 한 마디도 입을 열지 못하겠소."

하고 삼봉은 똑 잡아떼었다.

"맹랑한 것이로군!"

하고 사법주임은 참을 수 없이 괘씸한 생각이 났다…….

그것은 오전 세 시가 지나서다, 삼봉이 사법주임실에서 유치장으로 돌아온 것은.

마침내 사법주임은 삼봉의 어머니와 가족을 석방하라는, 삼봉이가 제출한 조건에 응하지 아니하였고, 삼봉이도 아무리 괴롭고 아픈 일을 당하더라도 약속하였던 자백을 하지 않고 말았다.

그렇지마는 삼봉이가 "자백하마." 한 것이 일종의 큰 자백이 되어서, 삼봉의 이 사건에 대한 혐의는 더욱 깊어졌다.

사흘이 지났다. 삼봉의 어머니와 을순이와 삼봉이는 여전히 유치장에 있었다. 삼봉의 처 안 씨와 오봉이와 정순이는 내어놓았으나, 삼봉이는 어머니가 '삼봉아, 나는 놓여 나간다.' 하는 말을 듣기 전에는 아무 말도 아니 한다고 뻗대는 것을 조금도 굽히지 아니하였다.

셋째 날은 삼촌(森村) 서장이 친히 삼봉이를 불러서 물었으나, 삼봉의 입은 마치 천하에 없이 큰 자물쇠를 잠근 것과 같이 열리려 하지를 아니하였다.

××경찰서는 삼봉에게 지지 않게 초조하였다. 전중 사법주임은 침식을 전폐하도록 흥분하였다. 그는 경찰이 쓸 수 있는 온갖 방법과 수단을 다 써보았으나 도무지 효과가 나지 아니하여 거의 미칠 듯이 애가 탔다.

나흘째 되던 날 마침내 사법주임은 삼봉의 조건을 들어서 어머니 엄 씨를 석방하였다.

어머니 엄 씨는 삼봉이가 있는 유치장 앞에 와서 울음 머금은 소리로,

"삼봉아, 나는 놓여 나간다. 너도 어서 나오너라. 여러 나으리님들 뜻을 거스르지 말고 어서 나와, 응?"

하고는 등을 밀려서 경찰서 문을 나갔다.

그날 오전에 삼봉의 조서가 작성되었다.

삼봉이는 약속한 대로 범행을 일일이 자백하였다. 자백했다는 것보다도 묻는 대로, "네.", "네.", "그렇소." 하고 대답을 하였다. 이 문답은 다 조서에 기록이 되었다.

그리고 식칼로 위협했다는 식칼과 노 참사에게서 빼앗았다는 돈과 표지에 관하여서는 삼봉의 자백이 분명치 아니하였으나 마침내,

(1) 노 참사를 위협하기에 쓴 식칼은 노 참사 집 대문 밖에 버린 것으로,

(2) 십 원 지폐 두 장은 삼봉이가 자기 몸에 지닌 돈 삼백 원 중에 넣은 것으로,

(3) 노기호가 김을순에게 준다는 일천 원 표지는 경찰이 뒤를 따르는 줄을 알고 잘게 잘게 찢어서 개천 물에 띄워 버린 것으로 되었다.

이리하여 질풍신뢰적으로 사건이 끝이 나서, 닷새 만에 삼봉이는 순사 하나 안동해서 ○○지방법원 검사국으로 압송되었다.

삼봉의 가족들도 삼봉의 뒤를 따라서 ○○으로 간 것은 말할 것도 없다.

삼봉이와 삼봉이네 식구가 ○○행 열차를 타고 ○○을 떠날 때에 정거장에는 삼봉의 작숙 되는 박 주사가 세루 두루마기에 새 모자를 쓰고, 끝이 뾰족한 노란 기또 구두를 신고 작별을 나왔었다.

안동하는 순사의 허락을 얻어서 박 주사와 삼봉이 사이에는 이러한 말

이 교환되었다.

"삼봉아, 이게 웬일이냐."

"다 아저씨가 잘 지시해서 그리되었지요."

"네가 그런 일을 정말 했을 리는 없지?"

"……."

"그 표지는 네가 찢지 않았지?"

"……."

"그 돈 이십 원도 네가 집어넣지는 않았지?"

"……."

"네가 그런 일 할 애가 아닌 줄 내가 다 안다."

무슨 말을 물어도 삼봉이가 대답이 없음이 심히 무료하나 그래도 박 주사는 오봉이며 정순에게 과자도 사다 주고 을순에게 친절한 말을 붙이려고 애를 썼다.

그러나 을순이는 지긋지긋한 듯이 박 주사의 시선을 피하였다. 엄 씨는 박 주사가 하는 말은 들은 체도 않았다.

"삼봉 어머니 그렇게 생각하시기도 마땅하지요. 그렇지만 나도 다 생각이 있어요."

박 주사는 이런 소리를 하고 왔다 갔다 하였다.

차가 떠날 때에도 박 주사는 가는 차를 따라가며 삼봉이네 식구들에게 대답도 없는 말을 붙이고, 나중에는 모자를 벗어가지고 멀리 떠나가는 열차를 향하여 흔들었다.

박 주사는 을순을 노 참사에게 대어주고 돈 오십 원을 받아서, 세루 두루마기와 기또 구두를 맞추고, ××를 한 번 다녀와서 모자 하나를 사고

마누라와 어린것들의 옷가지도 해 입혔지마는, 인제 이 꼴을 보고는 창
연함을 금치 못한 것이다.

박 주사는 그길로 노 참사를 찾았다.

××지방법원이 있는 ××는 중국과 접한 국경의 도회가 되어서 ××지
방법원 검사국은 여간 바쁜 것이 아니었다. 그래서 삼봉이가 첫 번 검사
의 낯을 대한 것은 ××에 압송된 지 일주일이나 지난 뒤였다.

담임 검사는 이 검사(李檢事)였다. 그는 조선 사람이지마는 삼봉이를
심문할 때에는 꼭 일본말을 썼고, 삼봉이가 조선말로 대답을 하여도 김
서기가 일본말로 번역하기를 기다리는 성미였다.

"나니모 시오꼬와 나인쟈나이까. (어디 증거 있다구.)"
하고 이 검사가 삼봉이를 심문한 끝에 김 서기를 보고 일본말로 하는 말
을 삼봉이는 알아들었다.

이 검사는 야전(野田) 검사정(檢事正)에게 이 사건을 보고할 때에 이
사건이 피해자라 하는 자의 증언과 피고의 자백이란 것밖에는 물적 증거
가 아무것도 없다는 말과, 피고도 검사정에서는 그 자백을 부인하니 불
기소로 할 것이라고 주장하였다.

그러나 야전 검사정은 피해자가 공직자요 재산가라는 것과, 김삼봉이
가난하여 유리하는 지경에 있다는 것과, 을순이가 미인이라는 것 등을
종합하여, 아무리 하여도 이 속에 무슨 범죄가 있을 것이라는 심증을 가
지게 되고, 또 ××경찰서장은 경시인즉 그의 보고에 대하여서도 상당한
경의를 표할 것 등을 고려하여 이 사건을 검사국에서 끝을 내지 말고 예
심에 부쳐버리는 것이 가하다고 주장하였다.

이 검사는 문제의 미인 김을순(을순은 ××지방법원과 ××형무소와 ××

경찰서 직원 간에 이때에는 벌써 에로틱한 이야깃거리가 되었던 것이다) 때문에 자기가 김삼봉의 불기소를 주장한다는 비웃음을 들을 것도 무서워서 야전 검사정의 주장대로 복종해버리고 말았다. 만일 이 검사가 조선 사람이 아니요, 또 좀 성격이 군건한 사람이더면 얼마나 다투었을는지도 모른다. 왜 그런고 하면 이 사건은,

"마다까?(또 그따위 사건이야?)"

하고 검사국 내에서 평판이 되도록 증거가 박약한 사건인 까닭이다. 경찰서에서 넘어오는 사건으로서 ××지방법원 검사국에 기소하게 되는 것은 많아야 이삼 할에 불과하였다. 경찰관의 눈에는 확실한 듯한 범죄도 검사의 눈에는 증거 불충분한 것이 많았던 것이다.

"그래, 그래, 예심에 넘겨버려!"

이렇게 김삼봉은 예심으로 넘어가서 영목 예심판사의 예심을 받게 된 것이 ××검사국에 압송된 지 십사 일 만에다.

검사국에는 구류하는 기한도 있지마는 예심에는 기한도 없어서 작년부터 밀려 넘어오는 치안유지법 위반, 제령 위반 등 사건 수로 이십여, 피고인 수로는 무려 이백여 명이나 되는 것을 다 심리하고 나서야 삼봉의 차례가 돌아올 모양이다.

이 동안에 가장을 잃어버린 삼봉의 가족은 사고무친한 ××부에 여관방 하나를 얻어가지고 밥을 사 먹고 세월을 보내게 되었다.

그러는 동안에 협잡배들이 삼봉이를 무죄방면시켜준다고 해서 운동빌세 무엇일세 하고 돈 백 원이나 좋이 사기를 당하고, 또 이 사람 저 사람의 소개로 감옥에 구류되어 있는 삼봉이를 위하여 인정을 쓰느라고 돈 십원이나 좋이 쓰고, 이렁그렁 주머니에 넣은 돈만 졸아들었다.

그나 그뿐인가. 삼봉의 아내나 을순이나 다 깨끗한 젊은 여자요, 게다가 알고 본즉 주인 없는 여자라고 해서 되지못한 사내 녀석들, 변호사 사무원 따위, 대서소 하는 군 따위, 간수 퇴물, 순사 퇴물, 현직 순사며 사법 형사 등 십여 명 사람이 이 핑계 저 핑계를 만들어가지고는 침을 질질 흘리고 삼봉의 가족에게로 덤벼들어서 이리저리 건드려도 보고, 유혹도 위협도 해보았다.

을순이와 삼봉의 아내를 엿보는 자들 중에는 모 형사와 모 변호사와 같이 직접 을순을 첩으로 달라고 청하는 자조차 있었다. 그중에도 변호사라는 자는 무례하게도 을순이가 묵는 여관 주인의 방에 와 앉아서 을순을 부르기까지 하였다.

"저 × 변호사 영감께서 저 학생 아가씨 좀 오시래요."

하고 여관 머슴아이가 전갈을 엄 씨에게 전하였다.

"누가 학생 아가씨를 오래?"

하고 엄 씨는 반문하였다.

"저 × 변호사 영감 말야요."

"× 변호사가 왜 남더러 오라 마라 한다더냐. 나종에는 못 들어볼 소리 없구나. 원, 그게 다 무슨 말야."

하여, 엄 씨는 소리소리 질러서 머슴아이를 쫓아 보냈다.

그러나 변호사는 쫓아라도 보내지마는 형사라고 자칭하는 자, 삼봉이를 맡은 간수라고 자칭하는 자들이 찾아오면 그렇게 소리소리 질러서 쫓아버릴 수도 없었다. 삼봉이를 생각하니 나오지 않는 웃음도 웃지 않을 수 없고, 술 한잔 국수 한 그릇이라도 대접하지 않을 수 없었고, 맘에 없는 소리로라도 좀 더 앉아서 놀다가 가라는 말도 하지 않을 수가 없었다.

그렇게 되면 이 사람들은 좋다구나 찾아오고, 한 번 두 번 낯이 익는 동안에 그들은 차차 버릇이 없어져서 삼봉의 어머니며 아내며 을순이가 있는 앞에서 벌떡 나가자빠지는 일조차 있고, 그러고는 밤 열한 시가 되도록 돌아갈 생각을 아니 하고 공연히 한 마디 두 마디 을순에게 말을 붙이고 을순에게 눈을 끔적거리는 일도 있었다.

　"참아라, 그저 참아라!"

하고 엄 씨나 을순이는 꾹 참기만 했다. 그리고 이렇게 욕을 당하고 참는 것이 조금이라도 그들이 사랑하는 삼봉이에게 좋은 일이 되소서 하고 빌 뿐이었다.

　예심정에서는 삼봉이는 범행을 일절 부인하였다. 영목 예심판사도 삼봉의 소박하고 정직한 농촌 청년 모양에 얼마큼 신임도 두었으나, 그렇다고 검사의 공소장을 부인할 반증할 아무 재료가 없었다. 삼봉이가 무죄하게 되려면 노 참사에게서 강탈하였다는 현금 이십 원과 일천 원 표지 한 장이 어디서 나와야만 할 것이니, 이밖에는 다른 도리가 없었다.

　칠월 초승에 삼봉이는 예심이 종결이 되어 ××지방법원 공판에 부침이 되었다.

　김삼봉 사건이 ××일보 ×× 특파원의 통신으로 세상에 발표되매, 여러 가지 의미로 이 사건은 일반의 주목을 끌었다.

　첫째는 이것이 농촌 파멸의 한 이야기인 것, 둘째로는 아름다운 농촌의 처녀와 색을 탐하는 시골 부자와의 대조, 셋째는 계급의식적으로 보아서, 넷째로는 그 이야기에 정탐소설적 흥미가 있는 것으로, 이 이야기는 근래에 드문 센세이션을 일으켰다. 가장을 따라서 헤매는 삼봉이네 가족의 사진은 더구나 독자의 동정을 끌었다.

이 여러 독자 중에는 장재철(張在澈)이라는 청년 변호사 한 사람이 있었다.

이 장 변호사는 어떠한 사람인고. 그는 작년에 대학 이년생으로 고등문관시험을 치러서 합격해가지고, 아직도 대학의 정복 정모를 벗지 않은 학생이었다.

독자 여러분은 삼봉이네 동네 오 참봉의 외손자로서 대학 예과생으로서 여름방학 동안에 삼봉이네 동네에 와 있던 유정석을 기억하실 것이다. 이 장재철 변호사는 정히 유정석의 동창이요 사랑하는 동지다.

장 변호사는 유정석에게서 그해 여름방학 동안에 일어난 이야기를 듣다가 을순과 정석과의 이야기를 들었고, 또 정석을 사랑해서 을순이와 만나도록 소개하여준, 을순의 오빠 삼봉이라는 농촌 청년의 이야기를 들었다. 그때 그 이야기는 깊이 장재철의 흥미를 끌었기 때문에 삼봉이니 을순이니 하는 이름까지도 잊어버리지를 아니하였다.

유정석은 아직도 치안유지법 위반의 죄수로 서대문형무소에서 복역 중이다. 인제 유정석의 사랑하는 사람들을 위해서 힘쓸 사람은 정히 장재철 자기밖에 없다는 것을 깨닫고, 그는 분연히 이 사건의 진상을 조사하기로 결심하였다.

그래서 그는 첫 계단으로 곧 이러한 사정을 그가 전공하는 형법학과 형사소송법학 교수인 모 박사에게 말하고, 그의 소개로 경성지방법원 검사국에 변호사의 등록을 끝내고는 곧 행리를 싸가지고 ××으로 달려가서 삼봉의 가족을 방문하였다.

장재철은 자기가 유정석의 친구인 것을 말하였으나, 삼봉의 어머니는 유정석이가 누구인 것을 알지 못하였다. 을순이가 그 이름을 듣고 낯을 붉히며 그 어머니에게 설명하였다.

장재철은 자기가 변호사인 것을 말하고, 사랑하는 친구 유정석과, 유정석의 사랑하는 친구 김삼봉을 위해서 아주 무료로 이 사건을 변호할 것을 말하였다. 그리고 자기도 삼봉이네 가족과 같은 여관에 투숙하였다.

삼봉이네 가족은 장재철을 만난 것을 마치 삼봉이를 만난 것과 같이 반갑고 믿음성 있게 생각하였다. 처음에 다소간 의심도 하였으나, 이틀 사흘 지나는 동안에 장의 인격은 완전히 삼봉이네 가족의 신임을 얻었다.

장 변호사는 엄 씨와 을순에게 자세한 사정을 듣고, 감옥에서 삼봉이를 면회하고도 자세한 사정을 들었다. 그리고 장재철은 곧 이 사건을 담임하였던 예심판사와 검사를 방문하여 그네의 김삼봉이 취급에 관한 인상과 의견도 들었다.

공판 날을 닷새를 앞두고 장 변호사는 삼봉의 고향을 찾아 삼봉의 작숙 박 주사를 찾고 또 노 참사의 성격과 인품을 조사하며, 아울러 사건 발생지인 노 참사의 별장지도 시찰하여 변호 자료를 수집하였으나, 노 참사라는 사람이 계집을 좋아한다는 것 외에 아무 삼봉에게 유리한 재료가 없었다.

을순이를 첩을 삼으려는 것밖에 노 참사가 삼봉이네 식구를 데려다가 집에 둘 아무 이유가 없었고 보면, 삼봉이나 을순이가 주장하는 바와 같이 노 참사가 을순이를 강간하려 하였다는 것은 도무지 서지 아니하는 소리였다. 하물며 삼봉에게는 가장 유리한 증인이 되어야 할 박 주사까지도 삼봉이네 식구가 노 참사에게 데려감이 된 것은 을순을 첩으로 삼으려 한 것이 전제였다고 하지 아니하느냐.

이 때문에 장 변호사는 예기하였던 아무 재료도 얻지 못하고, 도리어 비관할 재료만 가지고 ××로 돌아왔다.

내일이면 공판이라는 마지막 날에 장재철은 엄 씨와 을순이가 앉았는 자리에서 심히 중대한 질문을 하였다. 그것은 을순이가 절대로 처녀인 것을 증거할 수 있느냐 하는 것이었다.

이 질문에 대해서 을순은 대단히 부끄러워 말을 못 하였으나, 이 대답이 오라비 삼봉의 운명에 크게 관계가 있다고 말을 듣고는 절대로 자기는 처녀라는 것을 단언하였다.

이튿날 법정에서 과연 검사의 논고 중에는,

"피고의 누이 김을순은 수십 일래로 노기호의 첩으로 침석을 같이하였음에 불구하고 피고는 삼월 ×일 밤에 노기호가 전기 김을순과 동침하는 틈을 타서 노기호의 침실에 침입하여 김을순을 강간하려 하였다는 구실로 식칼로 피고를 협박하고……."

하는 구절이 있었다.

검사의 논고의 이 구절은 진실로 김삼봉의 죄의 유무를 결정할 중요한 점이었다.

여기 장 변호사의 예기는 들어맞았다. 장 변호사는 김을순과 노기호를 증인으로 부를 것을 신청하는 동시에 전문가에게 위탁하여서 김을순의 처녀성을 검사할 것을 주장하였다.

만일 김을순이가 분명히 처녀라고 하는 것이 증명이 된다고만 하면, 그날 밤에 노기호가 을순을 유혹하려고 현금과 돈 표지를 주었다는 것이나, 또 그래도 듣지 않아서 노기호가 을순이를 강간하려고 하였다는 것이나, 이러한 지금까지에는 전연 허위의 공술로밖에는 보이지 아니하는 김삼봉, 김을순 양인의 공술도 심히 자연할 것이었다.

재판장인 길전(吉田) 판사는 장 변호사의 주장인 김을순의 처녀성 검사를 들어줄 의향이 있었으나, 배석판사인 소야(小野), 명석(明石) 양 판사는 그리할 필요가 없음을 주장하여서 마침내 장 변호사의 신청은 기각이 되고 말았다.

이리해서 김삼봉은 ××지방법원에 이 년 육 개월 징역의 판결 언도를 받고, 장 변호사가 담임으로 P복심법원에 공소를 해서 김삼봉이 및 그 가족들은 또 P로 옮아오지 않을 수 없었으니, 그것이 전 세계가 다 녹아 버릴 듯한 칠월 그믐께였다.

삼봉이네 가족은 장재철의 주선으로 이번에는 셋방 하나를 얻어 자취를 하기로 하고, 오봉이는 엿과 사탕을 메고 다니면서 파는 장사를 시작하였다. 만일 삼봉의 재판이 오래 끌어간다고 하면, 모든 식구가 다 흩어져서 남의 집을 살아서 밥을 벌밖에 수가 없었다.

팔월 한 달은 휴가.

구월도 거의 다 가서야 삼봉의 공소 공판이 열렸다.

공소에서는 ××지방법원의 전 판결을 파기하고 K지방법원에 재심을 명하였다. 이것은 장재철이가 유일한 희망으로 생각하던 것이었다.

K지방법원에서는 물론 사실 심리부터 시작하게 되어 장 변호사의 주장대로 노기호와 김을순을 증인으로 부르게 되었다.

노기호의 증언은 경찰서에서 한 것과 다름이 없었거니와, 김을순과 대질하는 마당에서는 노기호의 말은 여러 번 조리를 잃었다.

노기호는 변호사 문병호(文秉浩)의 훈수대로 김을순과 수십 일간 동침하여서 이미 첩으로 삼았다는 것을 주장하였으나, 김을순은 절대로 그러한 일이 없었고, 그전에도 가끔 노기호가 김을순의 손도 잡아끌고 만지려 하였으나 김을순은 매양 듣기 좋은 말로 이것을 거절하였고, 사건이 발생된 삼월 ×일에 비로소 노기호는 만반으로 김을순을 유혹하다가 듣지 아니하매 허리띠로 김을순의 팔목을 동이고 버선으로 김을순의 입을 틀어막아 소리를 못 내게 하던 양으로, 아주 소상하게 진술할 때에, 노기호는 가끔 고개를 숙이고 두 손을 마주 비틀었다. 비록 문 변호사의 훈수를 받았다 하더라도 노기호는 바로 제 눈앞에서 아무 죄도 없는 을순이와 삼봉이가 그때 정경을 말하는 것을 듣고 볼 때에는 그는 정신이 착란해짐을 금하지 못했던 것이다.

노기호는 실상 김삼봉을 고발한 것을 많이 후회하였다. 삼봉이 때문에 을순을 놓쳐버리고, 또 삼봉의 손에 개망신을 한 분풀이로 삼봉이를 경찰에 잡아 보내기는 했지마는, 하루 이틀 지나며 생각하면 노 참사의 양심이 아프기를 시작했던 것이다. 노 참사는 전에도 말한 바와 같이 악독한 사람은 아니다. 그렇게 모지지도 못한 사람이다. 차라리 착하다고 할 만한 사람이다. 다만 사람이 묽고 주책이 없어서 고문 변호사인 문병호의 훈수를 막아내지 못한 것이다.

그날 밤의 모양을 대질할 때에 풍속을 괴란할 우려가 있다고 해서 방청은 금지되었다. 신문을 보고 백 퍼센트의 홍미를 가지고 모여들었던 방청객들은 불평을 가지고 법정 밖으로 쫓겨났다.

김삼봉의 사건은, 사건이 K라는 중심지로 옮겨진 것과, 사건 자신의 홍미로 해서 인제는 전 조선적이 되었던 것이다.

김을순의 공술은 참으로 조리가 있었다. 아무도 이것이 보통학교밖에 마치지 못한 농촌 소녀가 꾸며대는 허위의 증언이라고 생각할 수는 없었다. 얼음과 같이 싸늘한 맘을 가진 법관들도 이 가련한 여성의 원통한 하소연에는 감동되지 않을 수 없었다.

노기호는 김을순의 말을 일일이 공박할 재료도 구변도 없는 것과 같이 떠듬떠듬할 뿐이었다. 그러나 그는,

'모두 내가 거짓이오!'

하는 한마디를 할 용기는 없이 끝까지 문 변호사의 훈수를 지켜서,

"김을순은 이십 일 전부터 내 첩으로 동침했습니다. 몸에 공직을 가지고 있으면서 신성한 법정에서 현명하신 판관 앞에 허위의 증언을 할 리가 있습니까?"

한마디를 수없이 반복하였다.

"까딱하면 노 참사 영감이 무고죄와 강간죄를 뒤집어쓰실 테니, 그저 눈 꽉 감고 나 하라는 대로 하시오."

하는 문 변호사의 말은 힘없는 노 참사의 전 인격을 꽉 그러쥐어서, 다른 길로는 꼼짝도 못 하게 하는 듯하였다.

노기호의 양심이 가책에 눈을 뜨려고 할 때에 '무고죄'와 '강간죄'라는 위협이 불의의 검은 헝겊으로 그 눈을 꽉 싸매어버린 것이다.

그렇지마는 노기호와 김을순이가 증인으로 대질을 당한 것은 노기호에게는 치명상이라고 하지 않을 수 없었다. 아직 비록 흑백이 판명한 것은 아니라 하더라도, 이것이 재판장의 심증을 어느 정도까지 변하게 하였다는 것은 가릴 수 없는 사실이었다.

이때에 장 변호사가,

"인제 이 사건의 요점은 김을순이가 노기호와 정사 관계가 있었느냐 없었느냐 하는 일점에 달린 것이 분명하게 되었습니다. 그러므로 본 변

호인은 전문가에게 위촉하여 김을순의 처녀성을 검사함이 이 문제를 해결할 첩경이라고 믿으니, 재판장께서는 증인 김을순에게 그리할 의사가 있는가 물어주시기를 바랍니다."

하는 말은 곧 채택되어 재판장으로부터 김을순에게,

"증인은 전문 의사에게 검사를 받아서 증인이 처녀인 것을 증명할 의사가 있는가?"

하고 물었다.

을순은 낯을 붉혔으나 분명하게,

"오빠가 애매한 것이 판명된다면 무엇이나 하겠어요."

하였다.

이리해서 공판은 ××대학 의학부 부인과의 × 교수에게 위촉한 을순의 처녀성 검사가 끝나기를 기다리기 위하여 곧 중지되었다.

을순의 처녀성 검사 문제는 일반에게 더욱 센세이션을 일으켰다.

더구나 을순이가 비록 남자를 접한 일은 없다고 하더라도, 혹시 다른 이유로라도 처녀성을 의심하게 함이 없을까 하여 염려하는 이야깃거리가 되었다.

검사한 결과가 발표된다는 공판 날 법정은 식전부터 방청인으로 붐비었고, 대학의 법학부 기타 법학생들도 특별 방청석을 채웠다.

검사를 담임한 이는 아직 삼십이 많이 넘지 못하였을 듯한 젊은 조교수였다. × 교수가 사정이 있다 하여 조교수에게 대리시킨 것이었다.

젊은 조교수는 모닝코트로 교수답게 차리고 법정의 주목의 초점이 되었다. 조교수의 과학적 검사의 결과가 삼봉의 운명을 좌우하는 결과를 부르게 된 것이다.

모든 형식적 절차가 끝난 뒤에 재판장은 × 조교수에게 김을순의 처녀성 검사 결과를 보고하기를 청하였다.

조교수는 교실에서 하는 모양으로 노트를 꺼내어 들고,

"재판장."

하고 보고를 시작한다. 그것은 낭독인 듯하였다.

"본래 여자의 처녀성 검사라는 것은 함부로 할 것이 아닙니다. 왜 그런고 하면, 이것은 첫째에 인도상으로 보아서 향기롭지 못한 일인 동시에, 과학상으로 보아도 오늘날의 지식으로는 어떤 여자가 순전한 처녀요, 결코 비처녀가 아니라는 것, 즉 절대로 남자와 성교가 없었다는 것은 증명할 경우가 있지마는, 그와 반대로 어떤 여자가 처녀가 아니라는 것을 증명하기는 불가능한 때문입니다.

여자의 처녀성을 증명하는 것으로는, 이른바 처녀막이 성하고 아니 한 것밖에는 없는데, 처녀막이란 것은 반드시 성교로만 파열하는 것이 아니라 다른 원인으로 파열하는 경우가 있는 것입니다. 그러므로 처녀막이 성한 경우에 그 여자가 남자와 성교한 일이 없다는 것을 증명할 수 있지마는 처녀막이 성하지 아니한 경우에 그 여자가 반드시 처녀가 아니라고 단정할 수는 없는 것입니다. 이 경우에는 아까 말한 바와 같이 그 여자는 처녀일 수도 있거니와, 또 처녀 아닐 수도 있는 것입니다. 이러하기 때문에 처녀막의 존재 여하로 어떤 여자의 처녀성을 검사한다는 것은 위험한 일입니다."

× 조교수의 보고가 여기까지 온 때에 온 법정의 시선은 방청석에 고개를 숙이고 앉은 을순에게로 향하였다. 을순이가 과연 처녀로 판명이 될까, 아니 될까?

그러나 어느 사람보다도 가장 이 조교수의 다음 말에 맘을 졸이는 이가 삼봉이와 그 어머니인 것은 말할 것도 없다. 삼봉이가 죄가 있고 없는 것보다도 사랑하는 딸이요 누이인 을순이가 순결한 처녀요 아닌 것이 문제인 것이다.

　"그런데."

하고 조교수는 보고하는 낭독을 계속하였다.

　"그런데 이번 경우, 즉 김을순의 경우는 다행으로 전자에 속하였습니다. 본관이 검증한 바로는 김을순은 처녀인 것이 확실하고 일점의 의심을 용납할 여지가 없습니다."

　법정 안에는 일종의 움직임이 있었다. 재판장, 배석판사, 입회 검사, 변호사로부터 방청객에 이르기까지 마치 꼭 졸라매었던 모가지의 끈을 끌러놓은 모양으로 비로소 숨을 쉬고 몸을 움직였다.

　어디서 참지 못하여 터지는 울음소리가 들렸다. 그것은 을순의 어머니이고, 을순을 안고서 우는 것이었다. 삼봉이도 고개를 돌려 눈으로 을순을 찾았다. 만일 을순이가 처녀가 아니었다 하면, 삼봉은 당장에 뛰어나가서 을순을 죽여버렸을 것이다. 삼봉이는 그처럼 누이 을순의 순결을 믿고 사랑한다.

　이리해서 을순이가 노기호에게 수십 일 전부터 정조를 주고 있었다는 노기호의 증언은 완전히 전복되고, 도리어 삼봉이와 을순의 주장인, 노기호가 을순을 강간하려 하였다는 것이 썩 가능성이 있게 되었다. 그러나 이것과 삼봉이가 노기호를 협박하여 재물을 강탈하였다는 것과는 다른 갈래다.

서간도로

그러나 K지방법원 검사국에서는 ××지방법원 검사국에 위탁하여 노기호를 우선 위증죄 피의자로 검거하여 취조를 개시하였다. 거기서 노기호는 사흘이 못 해서 모든 것을 자백하고 말았다. 노의 자백에 의하건대, 삼봉이가 강탈하였다는 십 원 지폐 두 장은 이불 속에서 찾았고, 일천 원 표지도 방바닥에서 찾아서 불에 태워버렸다고 한다.

이리하여서 삼월 ×일 ××경찰서에 붙들려서부터 팔 개월을 경과한 십일월 어느 날에 삼봉이는 장 변호사와 가족의 마중을 받아 K형무소를 나왔다.

삼봉이가 오래 그리워하던 식구들과 반가이 만나서 기뻐하는 것도 잠시였다. 삼봉에게는 큰 걱정이 있었다. 그것은 지나간 팔 개월 동안에 서간도 가서 생활의 근거를 장만하자던 밑천을 다 써버렸다는 것이다. 날은 자꾸 추워오는데 이 식구들을 데리고 장차 어찌하나.

장 변호사의 주선으로 삼봉이네 집 일행은 남만주 무순까지 차표를 사가지고 백설이 펄펄 날리는 날 K정거장에서 봉천 가는 차를 탔다.

그립기도 무한히 그립고 야속하기도 무한히 야속한 고국의 산천을 마지막으로 바라보며, 지긋지긋한 ××을 넘어 검은 옷 입는 되나라 땅을 밟은 것이다.

무순에서 차를 내려서 삼봉의 먼 인척인 김문제라는 사람이 사는 통화현 H자라는 곳이 삼백삼십 리. 삼봉이 혼자 같으면 사흘만 걸으면 족하련마는 부로휴유(扶老携幼)한 일행이라 삼십 리 가서도 자고 사십 리 가서도 자고 하여 십여 일 길에 옷은 까맣게 되고 호인의 주막에서 이는 옮아서 몸이 가려워 부스럼을 이룰 지경이었다.

걸음 잘 걷는 남자만 같으면 큰 원거리를 찾아서 주막을 들면 잠자리도 편하고 음식도 입에 맞는 것을 얻어도 먹으련마는 다리만 아프면 아무런 데라도 들 수밖에 없게 되니, 고개 밑 단 한 집밖에 없는 주막에도 들 때가 있고, 산속 다 쓰러져가는 농가에서도 하룻밤 드샐 데를 구하지 아니치 못하였다.

방이란 것이 모두 두 칸. 한 방이 주인 식구 사는 곳, 한 방이 객실. 객실이라는 것이 한가운데가 맨땅바닥 통로요, 그 길 좌우로 기다란 캉이란 것이 있고 위에다가 삿자리를 깔았으니, 이것이 사람이 앉고 자고 하는 온돌이다. 캉의 밖으로 향한 쪽에 들창이 있으나, 워낙 작은 데다가 창호지가 몇 해를 묵은 것이라 열어놓기 전에는 광선이 들어오기가 어려워서 대낮이라도 방은 침침하고, 밤이면 이 크나큰 방, 사람이 수십 명이나 들어 자는 방에 안질 난 눈과 같은 조그마한 석유 등잔을 저편 끝 주인 앉은 자리 앞에다가 켜 달았으니 피차에 사람의 얼굴도 알아보기가 어려울 지경이다.

아궁이는 어떻게 만들어놓았는지 캉에 불을 때면 방 안에 연기가 자욱하여 눈을 뜰 수가 없되, 추운 것이 무서워서 문을 열어놓지 못하고 큰 인내력을 가지고 그 연기가 사람의 콧구멍으로 다 들어가 잦아버리기를 기다릴 수밖에 없었다.

이러한 속에 밤이 깊도록 호인들이 알아들을 수 없는 말로 지절대고, 악을 쓰고, 무슨 큰 싸움이나 하는 듯이 떠들어대다가 하나씩 둘씩 코를 골기 시작하면, 맨 나중에 돼지같이 뚱뚱하고 검은 주인이 혼자서 문신칙(門申飭)을 하고 역시 잠이 드는 것이다.

처음에는 삼봉이나 삼봉의 어머니 엄 씨나 이 말도 모르고 의복, 풍습이 다 다른 호인들 속에서 도무지 맘이 놓이지 아니하여 잠이 들지 아니하였으나 이틀 사흘 지나는 동안에 그들도 다 우리와 같은 사람들이라는 것을 깨닫게 되어 맘 놓고 잠을 들게 되었다.

물이 귀한 서간도 길에서는 세숫물 한 대야도 돈을 주어야 사는 경우가 많았다. 한 대야를 사서 삼봉이가 낯을 씻고 엄 씨도 씻고 이 모양으로 온 식구가 다 씻어 굴죽 같은 물을 밀어놓으면, 곁에서 노리고 있던 시커먼 호인들이 나도 나도 하고 그 대얏물에 세수를 하였다.

삼봉의 어머니는 며느리 안 씨와 딸 을순이가 매양 조심이 스러워서, 아무쪼록 젊고 어여쁜 모양을 보이지 아니하도록 주의를 시켰다. 세수도 말라고 하였고, 평안도 부인네들 식으로 머리에는 수건을 푹 눌러써서 얼굴이 잘 보이지 않도록 하라고 주의를 시켰다. 을순이도 머리 땋은 것을 휘휘 머리에 둘러 감아서 처녀인 티를 감추고 수건으로 이마를 가려버렸다. '호인이 무지하다.'는 관념이 그들의 가슴에 박혀 있었다.

삼봉이도 어느 고개를 넘어갈 때에 단단한 참나무를 골라 지팡이를 만들고 다른 식구들에게도 하나씩 만들어주었다. 입 밖에 내어 말은 아니 하지마는 이 지팡이에도 호신용이라는 뜻이 있었다.

더구나 중국 사람의 동네를 지나갈 때에는 개가 무서웠다. 말 같은 개들이 소리 높이 짖으면서 모르는 행인을 향하고 달려 나와서 금시에 찢어 죽일 듯이 으르렁거리는 것은 처음 가는 행인들에게는 가장 무서운 것이었다. 우뚝 서서 참나무 지팡이를 헤헤 내두르면 일시는 물러가지마는 두어 걸음 걸어가노라면 허한 틈을 타서 뒤로 덤벼들었다. 어떤 심술궂은 개는 무서워하는 사람을 중심을 삼고 제가 원주상의 일점이 되어서 수없는 동심원을 그리며 극성스럽게도 따라왔다.

"저놈의 개!"

하고 소리를 지르나, 무지한 호인의 개가 유리하는 조선 백성의 말을 초개같이 여기는 모양이었다.

이러한 경우에는 삼봉이가 관우와 장비와 조자룡을 한 몸에 겸해가지고, 참나무 몽둥이를 창 삼아 검 삼아 철퇴 삼아 가장 용감하게 가장 날쌔게 개의 무리를 막아내어 벌벌 떠는 가족을 동네 밖으로 인도해내었다. 이 까닭에 멀리 인가가 보이면 끔찍끔찍하였다. 그러나 이상한 것은 이렇게 극성스러운 개들도 제집에 든 손님에게 대해서는 은근하게 순종하는 빛을 보이는 것이었다.

"대문에 개를 그려서 붙인 집에는 무서운 개가 있단 말이오."

하고 삼봉이는 어떤 행인에게서 얻어들은 지식을 여러 번 그의 보호 밑에 있는 가족에게 경계하였다.

혹시 깊은 산속 고개 마루터기에서 보기에 무서운 호인들이 싱글벙글하고 삼봉이네 일행을 보며 귀찮게 이 소리 저 소리 물을 때라든지, 고려

영자(高麗營子) 같은 큰 나루에서 나룻배 사공 놈이 배를 중류에 세워놓고, 이 추운데 웃통을 활딱 벗어 저고리에 이를 잡아가면서,

"이콰이치연, 이콰이치연!(일 원 더 내, 일 원 더 내!)"

하고 선가를 조를 때라든지 무시무시한 꼴도 많이 보았으나, 특별한 곤란도 없이 능가(陵街), 홍경(興京)도 다 지나 목적한 H라는 곳에 다다랐다.

그 피곤한 얼굴들, 도무지 무표정하리만치 피곤한 얼굴들, 그 구두질꾼 같은 때 묻고 연기에 글은 의복들, 그 기운 없는 걸음과 활개, 그 지고 이고 한 보퉁이들, 이러한 행렬은 하얗게 눈 덮인 산천이길래 더욱 유난하게 눈에 뜨였다.

그러나 그것은 삼봉이네 집만이 아니었다. 수많은 그따위 조선 이민, 두 광주리에 어린것들을 담아가지고 메는 몽둥이로 어깨에 둘러멘, 산동서 오는 중국 사람 이민들, 이러한 먹을 것을 찾는 백성들은 구라파 전쟁이 나거나 들거나, 국민당, 공산당이 천하를 주거나 받거나 나는 모르오 하는 듯이 소리 없이 빈 땅으로 빈 땅으로 흘러 들어온다.

믿는 나무에 좀

삼봉이네 집 일행은 마치 친형제를 대하는 반가움으로 김문제의 집을 찾아 들어갔다. 반은 중국식, 반은 조선식인 김문제네 집은 얼른 보기에 퍽 넉넉하고 즐거워 보였고, 특히 삼봉이네 식구들의 눈에 뜨인 것은 마당에 쌓아놓은 오륙십 석은 됨 직한 높다란 좁쌀 노적이었다. '우리도 언제나 저렇게 넉넉하게 살아보나.' 하고 삼봉 어머니는 감개무량하였다.

김문제는 삼봉이네 가족을 극진하게 관대하였다. 돼지를 한 마리 잡고, 떡을 치고, 마치 큰 잔치를 베풀듯 하여 관대하였다.

삼봉이네 집이 삼사 일을 김문제의 집에서 쉬는 동안에 김문제는 삼봉이네가 살 집을 구하고 토지를 구하느라고 분주히 돌아다녔다.

"집 구경 가시지요."

하고 하루는 김이 삼봉이 어머니를 청하였다.

"땅도 보시구."

삼봉이와 삼봉 어머니는 가슴이 내려앉음을 깨달았다. 왜 그런고 하면, 삼봉이는 아직도 김문제에게 전후 사정을 설명하지 아니하였기 때문에 김문제는 삼봉에게 적어도 사오백 원 돈이 있는 줄로 생각하는 모양임을 보았기 때문이다.

그러나 한 푼 없이 되었다는 말을 차마 하지 못하고 김문제가 인도하는 대로 삼봉이 모자는 따라나섰다.

이 고장은 사면으로 산이 있고 그 가운데 거의 정방형을 이루어 남북으로 길고 동서로 좁은 평지가 있는데, 남북은 이십여 리나 되지마는 동서로 말하면 오 리 남짓할락 말락 하다. 거기를 북에서 남으로 개천 하나가 흐르고 개천가로는 갯버들이 드문드문 서고, 개천 좌우 옆으로 밭과 논(조선 이민의 손으로 사오 년래로 개간된)이 있고, 산 밑 개천 굽이 바람과 물근심 없을 만한 곳에 인가가 한 삼십 호가량이나 장기쪽들 모양으로 흩어져 있었다.

문제네 집은 서산 밑이었다. 개천의 한 굽이가 그 집 안마당을 스쳐 흐르고 마당 앞에는 느릅나무 서너 그루가 이곳의 주인인 듯이 우뚝 솟아 있다. 개천 이쪽에는 김 주사(김문제를 부르는 이름)의 집이 고작 크고 부유하였다.

개천을 끼고 북으로 활 한바탕이나 올라가서 꽤 큰 집 하나가 있었다. 산을 등지고 동향하여 높다란 안채가 있고, 안채 앞에는 넓은 뜰이 있고, 뜰 좌우 옆으로 각각 집 한 채씩이 있으니, 이것이 안채에 속한 좌우익인 것은 얼른 보아서 알 것이다. 그러고는 이 세 채 집을 동을 싸는 나뭇가지로 엮어 두른 담이 있고, 정면으로 마차들이 길을 어길 만한 큰 문이 있다. 사실 이 문으로는 마차가 출입을 한다. 이 집의 모든 재산은 불 때는 나무까지도 이 넓은 담 안에 들고, 밤이면은 대문을 꽉 닫고 말 같은 개로 하여금 수직을 하게 할 작정인 모양이었다. 실로 이 집은 김 주사네 집보다도 우렁차고 컸다.

이 집으로 들어갈 때에 삼봉이는 가슴이 두근거렸다. '어떻게 하자고 우리를 이런 큰 집으로 지시하는고.' 하였다.

그러나 의외에 이 집에는 개가 없었다.

김문제는 삼봉이와 삼봉 어머니를 그 집 안채로 인도하지 아니하고, 마당 남쪽 끝에 있는 북향 채로 인도하였다.

처음 들어간 곳은 연자간이었다. 그리 크지는 아니하나 돌 연자마를 눈 가린 당나귀가 끌고 돌아간다. 조를 찧는 것이었다. 곁에 웬 호인 복색 한 부인네 하나가 키를 들고 겨가 뽀얗게 오른 낯을 들어 들어오는 사람들을 보고 말이 없었다.

연자마 있는 방에서 판장벽 하나를 조그마한 문(장지라고 할까)을 들어가면 부엌이 있고, 거기 이어서 캉(온돌)을 가진 방이 있다. 휑덩그런 호인의 방은 과연 을씨년스러워서 여기서 어떻게 사람이 사나 하는 생각을 사람에게 주었다.

"이 집이야요. 집이야 좋지요."

하고 김문제가 캉에 걸터앉으며 삼봉이 모자를 보고 설명한다.

"이게 모르는 사람 같으면 한 달에 십 원을 내라고 할 집이지요. 허지만 이 집 주인이 나허구는 친한 터이니까 반에 반 값으로 한 달에 삼 원씩에 말했답니다. ……아주 큰 집이지요. 이만한 집이 어디 쉬운가요?"

김문제는 연해 공치사를 한다. 그는 껍질이 엷은 품이라든지 살갗이 흰 품이라든지 목소리가 연한 품이라든지 옷거리가 나는 품이라든지 보통내기는 아니었고, 그 눈이 몹시 반짝거리고 눈알이 자리를 잡지 못하는 것이 경망하고 간사한 듯하나, 또한 재주 있고 상냥하게도 보였다.

"저 안채에는 누가 있어요?"

하고 삼봉이 어머니는 속으로는 일 년간 집세를 따지면서 김에게 묻는다.

"안채에는 아직도 본래 이 집 주인이 살지요."

하고 김문제는 말할 기회를 얻는 것을 다행으로 아는 듯이, 그 뾰족한 코 끝을 반작거리며 말한다.

"본래 이 집은 왕이라는 사람의 집인데, 이 동네가 본래 이 왕가네 소 유더라나요. 그랬던 것이 이 집 주인의 아버지(연전에 죽었지요)가 너무 좋은 사람이 되어서, 그 사람 때문에 애초에 이 땅에 우리 조선 사람이 밭 을 부쳤거든요. 성이 임금 왕 자 왕가고, 이름이 가정이야, 집 가 자, 나 무 목 변에 곧을 정 한 정 자. 이 왕가정이란 영감이 조선 사람을 대단히 동정을 해서 집을 지어주고 양식을 대어주고 그랬지요. 그래서 왕 노야 (王老爺) 왕 노야 하고 지금까지도 이곳 조선 사람들이야 그 은혜를 못 잊지요. 그런데 우리 조선 사람들이 어디 신이 있나. 왕 노야네 돈을 지 고는 잘라먹고 도지를 지고는 잘라먹고, 그래서 그만 차차차차 왕 노야 네 집이 못살게 되었단 말야요. 그러는 계제에 저 건넛말 궁 노야(宮老 爺)라는 사람이 들어와서는 차차차차 왕 노야에게 빚을 지우고는 하나씩 하나씩 빚값에 빼앗는 것을 지난가을에는 이 집까지 뺏었단 말야요. 그 래서 이 안채 왕 노야 아들네도 이 집을 내놓고 나가게 되었지요. …… 그렇게 된 일이야요. 지금은 이 근방 땅이야 내 것 얼마 내놓고는 다 궁가 네 것이지요. 저기 저 솔밭 앞에 보이는 큰 집이 궁가네 집이랍니다."

하고 김문제는 문밖에 나서며 손으로 동북방을 가리킨다.

왕 노야 집 신세가 삼봉이 모자에게는 자기 집 일과 같아서 감개를 금치 못하였다.

　"일간 좀 바르고 옮아오시지요."

하고 김문제는,

　"자, 인제 논 답품 가시지."

하고 앞서서 집에서 나온다.

　연자간에 좃겨 뽀얗게 오른 중국 부인은 또 말없이 이 사람들을 본다. '대대로 자기 집 식구가 살아오던 집에 웬 낯모를 사람이 들어오게 된 것을 슬퍼함인가.' 하고 삼봉이는 맘이 아팠다.

　김문제가 보여주는 땅이란 것은 삼봉이가 보기에 대단히 좋은 땅인 듯하였다. 반듯한 것이, 물도 있는 것이, 한 판에 한 만 평을 될 것같이 놓여 있는 것이 탐스럽게 보였다.

　"참, 땅 좋지요."

하고 김문제가 팔을 들어서 둘러 보이며,

　"이게 모두 육천여 평입니다. 이것을 다 논을 푸는 날이면 벼 일백이십 석은 의려 없습니다. 닭의 알 노른자위거든요."

하고 스스로 칭찬하였다.

　삼봉이 모자가 보기에도 과연 그럴듯하였다.

　"논을 이룬대야 저 풀뿌리만 파내버리면 고만이지요. 금년부터도 종자 떨굴 것입니다그려. 한 마지기에 잘되면 석 단(단은 섬이라는 뜻)은 염려 없지요."

하고 김문제는 입이 침이 없게 땅 칭찬을 한다.

　삼봉이는 속으로 탐이 났다. 그렇지마는 돈이 있나.

　'만일 지금 본 집이 내 집이 되고, 이 다 내 땅이 된다고 하면 얼마나 좋을까. 어머니도 고생을 아니 시키고 동생들도 곱닿게 기를 것을! 만일 노 참사 놈의 변만 아니 당했더라도 그만한 돈은 있을 것을!' 삼봉이는 이렇게 생각하고 이를 갈았다.

집에 돌아와서 삼봉이는 괴로운 듯이 고개를 푹 수그리고 말없이 앉아 있었다. 그때에 어머니 엄 씨가 삼봉이 곁에 와서,

"삼봉아, 아까 그 논을 백 원에 사자고 그래라."

하고 귓속말을 한다.

"돈이 백 원밖에 없으니 백 원에 달라고. 만일 백 원에 안 되겠거든 그 나머지는 벌어서 갚으마고 그래라."

"백 원은 어디서 나오?"

하고 삼봉이는 눈을 크게 뜬다.

"글쎄, 그렇게만 졸라보아라. 그것만 내 것이 되면야 넉넉히 벌어먹을 것이 아니냐. 어서 그렇게 말을 해봐라."

"아니, 백 원이 어디서 나요?"

하고 삼봉이는 같은 소리를 중얼거렸다.

"내가 일백삼십 원을 감추어두었었다."

하고 엄 씨는 가슴을 가리키며,

"이것까지 없어서야 굶어 죽지 않겠니? 네가 언제 가막소에서 나올지도 모르고, 또 네가 가막소에 있더라도 급히 돈 쓸 데도 있을 것 같아서, 백 원 하나를 내가 꼭 내 옷 속에다 감추어두었었다. 우리가 밥을 빌어먹더라도 그 돈만은 아니 쓰자고."

하고 눈에 눈물을 맺는다.

삼봉이도 머리가 쭈뼛하고 눈이 슴벅슴벅함을 깨달았다. 어머니의 끝

없는 사랑과 염려를 새삼스럽게 느꼈다.

　삼봉이는 어머니에게 돈 일백삼십 원이 있다는 말을 듣고 의기양양하여 안으로 들어가서,

　"아저씨, 아저씨."

하고 김문제를 불렀다.

　김문제는 여전히 사람에게 아첨하는 듯한 웃는 낯을 문으로 내밀고,

　"응, 자넨가. 들어오게, 이리 들어와."

하고 손이라도 끌어들일 듯이 반겨하는 뜻을 표하였다.

　삼봉이는 차마 삼백 원 달라는 논(아직 황무지이지마는 삼봉이는 그것을 논이라고 부른다)을 백 원에 달라는 말이 차마 나오지를 아니하였다. 그래서 한참 머뭇거리다가 우선 자기의 돈의 힘이 부족한 것을 말해서 김 주사의 동정을 끌어놓는 것이 옳다고 생각하고, 이러한 말을 통정 삼아 하였다.

　원래 집을 떠날 적에는 돈을 삼사백 원 가지었었으나 중로에 못된 놈을 하나 만나서 그에게 돈을 빼앗겼단 말을 하였다. 노 참사와의 관계를 말하면 가문의 수치일뿐더러 사랑하는 누이의 불명예가 될 것을 생각하여 이렇게 꾸며댄 것이다.

　삼봉이는 이런 말을 하면서 연해 김문제의 낯에 어떠한 변화가 일어나는 것을 주의하였으나, 삼봉이는 자기의 기대했던 것이 틀어지는 것을 깨달았다. 삼봉이가 돈을 다 잃어버리고 백 원밖에 남지 않았다는 말을 할 때에 김문제의 낯에는 일종 냉혹이라고 할 만하게 싸늘한 기운이 돌았다. 그러고는 삼봉의 말을 더 들을 필요가 없다는 듯이 문을 열고 집 사람

에게 삼봉의 말과는 관계없는 분부를 하고 있었다.

　김문제의 돌변한 태도에 삼봉이는 낙망을 깨달았다. 김문제가 자기네 식구를 환영한 것이 자기가 가졌으리라고 상상하는 돈을 위한 것이로구나 하는 것을 번개같이 삼봉이는 깨달았다. 그리고 아까 자기를 반겨 맞던 그 빛은 자취도 없는 김문제의 무관심한 얼굴을 빤히 쳐다보았다.

　"그리고 지금 손에 있는 것이."

하고 삼봉이는 다시 김문제의 주의를 끌고, 또 그의 얼굴에 아까 아침에 가까운 동정의 빛을 일으켜볼 양으로 곧 돈 말을 꺼내었다.

　"지금 손에 있는 것이 백 원밖에 없어요. 그러니까, 어머니 말씀이, 대단히 염치없는 말씀이지마는 그 논을 백 원에 주실 수 없습니까고 그러서요."

　과연 백 원이란 말에 김문제의 낯에는 다시 불이 붙었다. 비록 아까같이 이럭이럭하는 불은 못 된다 하더라도 그 싸늘한 빛은 가시었다.

　"백 원에야 할 수 있나. 천 원 달라는 땅을."

하고 김문제는 한번 웃는다.

　"그럼 얼마면? 얼마나 더하면?"

하고 삼봉이는 이 땅이 곧 자기에게서 떠날 것을 두려워하는 듯이 재차 물었다.

　"삼백 원에 한 푼 덜할 수도 없지마는 자네네 집과는 집안 같은 터이니까, 오십 원 감해서 이백오십 원까지는 해봄세. 그렇지만 자네에게 돈이 백 원밖에 없다니까 할 수 있나. 이 흥정은 틀어진 흥정이지."

하여서 김문제는 삼봉의 비위를 한번 건드리었다.

　"그러면 백 원만 먼첨 드리고, 나머지 일백오십 원은 후제 벌어서 갚아드리게 할 수 없을까요?"

하고 삼봉이 최후의 조건을 제출하였다.

"글쎄……."

하고 문제는 주저하는 빛을 보인다.

"네, 그렇게 해주셔요. 그저 금년에 농사지은 것도 먹을 것 내놓고는 다 논값에 치어드리겠습니다. 그저 아저씨가 우리 집을 살려주시는 줄 알고 그 논을 그렇게 해주셔요. 그 은혜야……."

하고 삼봉이는 문제의 감정을 움직이려 하였다.

"그래선 안 되겠는데."

하고 김문제는 더 어려운 빛을 보였으나 마침내 "삼봉이네 집이 남이 아니라."는 이유로 삼봉이가 제출한 조건으로 허락하였다.

그리고 그 즉시로 문서를 하고 선금 백 원(엄 씨의 바지허리에 꿰매었던 돈)을 김문제의 손에 치렀다.

입적하지 아니한 조선 사람이 중국 토지를 살 수 없는 것은 물론이지마는 삼봉이가 사는 것은 이 토지를 십 년간 사용하는 권리다. 십 년 후에는 다시 금을 해서 사지 아니하면 아니 될 것이다. 비록 십 년이 한이라 하더라도 싸기는 싼 것이었다.

아무려나 이리하여서 삼봉이네 집은 방랑 생활 근 일 년 만에 다시 제집(사글세 집일망정)을 쓰고 제 솥에 밥을 지어 먹게 되었다. 농량은 김문제의 집에서 꾸었다. 추수하거든 현금으로 갚으마 하는 조건으로.

이렇게라도 제집이란 것을 쓰고 살게 된 것이 삼봉이 어머니 엄 씨에게는 얼마나 기쁜 일이던가. 마치 죽었던 남편이 다시 살아 돌아오기나 한 것같이 기뻤다. 그뿐더러 저 논, 다 풀면 일백이십 석은 하리라는 논이 내 것이 아니냐. 그것이 논이 되는 것을 보고만 죽으면 죽어도 여한이 없을 것같이 엄 씨는 그 '논'을 사랑하였다.

엄 씨와 삼봉이는 하루에 한 번씩 그 '논'을 나가보았다. 얼음이 얼고 눈이 덮인 논에는 마치 뜸장 모양으로 울로초 떨기가 한태 해보자 하는 듯이 울툭불툭 내밀어 있었다.

"어서 얼음이 풀리면 저놈을 패내야."

하고 삼봉이는 입맛을 다시었다.

지루한 서간도의 겨울이 갔다. 감자와 조밥과 옥수수범벅으로 아무쪼록 돈이 적게 들도록 연명해가는 동안에 기나긴 겨울이 가고, 삼봉이네 '논'에 얼음이 풀렸다.

"얘야, 병날라. 아직도 칩다."

하고 엄 씨는 울로초 뿌리를 파내려고 서두르는 아들 삼봉이를 붙들었다.

"며칠 더 기다려서 날이 좀 더 따뜻해지거든 시작하려무나. 아직도 구석에는 얼음이 남았던데."

하고 어머니는 염려스럽게 아들을 보고 만류하였다.

그러나 삼봉이는 차마 오래 기다리지 못하였다. 그는 호미와 낫을 가지고 전장에 나가는 용사 모양으로 '논'으로 나갔다.

'논'에는 물이 흥건하게 고여서 봄바람에 잔물결이 이는 것이 마치 바다와 같이 넓고 깊은 것 같았다. 이 넓은 영토가 다 내 것인가 하면, 삼봉이는 일종의 자존심까지 깨달았다.

삼봉이는 버선을 벗어 대님으로 묶어서 신 위에 놓고, 얼음같이 찬 물에 발을 들여놓았다. 물은 차서 발등과 다리를 칼로 에는 듯하지마는 발바닥에 밟히는 흙은 비단결과 같이 부드러웠다. 삼봉이는 손을 물속에

넣어서 흙 한 줌을 집어 눈앞에 가까이 대었다.

"참 땅이 좋군!"

하고 삼봉이는 만족한 듯이 벙글벙글 웃었다.

물은 차고 바람도 산들산들하건마는, 햇빛은 따뜻해서 완연하게 봄맛을 주었다.

"으흥 에헤."

하고 콧노래를 하면서 삼봉이는 두 손으로 뽑으려는 풀뿌리를 건드려보았다. 만져보면 말랑말랑하면서도 뽑아내려고 흔들어보면 마치 천 근이나 되는 듯이 꼼짝을 아니 하였다.

"이런 제기."

하고 삼봉이는 그 풀뿌리 떨기를 여남은 번 움찍움찍 뮈어보다가 좀처럼 빠지지 아니하는 것을 보고, 그제는 호미로 그 둘레를 파기 시작했다.

물이 깊어서 호미질하기가 용이하지 아니하지마는 삼봉이는 전력을 다해서 팠다. 마침내 완고한 울로초 뿌리는 삼봉의 의지력에 못 이겨서 뗌벙하는 소리를 내고 빠져버렸다.

삼봉이는 개선장군 모양으로 그 뿌리를 끌어다가 마른 땅에 누이고, 이리 뒤척 저리 뒤척 그놈의 생김생김을 검사하였다.

이 울로초 뿌리란 것은 수없는 가는 뿌리가 얽히고설켜서 둘레가 자가웃이나 되는 떨기를 이룬 것이었다. 그러하기 때문에 만져보면 딱딱하지는 아니하면서도, 도끼로도 잘 찍어지지 아니하게 생긴 괴물이었다.

이거 하나를 파내느라고 삼봉의 발과 다리는 남의 살과 같이 감각이 없어지고 말았다.

삼봉이는 빨갛게 언 손을 힘 있게 마주 비비면서 열을 낸 후에 다시 호미를 들고 물에 들어갔다.

삼봉이는 이날에 이 기막히는 괴물을 이십여 개를 파내었다. 그러나 울로초 뿌리를 네 개를 파낸대야 논 한 평을 얻을 폭이 되니, 이십 여개를 파내었다 하더라도 논 다섯 평밖에 얻지 못한 셈이었다.

삼봉이는 기운이 진하고 배가 고팠다. 호미를 메고 집에 돌아오는 길에 그 마귀의 떼와 같은 울로초 뿌리를 보고 생각하였다.

'이런 제기. 하루에 다섯 평을 이루면 한 달에 일백오십 평이람. 한 달을 파내도 한 마지기도 못 되어?'

그리고 개천 이쪽과 저쪽에 잔물결을 지고 평화롭게 누워 있는 좋은 논들을 보고 삼봉이는 한숨을 쉬었다.

삼봉이는 날마다 아침부터 저녁까지 울로초 뿌리와 씨름을 하였다. '논'가 땅 위에는 삼봉의 손에 패어낸 울로초 뿌리들이 패전해서 내버리고 달아난 시체 모양으로 데굴데굴하였다. 삼봉의 영토는 열 평씩 스무 평씩 개척이 되어서 그 개척된 영토의 가는 물결은 더욱 힘 있고 아름다운 듯하였다.

며칠 후에는 삼봉이는 오봉이와 자기 아내 안 씨까지 징발해서 울로초 뿌리 전장에 내세웠다.

"자, 다들 울로초 뿌리를 파내자."

하고 삼봉이는 사령관 모양으로 명령을 발하였다.

"이걸 파내야만 먹고산단 말야."

삼봉의 부하는 삼봉의 뜻을 잘 이해하였다. 오봉이나 안 씨나 약한 팔을 가지고 그날에 각각 칠팔 개씩을 파냈다. 그래서 그날에는 삼봉이와 아울러 사십 개나 파냈다. 사십 개를 파내면 삼봉의 논이 열 평이나 느는 것이다. 하루에 열 평이라 하면 한 달이면 삼백 평, 삼백 평이면 말가웃지기, 말가웃지기면 말에 석 섬 잡고 넉 섬가웃. 지금이 청명이니 입하까지가 한 달, 입하에서 모내는 하지까지가 달 반. 그렇다고 하면 기껏 두 달 반, 두 달 반에 칠백오십 평, 칠백오십 평이면 너 마지기 잡고, 한 말에 석 섬이면 삼사 십이, 열두 섬. 벼가 열두 섬이면 쌀이 여섯 섬. 여섯 섬이면 여섯 식구 양식은 된다. 쌀을 팔아 조나 옥수수를 사 먹으면 '논'값 갚을 것이 조금은 남을까.

삼봉이는 이렇게 계산해보았다.

첫해는 너 마지기뿐이지마는 오는 해에는 갑절을 논을 풀면, 합해서 열두 마지기, 열두 마지기면 한 말 머리에 석 섬 잡아서 서른여섯 섬. 서른여섯 섬이면 여섯 섬 양식 떼고, 여섯 섬 팔아 용쓰고, 스물넉 섬 팔아서는 '논'값 치르고.

내후년에는 스무 마지기가 되어. 스무 마지기면 추수가 육십 섬!

"육십 섬! 육십 섬!"

하고 삼봉은 당장 눈앞에 육십 섬이 놓이기나 한 것같이 기뻐하였다.

며칠 후에는 을순이까지도, 어머니 엄 씨까지도, 마침내는 어린 정순이까지도 논에 나와서 이 마귀 같은 울로초 뿌리와 싸우기를 시작하였다.

보름은 지났다. 그러나 예기하였던 것과 같이는 성적이 드러나지를 아니하였다. 찬물에 들어서기 때문에 감기 드는 이도 있고, 배탈이 나는 이도 있었다. 총사령관인 삼봉이도 몸살로 사흘 동안이나 드러눕지 아니하면 아니 되었다.

이래서 온 가족이 들러붙어서 한 달을 파내도 모두 이백 평도 다 되지 못하였다.

이대로 가다가는 모를 낼 하지까지에도 마지기를 만들어놓을까 싶지도 아니하였다. 이렇게 생각하면 삼봉이도 비관되지 아니함이 아니나, 그렇다 하더라도 이밖에는 나갈 길이 없지 아니하냐. 그래서 가족 총출동으로 날마다 개미역사 모양으로 울로초 뿌리 캐기로 일을 삼았다.

동네에도 삼봉이네 울로초 뿌리 캐는 것이 소문이 났다. 어떤 사람은 삼봉이네 집이 안 될 일을 하는 것을 비웃고, 간혹 어떤 사람은 삼봉이의 부지런함을 칭찬하였다.

아무려나 여섯 식구가 목숨을 갈아먹어 가며 분투한 결과로, 하지 모 낼 때까지에는 팔백여 평의 논을 만들어놓았다. 누구나 이것을 보고는 아니 놀라는 사람은 없었다.

새 논 팔백여 평에는 곱다랗게 모가 들어섰다. 유쾌한 여름의 가는 물결에 어린 모들이 나불나불 춤을 추는 것은 삼봉이네 집에 주는 유일한 기쁨이었다.

모가 다 난 뒤에는 삼봉이는 또 울로초 뿌리 파내기를 시작하였다. 삼봉이네 논가에 수천 개 울로초 떨기의 송장이 삼봉이와 싸워서 진 원한을 품고 산란하게 나자빠져 있었다.

그러나 얼마 아니 하여 또 큰일이 삼봉에게 생겼다. 그것은 삼봉이가 애써서 파낸 울로초 뿌리 자리에서 또 머리카락 같은 울로초가 자라 올라오는 것이었다. 이 풀은 실만 한 뿌리가 하나만 땅에 붙어도 다시 돋아나는, 실로 어찌할 수 없는 풀이었다.

삼봉이네 집 여섯 식구의 노력은 또 이 김매기에 다 들어갈 수밖에 없이 되었다. 그래서 새로 논의 면적을 더 늘리려는 계획도 다 허지에 돌아가고 말았다.

삼봉이는 울로초가 물 밖에 뾰족하게 대가리를 내밀기가 바쁘게 뜯어 내버렸다. 그 실 같은 뿌리가 염라대왕의 상투에까지 내려 닿았다는 울로초의 뿌리는 도저히 아주 파내버릴 도리는 없었다. 눈에 보이는 대로 끊어버리는 수밖에 없었다.

삼봉이가 모낸 논에 울로초를 뜯는 동안에 아직 떨기째로 있는 울로초들은 나 보아라 하는 듯이 너울너울 새 풀을 돋쳐서 바람이 불면 미인의 머리카락과 같이 나부끼는 울로초 밭을 이루었다. 그리고 그 밑에서는 맹꽁이들이 좋아라 하고 아우성을 쳤다.

"저 경칠 놈의 울로초 같으니. 김만 다 매봐라, 모조리 파내버리게!"
하고 삼봉이는 석양에 한가로이 나부끼는 울로초 벌판을 원망스레 바라보았다.

"저런 오라질 놈의 울로초 같으니. 가을이 되거든 불을 탁 질러버릴까 보다."
하고 삼봉이는 이 원수의 울로초 멸망시킬 것만 생각하였다.

처음에는 좀 가물어서 걱정이 되었으나 장마 뒤부터는 우순풍조하여 통화현에는 무전대풍(無前大豐)이 들었다. 삼봉이네 새 논에도 방망이 같은 벼이삭이 땅을 핥도록 무겁게 고개를 수그렸다. 우박과 조상강(早霜降)만 없으면 삼봉이네 논에서도 이십 섬은 나리라는 것이 보는 사람들의 일치한 비평이다.

삼봉이의 얼굴에는 자랑의 웃음이 있고 어머니의 얼굴에는 감사의 웃음이 있었다.

어린 동생들까지라도 희색이 만면하여서, 오랫동안 펴지 못하던 얼굴의 근심된 주름이 갑자기 펴져서 마치 운수 좋은 집 사람들의 낯빛에서 보는 듯한 기름진 화기까지 보였다. 그렇게도 암담한 액운이 다 지나가고 삼봉이네 집에는 새로운 왕운이 돌아오는 듯하였다.

채마에 지은 감자도 굵다랗게 알이 들고, 산에 나는 아가위, 머루, 다래도 맛이 들어, 삼봉이네 집에는 밤마다 웃음이 흘러나왔다.

그러나 이 기쁨은 오래가지 못하였다. 그것은 이해가 동양 어느 나라를 물론하고 무전대풍이 되어서 곡가가 평년의 반 이상으로 폭락해버린 것이다.

삼봉이네 논에서는 여러 사람들의 예상과 같이 이십 섬은 못 났어도 십팔 석 반이나 벼가 났다. 이것이 만일 작년과 같다고 하면, 금화로 이백 원어치는 될 것이니 논값과 양식값을 물고도 일 년 농량은 남았을는지도 모른다. 그러나 금년 볏금으로는 십팔 석을 다 팔아도 백 원이 다 되지 못하니, '논'값(사글도지) 금년분 일백 원, 집세 삼십육 원, 농량값 십 개월 육십 원, 도합 일백구십육 원보다 부족하기가 백여 원이다.

'이 일을 어찌하나!'

유일한 길은 김문제에게 금년에 갚을 조 일백 원을 명년으로 유여해달라는 것이다.

삼봉이는 '아저씨'라는 김문제에게 간절한 말로 청하였다. 명년 추수 후에는 꼭 이백 원을 다 갚으마고. 만일 그때에 아니 갚거든 처분대로 하라고.

명년 추수 때에는 논도 지금보다 갑절이 늘고, 농사도 금년과 같이 풍년이 들고, 볏값은 작년과 같이 올라갈 것을 삼봉이는 가정한 것이다.

그래서 논값 일백 원은 연 사 푼에 표를 쓰고, 양식값 육십 원 대신에 벼 열넉 섬을 주고 나니, 일 년 농사한 것이 거의 다 김문제에게로 가고 남는 것이 벼 녁 섬가웃이었다.

집세 삼십육 원은 본국서 가지고 왔던 돈 중에서 남은 것 이십 원과 벼 석 섬을 쳐서 주니, 실지로 남는 것은 벼 섬가웃이었다.

삼봉이네 집에 있던 모든 기쁨은 다 스러지고 말았다. 작년에 아버지의 소상도 지내지 못하였으니, 금년 대상을랑은 돼지나 한 마리 잡고 술이나 좀 하고 떡도 하고 대상답게 지내려고 했더니, 벼 섬가웃을 가지고는 그런 것은 생념도 할 수가 없었다.

아무려나 남은 벼 섬가웃은 당나귀를 빌려서 연자매에 작미를 하여서 얼음 같은 백미 일곱 말을 만들어서 그중에서 몇 되는 온 식구가 오래간만에 한때 밥을 지어 먹고, 그 나머지는 아버지 대상을 위하여 꽁꽁 묶어두었다.

그러고는 바로 그 이튿날부터 다시 김문제 집에서 옥수수와 조를 외상으로, 길미는 모두 사 푼으로 사다가 겨우 연명을 해가면서 온 식구가 죽을힘을 다하여 '논' 개간에 종사하였다. 산과 들에서 모든 푸른빛이 다 사라지고 아침저녁이면 물에 살얼음이 지필 때까지 여섯 식구가 코피를 쏟아가며 파낸 울로초 뿌리가 큰 무더기를 셋이나 넷이 이루고 새로운 논이 또 팔백 평가량이나 늘었다.

그러한 때에 눈이 오고 얼음이 얼어붙어서 아주 더 일할 수가 없이 되었다. 인제는 다시 춘분, 청명이 돌아오기를 기다릴 수밖에 없었다.

그렇다고 삼봉의 날은 한가하지를 아니하였다. 논 개간하느라고 미처 못 하였던 나무도 해야 하겠다. 아직까지 이곳에는 나무가 흔하여서 장정이 한 이십 일 부지런히 해 들이면 한겨울 땔 나무는 염려가 없었다.

그러나 새로 남은 걱정이 있으니 그것은 식구들의 의복이었다.

애초에 집을 떠날 때에 지고 이고 한 것이 모두 얼마가 되지도 못하였거니와 집을 떠난 지가 이 주년이나 되는 동안에 입기만 하고 한 가지도 하지를 못하였으니, 식구들의 꼴은 모두 깍쟁이 꼴이었다. 더구나 상제가 되어서 무색옷을 못 입으니까 그 더러운 모양은 일층 더하였다.

그나 그뿐인가. 이불도 두 채밖에 없었다. 여섯 식구가 두 채를 덮고 잘 수밖에 없었다. 이따끔 삼봉이 내외를 따로 재울 때면 이불 한 채를 네 식구가 한 이불 밑에서 자지 않으면 안 되었다. 그래서 날이나 추운 때에는 삼봉이는 식구들을 위하여 김문제네 사랑에 가서 잤다. 문제네 집에서는 방들이 아늑하게 조선 방 모양으로 되었을뿐더러, 소와 말을 먹이기 때문에 소물과 말죽을 끓이느라고 방이 펄펄 끓어서 이불을 덮지 않고도 잘 수가 있었다.

쌀 여섯 말 가지고 아버지 대상도 지내고, 이럭저럭 겨울도 다 지났다. 또 삼봉이 울로초 뿌리를 파고 농사를 짓고 추수를 하였다. 그러나 금년에는 작년에 풍년이 든 독인지, 한재와 수재를 겪어서 논 면적은 작년의 한 갑절 반이나 됨에도 불구하고, 추수는 십오 석에 불과하였다. 볏금은 좀 올랐으나 겨우 한 섬에 칠 원이니, 이것을 다 판대야 백 원 내외에 지나지 못한다. 그런데 빚으로 보면 김문제에게 줄 것이,

일, 금 백 원이라는 작년에 표 써놓은 조.
일, 금 백 원이라는 금년도 사글도지 조.
일, 금 사십 원이라는 작년 조 백 원의 길미.
일, 금 육십 원이라는 김문제에게 농량값.
일, 금 삼십육 원이라는 집주인 호덕이라는 호인에게 줄 조.

이상 합계 삼백삼십육 원이라니, 금년에 지은 것을 다 팔아주고도 이백삼사십 원 빚이 남을뿐더러 양식 한 알, 의복값, 용돈 한 푼 남지 아니하게 되었다.

이것이 도무지 웬일이냐.

김문제는 삼백 원을 금년에는 마감하기를 삼봉이에게 강경하게 청하였다. 그 표면의 이유는 자기도 넉넉하지 못한 처지에 삼백 원 빚을 오래 둘 수 없다는 것이지마는 그보다도 다른 이유도 없지 아니하였다. 김문제가 을순의 곁에 가까이 돌고, 가끔 을순이가 혼자 있는 방에 누워 있는 것을 본 삼봉이는 한번,

"아자씨가 친삼촌이고 을순이가 친조카라도 이러실 수가 없습니다."
하고 준절하게 김문제를 나무란 것이 크게 김문제를 무안하게 한 것도 사실이었다.

김문제는 이제 겨우 삼십팔 세밖에 아니 되었지마는 그 아내 되는 정씨는 김보다 오 년 장인 사십삼 세였다. 게다가 본래 몸이 약하고 자식 낳기를 많이 하여서 오십이 넘은 듯이 쪼그라졌다. 웃을 때에는 눈부터 웃는 김문제, 몸은 비록 작고 가냘프나 눈이 가늘고 반짝반짝 자리를 못 잡는 것이라든지, 입술에 푸른빛이 도는 것이라든지, 목소리가 쇳소리같이 여무진 것이라든지, 색에는 범연치 아니한 소질을 가진 것이 분명한 그가 늙은 아내 하나를 지키고 만족할 리가 없었다.

그리고 만일 이곳에서 어떤 여자에게 맘을 둔다면 을순이를 두고 다시 있을 리가 없었다. 그래서 김문제는 을순이를 가까이할 기회를 매양 엿보았다.

삼봉이네 집을 위로하거나 무슨 일 의논이 있어서 방문하는 체하고 무

시로 삼봉이네 집에를 왔다. 오면은 아자씨, 아자씨 하고 온 식구가 그를 대접하였다. 대접 아니 할 수가 있나. 김문제는 삼봉이네 집의 은인(?)이요 빚쟁이였다. 김문제가 빚을 재촉하고 농량을 끊는다면 삼봉이네 집은 어찌 될까. 곧 길가에 방황하지 아니하면 아니 될 것이다.

그런 것을 삼봉이가 김문제의 비위를 건드려놓았다.

삼봉이네 집에서 타작을 하는 날, 김문제는 삼백 원의 청장(淸帳)을 강청하여서 추수 열다섯 섬을 차압해버렸다. 차압이라고 무슨 법률상의 수속이 있는 것이 아니라 벼를 떨어서 섬에 담아놓기가 바쁘게 김문제는 자기 집 사람을 시켜서 삼봉이네 볏섬을 자기 집으로 나르기를 명령한 것이다.

삼봉이도 여기 항거할 수가 없었다. 삼백 원 빚을 졌으니 벼 열 섬을 백 원에 쳐서 가져가는 것은 당연한 듯하였다. 그래서 삼봉이는 자기가 피땀 흘려서 지어놓은 볏섬이 김문제의 집으로 업혀 가는 것을 얼빠진 듯이 보고 있다가, 마지막 섬이 대문을 나서는 것을 보고 두 주먹으로 가슴을 치며 울었다. 삼봉이가 울기 전에 삼봉의 어머니와 삼봉의 아내와 을순이와 정순이가 다 방에서 울고 있었던 것은 말할 것도 없다. 언니가 우는 것을 보고 오봉이도 마당에 흩어진 겨를 쓸던 빗자루를 가슴에 안고 쿨쩍쿨쩍 울었다.

"망할 놈의 자식, 깍쟁이가 될 놈의 자식!"

하고 오봉이는 우는 소리로 누구를 저주하고 있다.

"이놈의 자식, 어디 우리 벼를 처먹고 삭이나 보자. 염병을 할 놈의 자식. 내가 네놈의 집에 불을 질러놓고야 말걸. 이 오라질 놈의 자식!"

오봉의 생각에는 제집이 김문제네 빚을 졌으니까 벼를 빼앗기는 것이 당연한 듯도 하면서도, 자기네 형제끼리 애써 일군 논에서 자기네 집안이 들러붙어서 농사를 지은 벼를 가져가는 김문제가 도둑놈 같기도 하였다. 이 두 가지 생각 중에 어느 것이 옳은지는 오봉이가 모르거니와, 아무려나 벼 열다섯 섬을 김문제가 가져가는 것이 가슴이 터지도록 분하고, 김문제라는 사람이 죽고 싶도록 미웠다.

"에끼, 급살을 맞을 놈의 자식!"

하고 오봉이는 느릅나무 밑으로 볏짐을 앞세우고 간들거리고 가는 김문제를 향하여 발을 구르며 소리를 질렀다. 물론 그 소리가 들릴 리는 없었다.

마지막 볏섬을 지어 내보낸 삼봉이네 집은 초상난 집과 같았다. 아버지가 죽었을 때에도 이렇게 슬펐을까, 이렇게까지는 슬플 수가 없었을 것이다.

이때에 호 노야네 집 차인이 집세를 받으러 왔다. 그는 삼봉이네 집에 벼가 한 섬도 남지 아니한 것을 보고 깜짝 놀라는 듯이 어깨를 으쓱하며,

"김 서방?"

하고 삼봉에게 물었다. 김문제한테 다 빼앗겼느냔 말이다.

삼봉이는 얼빠진 사람 모양으로 고개를 끄덕거렸다.

"우리 집세 어찌하오?"

하고 호 노야네 차인인 호인은 조선 사람에게 도지와 집세 받느라고 얻어들은 서투른 조선말로 재촉한다.

"아무것도 없으니 어찌하오?"

하고 삼봉이는 손을 벌려 보였다.

"김 서방, 돈 다 주었소. 우리 안 주었소, 그런 일 없소."

하고 조선말로 하다가 귀찮은 듯이 한어로,

"부싱, 부싱!(안 돼, 안 돼!)"

하고 땅바닥에 침을 튀 뱉는다. 그렇게 만만히 놓아줄 듯싶으냐 하는 뜻이다.

집세도 집세지마는 내일 아침부터는 먹을 양식이 없다. 오늘 저녁은 마당 쓸어 모은 것을 찧어서도 먹으련마는 내일부터는 무엇을 먹을까.

"밍티엔 워 춰.(내일 내 가께.)"

하고 삼봉이는 한어로 호 노야네 차인에게 말하였다.

"내일 아침에는 내 올라가께. 돈을 못 주면 몸뚱이라도 주께. 어서 올라가."

해서 호 노야네 차인을 쫓아버렸다. 그는,

"꼭 와, 응?"

하고 갔다.

삼봉이는 옷에 먼지를 툭툭 털고 방으로 들어와서 두루마기를 떼어 입고 모자를 집어 들었다.

"너 어디 가니?"

하고 눈이 벌겋게 된 어머니 엄 씨가 염려스레 물었다.

"김문제네 집에요."

"왜?"

"어떻게 할 작정이냐고 좀 물어보랴고요."

"아서라."

하고 엄 씨는 삼봉이의 옷소매를 붙들며,

"너 그 아자씨에게 불공한 소리 말아라. 그 아자씨 의지하고 사는 데……. 그저 꾹 참고 또 농량이나 좀 대어달라고 좋은 말로 하여라.”

“흥, 아자씨가 그까짓 놈이 무슨 아자씨요!”

하고 삼봉이는 툭 내쏘는 어조로,

“그놈이 아자씨면 을순이를 따라댕겨요? 접때는 그 자식을 한번 따귀를 떼고 하늘 높은 줄을 알려주려다가 말았어요. 그런 흉한 놈이 아자씨야요? 일 년 내 번 벼 열다섯 섬을 타작마당에서 몽땅 가져가는 놈을……. 이런 놈을 한번 따끔령을 아니 주면 누구를 준단 말씀야요?

농량을 얻어 오다니요? 그놈한테서 또 농량을 얻어 와요? 굶어 죽어도 다시 그 도적놈의 앞에 머리를 숙여요?”

“삼봉아, 네가 큰일 날 소리를 하는구나. 빚진 종이라니, 제 것 없는 사람이 남의 빚을 지면 다 그렇지. 너 그러다가 저 논까지도 도로 내라고 하면 어떡허나. 삼백 원에서 백 원밖에 더 치렀니? 그저 꾹 참고 그것만 논을 만들어서 내 것을 만드는 날이면 우리는 살게 될 것 아니냐.”

하고 엄 씨는 만반으로 아들 삼봉이가 분김에 김문제에게 대하여 선전포고를 하지 않도록 효유하였다.

삼봉이도 그 ‘논’이라는 말을 듣고는 풀이 죽지 아니할 수 없었다. 그것이 얼마나 삼봉의 목숨을 깎아서 풀어놓은 것인가.

삼봉이는 그 어머니와 같이 아직도 그 ‘논’이 제 것이 되리라고 믿고 있다. 그들은 아직도 돈의 조화, 금융 경제의 마술적 기구를 모르고 힘써 개척만 하면 마침내 그 ‘논’이 제 것이 되려니 한다.

한번 단단히 김문제의 무도함을 몰아세우고 말로라도 한바탕 분풀이를 해보려던 삼봉이의 맘은 ‘논’이란 말에 그만 소금에 절인 배추 잎사귀처럼 풀이 죽어버리고, 이왕 두루마기를 입고 모자를 쓴 김이니 김문제에게 농량이나 꾸러 가기로 되었다.

삼봉이는 하늘을 보기도 부끄러운 듯이 고개를 푹 수그리고 김문제의
집으로 향하였다.

삼봉이가 김문제네 집에 갔을 때에는 김은 삼봉이네 집에서 압수해 온
볏섬들을 적당한 자리에다 쌓느라고 한창 바빴다.

그 볏섬들은 마치 삼봉이를 보고 반가워서 소리를 지르는 것 같았다.

그렇기도 할 것이다. 그 볏섬도 삼봉이가 손수 만든 것이요, 그 속에
들어 있는 벼도 알알이 삼봉의 땀과 손때를 먹은 것이다. 그들은 삼봉의
집에 누워 있을 것을 예기하였을 것이요, 마침내는 삼봉이네 집 식구의
입에 들어갈 것을 바랐을 것이다. 그러나 그들이 김문제의 집으로 끌려
올 것은 꿈도 아니 꾸었을 것이다. 이 볏섬이나 그 속에 들어 있는 벼 알
들에게는 그들이 김의 집에 끌려온 이치를 해득할 힘이 없었다.

"응, 삼봉이 나려왔나."

하고 김문제는 일변 머슴들에게 분부를 주고, 일변 삼봉이에게 고개를
돌려 인사를 한다.

"네, 아자씨께 좀 여쭐 말씀이 있어서."

하고 삼봉이는 억지로 공손한 태도를 취하였다.

"응, 내게?"

하고는 머슴들을 향해서,

"아니야, 거기다 놓으면 비가 안 뿌리나. 사람들이 어떻게 그렇게 어
리석어? 그러구들도 밥을 먹나."

하고 책망을 한다.

김은 자기가 할 일을 다 끝내고 옷에 먼지를 털고 손가락을 코에 대고

코를 킹, 킹 이리 풀고 저리 풀고 발을 번쩍 들어서 그 손가락을 신 옆에다가 쓱쓱 씻고 자기가 먼저 방으로 들어가면서,

"이리 들어오게."

하고 삼봉이를 부른다.

삼봉이는 농량을 꾸러 온 사람이라 김이 하라는 대로 방으로 따라 들어갔다.

김은 굵다란 찬석 물부리 맞춘 칠간자 담뱃대에 담배 한 대를 피워 깊게 맛나게 흡연하면서,

"내게 할 말이 있다고?"

하고 삼봉이를 뚫어지라고 바라본다.

삼봉이가 보기에 김문제의 하는 양이 모두 아니꼽고 밉살머리스러웠다.

"네. 아자씨도 아시다시피 내일부터라도 먹을 양식이 없지 않습니까?"

하고 삼봉이는 극히 공손한, 빚 얻으러 간 사람의 어조로,

"그러니 아저씨가 또 보아주시어야지, 사고무친한 만리타국에 어디 가서 말을 합니까?"

하고 삼봉이는 김문제의 눈치를 보아가며,

"해마다 염치없는 일입니다마는, 금년에도 농량을 좀 대어주시어야겠습니다."

여기까지 말할 때에 삼봉의 콧등과 등골에는 땀방울이 솟았다, 뻗대는 황소와 같은 자존심을 내리누르느라고.

그러나 김문제의 낯에는 힘줄 하나 움직이지 아니하였다. 그는 마치 지금까지 삼봉이가 애써서 한 말을 전혀 듣지도 아니하고 그와는 아무 상

관도 없는 다른 생각을 하고 있던 것 같았다.

한참 있다가 김은 담뱃대를 재떨이에 놓으면서,

"응, 그 말인가. 나도 그렇지 아니해도 자네보고 말을 하려고 했네. 금년에는 할 수 없어. 본국서 일갓집이 두어 집 들어온다니까 농량을 줄 수 없어. 또 저 자네가 부치던 논도 내년에는 내놓아야겠는걸. 그 논을 내년에도 부치려거든 돈 이백 원을 해놓아야 돼."

하고 똑 잡아뗀다.

"무엇이?"

하고 삼봉이는 벌떡 일어서면서 이를 악물고 지를 듯이 주먹으로 별렀다.

삼봉이도 어느새에 일어섰는지, 어느새에 이를 악물었는지, 어느새에 주먹을 불끈 쥐었는지 모른다. 그것은 마치 꿈과 같았다. 왜 그런고 하면, 지금 김문제가 한 말은 아무리 하여도 믿기지 아니하기 때문이다. 금년 농량을 아니 대어준다는 것은 말이 되지마는 삼봉이가 피땀을 흘려서 만들어놓은 논을 내어놓으라는 것은 도저히 믿을 수 없는 말이다. 선금으로 백 원을 주지 아니하였느냐. 나머지 백 원에는 길미 사십 원을 주지 않았느냐. 그런데 인제는 그 논을 내라? 이것은 삼봉의 생각에는 도무지 안 될 말이었다.

그러니까 삼봉이는 마치 달려드는 개에게 대하여 주먹을 드는 모양으로 주먹을 든 것이었다.

"어떻게요? 논을 내놓아요?"

하는 항의의 말이 나온 것은 한참 후였다.

"자네 말이 옳으이."

하고 김문제는 까딱도 아니 하였다. 정말 눈도 깜짝 아니 하였다.

"내 돈 백 원은 어떡하고?"

삼봉의 말은 차차 노기를 띠었다.

"그러니까 이태 동안 벌어먹었지. 자네 집 식구가 뉘 것을 먹고 이태 동안을 살았는데? 사람이란 은혜를 알아야 쓰는 것이야. 은혜를 모르고 불공한 행동을 하면 못쓰는 법이야."

김문제는 가증스러우리만큼 냉정하게 훈계를 하였다.

김의 빈정대는 아니꼬운 말을 들을 때에 분노의 불길이 타오름을 깨달았다.

"무엇이 어째? 내가 뉘 밥으로 살았어?"

하고 삼봉이는 농량 꾸러 온 사람의 태도를 버렸다.

"그 논을 뉘 손으로 만들었는데? 그 울로초 뿌리를 뉘 힘으로 뽑았는데? 우리가 처음 와서 모른다고 그런 못 쓸 땅을, 세상이 다 못 해먹을 땅인 줄 아는 땅을, 속여서 팔아먹구, 응, 개도 안 먹을 뜬 좁쌀을 주고 입쌀값을 받아먹고, 논값을 사 푼변을 받아먹고, 금년 농사한 것은 한 알 안 남기고 타작마당에서 다 빼앗아 오고, 그러고도 무엇이 어때? 누구 은혜로 살았어? 어디 내 벼를 갖다가 잘 먹고 삭히나 볼까? 내가 이루어 놓은 논을 어느 놈이 가지어가? 그놈들의 다릿마댕이가 성할까?"

"아, 요놈 보아라!"

하고 김문제는 눈에 불이 나며 담뱃대를 들어서 삼봉의 머리를 후려갈긴다.

"딱⋯⋯."

"이 자식 봐라! 사람 따린다."

하고 삼봉이는 문제의 멱살을 추켜들고 따귀를 서너 개 철썩철썩 갈겼다. 밉던 원수를 꼭 붙들고 몇 번 때리니까 더욱 미움이 북받치어서 전신이 사시나무 떨리듯이 떨리었다.

"이놈이 사람 죽인다."

하고 마침내 김문제가 견디지 못하여 소리를 질렀다.

김문제의 모가지와 이마에는 시퍼런 정맥이 불룩불룩 일어섰다.

삼봉이는 바둥거리는 김을 댓 번 내둘러서 담벼락에다가 부딪치어주고는 발길로 한번 옆구리를 푹 질러서 방 한편 구석에 처박아버렸다.

그리고는 삼봉이는 방에서 나와서 신을 신고 마당에 내려섰다. 김문제의 머슴들이 삼봉이를 보고도 호랑이 본 개 모양으로 비슬비슬 피하였다.

삼봉이가 집 모퉁이를 돌아서려고 할 때에 삼봉의 머리는 어떤 몽둥이에 얻어맞았다.

그리고는 삼봉이는 전신이 피투성이가 되도록, 인사불성이 되도록, 그야말로 난장을 맞았다. 김문제는 곁에 서서 발을 구르며 머슴을 감독하여 삼봉이를 때리게 하였다.

때리다가 때리다가 삼봉이가 눈을 뒤집고 버둥버둥 나가자빠지는 것을 보고야, 갑자기 살인이 무서운 듯이 거꾸러진 삼봉이만 내버리고 슬몃슬몃 달아나버렸다.

돼지몰이

삼봉이가 일어나서 발로 땅을 밟게 된 것은 십여 일 후였다. 그렇게 많이 얻어맞았지마는 급한 데는 다행히 맞지 않았던 모양이었다.

삼봉이가 앓아누운 동안에 삼봉의 어머니 엄 씨는 서너 번이나 김문제의 집을 찾아가서 아들을 살려내라고 야료를 하였으나 김문제는 몸을 피하였다.

삼봉이는 김문제의 사람들에게 맞아 드러눕고 삼봉이네 식구들이 밥을 굶는 것을 보고 양식을 갖다준 이는 호 노야였다. 이 집 안채에 있던 왕 노야는 고만 집을 내어놓고 어떤 친척을 찾아 왕청문(旺淸門)이라는 데로 가고, 호 노야의 작은마누라라고 할 만한 관계가 분명치 아니한 여자를 하나 데려다가 안채에 두고 호 노야가 가끔 와서 자고, 이 집에는 마당이 넓은 것을 이용하여 돼지 기르는 데를 만들었다. 그 까닭에 호 노야가 삼봉이네 집 형편을 자세히 알게 된 것이었다. 그래서 양식까지도 당해준 것이었다.

호 노야라는 사람은 나이 사십사오 세나 되는 뚱뚱보였다. 이곳 조선 사람들이 호가를 '돼지'라고 별명을 지은 것은 그가 돼지 장사를 한다는 것 밖에 그 생김생김을 가리킴이 많았다. 살빛이 검푸르고, 턱이 두 겹이요, 눈은 금시에 튀어나올 듯하고도 둔탁한 빛을 보였다. 씨근씨근 숨을 쉴 때에는 천촉증 있는 사람 모양으로 그렁그렁하는 소리가 났다. 무슨 말을 하면 악을 쓰고 도무지 남의 사정은 돌아보지 아니하고 제 고집만 세우는 사람이었다. 세상이 다 머리를 깎건마는 호 노야만은 여전히 돼지꼬리를 기다랗게 늘여 긴 소매 달린 저고리를 입고 새끼손톱을 두 치나 되게 길러서 때때로 그것으로 코딱지를 우비어서는 딱 소리를 내고 튀겨 버리는 버릇이 있었다.

삼봉이가 병이 나아서, 일어나서 고맙다는 인사를 하러 갔더니 호 노야는,

"아, 나았나?"

하고 만일 할 일이 없거든 돼지몰이를 아니 하려느냐고 권하였다.

돼지몰이라는 것은 두 가지 일을 하는 사람이다. 하나는 평일에 돼지 떼를 데리고 들로 돌아다니며 풀을 뜯기는 일이요, 또 하나는 돼지를 몰고(한꺼번에 한 백 마리씩) 봉천으로 팔러 가는 일이었다.

호 노야는 삼봉이가 믿음성 있는 것을 보고 이 일을 맡기려고 하는 것이다. 백여 마리 내지 수백 마리 돼지를 몰고 삼사백 리 길을 십여 일을 허비해서 끌어다가 수천 원을 받고 파는 일이기 때문에, 대단히 신실한 사람이 아니면 맡기기가 어려운 일이었다. 더구나 호 노야가 위에 말한 바와 같이 뚱뚱보가 되어서 먼 길을 다니지 못하므로, 지극히 믿을 만한 사람이 필요하였던 것이다. 이러한 사람으로 삼봉이가 호 노야의 눈에

들었다.

삼봉이는 이 돼지몰이라는 직업을 고맙게 받지 아니할 수 없었다. 이 것을 하면 집은 공으로 얻어 들고, 양식 걱정은 없고, 또 돼지 한 떼를 봉 천에 몰아다가 팔아 오면 특별히 얼마를 받을 수가 있었다. 직업은 좀 천 한 직업이지마는 이때에 직업의 귀천을 가릴 때가 아니었다.

그래서 삼봉이는 곧 허락하고 그날부터 기다란 채찍을 들고 돼지를 몰 고 산으로 들로 돌아다녔다. 아직 풀도 많이 아니 났지마는 돼지들은 어 디를 가든지 먹을 것을 찾는 듯하였다. 주둥이로 땅을 파고는 꿀꿀하면 서 연해 입을 우물거렸다.

삼봉이는 지금까지 돼지와 친해본 적이 없었다. 농촌에서는 소하고는 절친하지마는 돼지는 주막집에서밖에 치지 아니하였다. 돼지는 더러운 것, 돼지는 미련한 것, 그러나 고기 맛은 괜찮은 것, 이만큼밖에 돼지에 관한 지식이 없었다가 인제부터는 수백 마리의 돼지와 친하게 지내게 되 었다.

돼지는 삼봉이가 생각하던 바와 같이 그렇게 미련한 동물도, 도무지 운치 없는 동물도 아니었다. 그 모양 없이 생긴 몸뚱이 속에도 희로애락 애오욕의 칠정이 갖추어 있었다. '하루 종일 먹는 일밖에 다른 일을 모 르는 것이 천하다면 천할까, 사람인들 우리네같이 가난한 백성이야 하 루 종일 생각하는 것이 먹는 것밖에 또 있을까.' 하고 삼봉이는 스스로 웃었다.

삼봉이는 돼지들을 벌판에 놓고 채찍 후리는 것을 연습하였다. 서 발 이나 되는 회초리, 그 끝에 달린 두 발이나 되는 노끈, 이것을 익숙하게 두르면, 원도 되고, 호도 되고, 궁형도 되고, 포물선도 되고, 혹시는 땅에서 하늘로 뻗은 수직선이 되고, 혹은 지면에 평행하는 일직선이 되고, 또 그것을 솜씨 있게 내두르면 형언할 수 없는 여러 가지 물상이 되었다. 그러는 중에 거기서는 '획', '윙', '딱', '투드럭', '푸르륵' 하는 여러 가지 소리가 났다. 돼지들은 이 채찍이 그리는 모양과 소리를 다 알아보고 듣는 듯하였다. 먹을 것을 찾기에 정신이 없으면서도, 돼지몰이의 채찍 끝에서만은 눈을 떼지 아니하는 듯하였다. 그러나 그들은 삼봉의 채찍 두르는 모양이 서투른 것을 비웃는 듯이 만만히 이르는 말을 듣지 아니하고, 이리 뛰고 저리 뛰고 하는 놈이 많았다. 삼봉이는 돼지가 한 마리라도 잃어버릴까 하고 애를 썼으나, 돼지들은 삼봉이를 놀려먹는 모양으로 한참 달아나다가는 제 동무들 틈으로 들어와 숨었다.

삼봉이는 며칠 아니 하여 돼지들에게 정이 들었다. 가끔 돼지의 머리도 만지고 등도 쓸어주었다. 그 털의 감각에는 조금도 부드러움이 없었다. 삼봉이는 '참으로 못생긴 짐승들이로구나.' 하고 웃었다.

돼지몰이를 연습한 지 약 한 달 만에 삼봉이는 긴 채찍을 맘대로 두를 수가 있었다.

호 노야는 만족한 듯이 배를 흔들고 웃었다. 그리고 첫 행보로 돼지 백 마리를 몰고 봉천에 가서 지정한 곳에 팔고 돌아오라는 명령을 받았다. 이것은 실로 놀랄 만한 일이었다. 왜 그런고 하면, 아무도 돼지몰이를 시작한 지 일 년 이내에 돼지 백 마리를 봉천까지 몰고 가라는 큰 부탁을 받는 사람은 없는 때문이다. 그처럼 삼봉이는 호 노야에게 신임을 받게 된 것이라고 동네에 이야깃거리가 되었다.

험구를 가진 동네 청년들은, 호 노야가 이처럼 삼봉이를 신임하는 것은 삼봉이를 믿어서 그런다는 것보다는 삼봉의 누이 을순을 보아서 그러는 것이라고 떠들었다. 그렇지마는 삼봉이가 땡을 잡은 것을 부러워하는 것은 말할 것도 없었다.

삼봉이는 백 마리 돼지를 몰고 봉천으로 떠나는 것을 대단히 유쾌하게 생각하였다. 마치 대장이 되어서 많은 병정을 몰고 전장으로 나가기나 하는 것처럼 일종 용장한 생각까지도 가지었다.

"너 조심해라."

하고 어머니는 새벽 일찍 길 떠나려는 아들 밥상머리에 앉아서 끝없는 석별의 정과 끝없는 주의를 주었다.

"남의 물건을 맡아가지고 다니다가 조금이라도 해를 치면 못쓰는 것이야. 내 물건보다도 더 소중히 해야지. 원, 처음이 돼서 어쩌나. 또 재물을 몸에 지니고 다니면 도적이 무섭다. 호젓한 곳에 혼자 가지 말고 실수 없도록 조심해라. 집 걱정은 말고 몸조심해야 한다. 아직도 추운데……."

삼봉이가 돼지 떼를 몰고 나설 때에는 동편 하늘이 벌겋게 불타고 바람은 한 점도 없었다. 호 노야도 나와서 노잣돈을 삼봉에게 주고, 삼봉의 어머니와 오봉이와 을순이와 정순이와 삼봉의 아내 안 씨가 다 동구까지 따라 나왔다. 삼봉의 익숙한 채찍 소리가 새벽 공기 속에 기운차게 울렸다.

돼지들은 그 뾰족하고 짧은 발로 땅을 차면서 유쾌한 종종걸음으로 채찍 가리키는 데를 향하였다.

봄철의 땅은 알맞추 촉촉하고도 젊은 사람의 살결과 같이 부드러웠다. 돼지들은 양지쪽에 뾰족뾰족 내미는 풀을 보면 주객이 술이나 만난 듯이 갈 길을 잊고 땅을 쑤시었다. 혹시 심술궂은 돼지가 다른 돼지들의 등을 밟고 넘고 주둥이로 밀치면서 남이 먹는 것을 빼앗으려 하여 꿀꿀, 캉캉

하는 한바탕 소동을 일으키는 수도 있으나 그래도 사람 이상으로 질서를 못 지키는 동물 같지도 아니하였다.

한 십 리나 걸어 나가면 돼지들은 길 걷기가 지루한 듯이 한눈을 팔고 요리조리 가로 달아나기를 시작했다. 그러할 때에는 채찍으로 한참 정리하지마는, 그래도 아니 될 때에는 삼봉이는 적당한 처소를 가리어 돼지들에게 휴식을 명하였다. 그 방법은 삼봉이가 채찍을 놓고 쭈그리고 앉는 것이다. 삼봉이가 앉는 것을 곁눈으로 본 돼지는 그 뜻을 대중에게 전하는 듯하였다. 살랑살랑 오르락내리락 흔들리던 돼지들의 등 털이 종용해지고 돼지들은 꿀꿀하고 제멋대로 땅을 쑤시기 시작한다.

이렇게 얼마를 쉬이다가 다시 길을 가려고 할 때에는 삼봉이는 허리에 찼던 쇠뿔 나팔을 꺼내어,

"뛰이, 뛰, 뛰."

하고 분다. 그리고 긴 채찍을 들어서 휘휘 내두르고 후루루 딱딱 하는 소리를 낸다. 그러면 돼지들은 취군 나팔 소리 들은 병정들 모양으로 달음박질로 모여들어서 앞을 향하고 귀를 너불거린다. 한두 번 더 채찍을 딱딱거리면 장난꾼이 돼지들도 정신을 차려서 보통 속도의 걸음을 회복하는 것이다.

이 모양으로 하루 종일을 간대야 기껏 사십 리, 여간 컨디션이 좋지 아니하면 오십 리를 가기는 바랄 수도 없었다. 다 저녁때가 되어서 주막에를 들면 돼지들도 몸이 피곤하여서 누울 자리부터 찾았다. 그래서 밤새도록 곤하게 자다가 돼지몰이의 채찍 소리가 들려야 중학교 기숙사의 어린 학생들 모양으로 억지로 기지개를 켜고 일어났다.

이 모양으로 하루가 가고 이틀이 갔다. 산을 넘기가 몇 번이요, 물을 건

너기가 몇 번이었다. 산악지대가 거의 다 지나가고, 산도 아니요 들도 아닌 고원지대에 들어서서 마치 물결과 같은 지형을 오르락내리락하였다.

며칠에 한 번씩 다른 돼지 떼를 만나기도 하나 이런 때에는 아무쪼록 한 편이 앞서고 한 편이 뒤떨어졌다. 돼지들이 혹시 섞일 염려도 있겠지마는 그보다도 다른 떼 돼지끼리는 만나면 이민족이 만난 것 모양으로 일대 격투가 일어나는 일이 있기 때문이었다.

이래서 삼봉이는 언제나 말 못 하는 돼지와만 동행할 수밖에 없었다. 뒤따라오던 사람들은 얼마 동안은 돼지 떼를 보는 호기심으로,

"때 나얼 라이야?(어디서 오나?)"

라든지,

"다오 나비엔 취?(어디로 가나?)"

하는 등 몇 마디 말도 붙여보지마는, 제 길이 바쁜 사람들이라,

"만만디 라이 앙.(천천히 오라.)"

하는 말을 던지고는 훨훨 앞서서 달아났다. 그 행객들의 어깨에 둘러메인 때 묻은 보따리(중국 사람은 행리를 싸서 어깨에 둘러메고 다닌다)가 들먹들먹 점점 작아지는 것만 바라보며 삼봉이는 채찍 소리를 내었다.

그것은 결코 수월한 일은 아니었다. 백 명 말 못 하는 바보들을 데리고 길을 가는 것은, 더구나 며칠을 말할 동무도 없이 혼자 가기는, 사람으로는 어지간한 고통이었다. 마치 삼봉이 자신도 사람의 말을 잊어버린 듯이도 생각했다.

솜옷 속이 촉촉하게 땀에 젖으리만큼 따뜻하고 물기운 많은 봄볕 밑에, 말 못 하는 돼지 떼를 몰고 무인지경의 끝없는 길을 가노라면 삼봉의 맘속에는 여러 가지 생각이 일어났다. 첫째로 그는 집을 생각하지 않을

수 없었다. 늙은 어머니, 젊은 아내와 어린 동생들. 그는 그의 아내 안 씨와 금슬이 나쁘지 아니하였다. 다만 연래 풍상이 하도 신산해서 그처럼 금슬이 좋은 젊은 내외이면서도 정말 맘을 턱 놓고 하루를 온전하게 즐긴 일이 없었다. 아직 이십이 못 된 그의 아내가 옷 한 가지도 변변히 못 얻어 입고 배를 굶주리고 고생하는 것을 생각하면, 삼봉이는 가슴이 아팠다. 말없는 그 아내, 오직 삼봉의 품에 안기는 것만을 유일한 인생의 낙으로 아는 그의 아내, 탈상을 하였건마는 무색 옷 한 가지 못 얻어 입은 아내, 그러할수록 삼봉에게는 무한히 귀여웠다.

그러나 가장 삼봉에게 염려되는 것은 그의 누이 을순이가 아닐 수 없다. 을순이 나이 새해 잡아 이십일이니 벌써 시집을 가서 아들딸을 두셋이나 낳았을 나이다(삼봉의 생각에). 커다란 계집애가 머리를 땋아 늘이고 있는 꼴이 보기가 흉할뿐더러, 남의 이야깃거리가 되는 것이 더구나 고통이었다.

그러면 어찌하나. 그렇다고 어디 시집을 보낼 만한 곳도 없다. 정순이는 인제는 커다란 처녀가 되지 않았나. 이런 생각을 하면 도무지 신산하기가 그지없었다.

아내 안 씨는 달마다 있을 것이 없어진 지가 벌써 석 달이나 되었다. 혼인한 지가 사 년이나 되었으니 아이가 생기는 것이 기쁜 일이라야 옳지마는, 하도 세상살이가 신산하니까 그것이 모두 걱정만 될 뿐이었다.

고원지대도 다 지나서 인제는 평원지대에 들어섰다. 온 길을 돌아보면 산도 보이지마는 앞길을 내다보면 끝없는 벌판이었다. 여기는 땅이 녹은 지도 오래여서 벌써 길바닥에서 먼지가 일어나기를 시작하였다. 양지쪽 조강한 길에는 돼지 떼가 종종걸음을 치고 지나갈 적마다 뽀얀 먼지가 안

개 모양으로 피어오르고, 어떤 때에는 도무지 지척을 분별할 수 없는 듯한 먼지기둥 속으로서 공산당 토벌 가는 순경대가 뛰어나오기도 하였다. 그 등 굽고 입 벌어진 순경대들은 애꿎은 돼지들을 총 끝으로 때리고 발길로 찼다.

"공산당 못 보았느냐."

하고 그들 중에 두목 같은 사람이 물을 때에, 삼봉이는 보았더라도 못 보았다고 대답하고 싶었다.

삼봉이는 공산당이란 말에 삼 년 전에 만났던 유정석을 생각하지 아니할 수가 없었다. 유정석은 삼봉이가 일생에 처음 본 좋은 청년이었다. 그리고 을순의 애인이었다. 삼 년 전에 유정석은 삼봉에게,

"아무리 정직하게, 근면하게 일하여도, 돈이 없는 사람은 갈수록 더 가난하게 될 뿐이다."

하던 말을 기억한다.

이 말을 처음 들을 때에 삼봉이는 도무지 그 뜻을 해득할 수가 없었다. '정직하게, 부지런하게'일만 하면 잘살게 된다는 것이 삼봉이가 어려서 어른들에게와 보통학교에서 배웠고 자기도 믿어왔던 말이거니와, 과거 삼 년간의 삼봉이 자신의 경험에 비추어보면 유정석의 말이 옳은 것 같았다.

지금 유정석은 어디 있나. 감옥에서는 작년 가을에는 나왔을 것이고, 혹시 간도 공산당 속에 나와 돌아다니지나 않나, 또는 징역을 치르고 나서 대학에를 다니나.

홍수하자를 떠난 지 아흐레 만에 커다랗고 시뻘건 해가 끝없는 벌판의

둥그레한 지평선 밑으로 슬며시 떨어질 때에, 삼봉이는 먼지투성이가 되고 다리가 아파서 절름절름하는 돼지 떼를 몰고 봉천성에 들어왔다.

취성잔(聚盛棧)이라는, 호 노야가 지시하는 물상객주를 찾아 키 크고 머리 홀떡 벗어진 주인에게 호 노야의 편지를 전하였다.

취성잔 주인은 무어라고 빽빽 소리를 지르더니 허름한 녀석 두엇이 뛰어나와서 삼봉이와 돼지들을 본다.

그 허름한 사람들은 돼지우리 문을 열고 정거장 표 찍는 사람 모양으로 좌우로 갈라서 문에 지켜 서서 삼봉이가 데리고 온 돼지들을 세어 들여보낸다. 돼지들은 피곤한 여행이 끝나고 안식의 우리에 들게 된 것을 기뻐하는 듯이 그 못생긴 꼬리를 두르면서 우리 속으로 들어갔다.

백 마리가 마지막 들어갈 때에 삼봉이는 정든 무엇과 작별하는 듯한 섭섭함을 깨달았다. 돼지 중에도 어떤 놈은 삼봉이를 찾는지 뒤를 돌아보았다.

취성잔에서 하룻밤을 자고 이튿날 돼짓값 일천팔백 원을 받아가지고 무순 오는 차를 타려고 봉천 정거장으로 나오노라니까, 서탑대가(西塔大街)라는 길에서 이상스러운 사람과 눈이 번쩍 마주쳤다. 그것은 양복을 입은 어떤 청년이었다. 홀쩍 지나놓고 아무리 생각해보아도 그것은 유정석인 듯하였다. 만일 일전 노중에서 공산당 토벌대를 만나서 유정석이 생각만 하지 않았더라도 삼 년 만에 만나보는 유정석을 몰라보았을는지 모른다. 더구나 피차에 한 해가 새롭게 얼굴과 체질이 변하는 청춘이 아니냐.

삼봉이는 한참이나 망설이다가 그 양복 입은 청년을 따라가서,

"여보서요!"

하고 뒤로 불렀다.

　그 청년은 첫마디에는 대답을 아니 하였다. 아마 이 천지에 나를 부를 사람은 없으리라고 생각했던 모양이다.

"여보서요! 유정석 씨 아니시오?"

하고 뒤로 바짝 두 번째 물을 때에, 그 사람은 총이나 맞은 듯이 놀라는 표정으로 뒤를 돌아본다. 그 눈에는 분명히 의심하는 빛이 보였다. ××동 농촌에서 보던 십팔 세이던 삼봉이를 사오 년이 지나가 이십이 넘은 장정이 되어서 청복을 입은 노동자에서 찾아낼 수는 없지 아니하였나.

"나 김삼봉이오."

하고 삼봉이는 볕에 그을은 꺼먼 얼굴에 웃음을 띠어 보였다.

　그 양복 입은 청년은 감격에 못 이기는 사람 모양으로 두 손을 내밀어서 삼봉의 두 손을 잡아 흔들었다. 삼봉의 손은 마치 쇳덩어리와 같이 단단하였다.

"아, 이게 웬일요?"

하고 그 양복 입은 청년은 비로소 입을 열었다.

"나도 형이 만주 와 계신 줄은 알았어. 그렇기로 봉천서 만나기는 뜻밖이오구려……. 대관절 댁이 봉천이시오?"

하고 그제야 유정석은 삼봉의 손을 놓는다.

"아니오. 집은 통화현 홍수하자라는 데야요. 여기서도 한 사백 리나 되지요마는 돼지를 몰고 왔다 가는 길야요."

하고 삼봉이는 웃으면서,

"그래 지금 집으로 가랴고 정거장으로 나가는 길인데 지나가시는 것을 얼른 보니깐 유 선생 같단 말야. 그래 의심은 없지 않으면서도 잘못되면 대수냐고 불러 보았지요. 그랬더니 정말 그이로구려."

유정석은 삼봉이가 연전에 보던 어린 빛이 다 없어지고 도리어 얼굴이나 말에 노성한 빛이 남을 보았다.

삼봉이도 유정석이가 인제는 노성한 신사인 것을 보았다.

"그러니 여기서야 이야기를 할 수가 있나. 어디로 들어가 앉읍시다." 하고 유정석이가 발의를 하였다. 삼봉이는 유정석의 뒤를 따랐다.

두 사람은 어떤 음식점(무론 청요리)에 들어가서 조그마한 방을 잡고, 한 번 더 반갑게 악수를 하였다. 삼봉이는 유정석이가 자기를 동등으로, 같은 친구로 대우해주는 것이 기쁘고, 자기도 남에게 존경을 받을 만한 어른이 되었다는 자존심의 쾌감을 맛보았다. 그래서 자존심 있는 어른들이 하는 모양으로 힘껏 소리를 내어 껄껄 웃어보기도 하였다.

먼저는 유정석이가 삼봉이네 집이 그동안 지난 경력담을 삼봉에게 물었다. 삼봉이는 기쁘게 대소 경력을 이야기하였다. 어떤 데는 간단하게, 또 어떤 데 특히 중요한 데는 자세하게 힘 있게 이야기하였다. 더구나 홍수하자에 처음 와서 김문제에게서 속아서 논을 사가지고 울로초 뿌리를 캐어서 논을 만들던 이태 동안의 피나는 이야기를 할 때에는 삼봉의 눈에 붉은 기운까지 돌았다.

유정석이도 삼봉의 '힘'에 감동한 듯이 연해 고개를 끄덕거리다가,

"그렇게 해서 마침내는 벼 이십 석을 거두었다는 말야!" 하고 삼봉이가 울로초 뿌리 캐던 이야기 한바탕을 끝낼 때에는, 유정석은 감격을 이기지 못하는 듯이 일어나서 식탁을 돌아서 삼봉이를 껴안았다. 공담(일명 이론이라는)의 나라에서 공담과 허장성세에 두통이 나던 유

정석은 삼봉의 '실행하는 힘'의 아름다움에 취한 것이었다.

삼봉이는 김문제가 어떻게 자기를 속이고 욕보인 것을 주먹을 두르며 이 동지에게 보고하고, 마침내 현재의 돼지몰이의 직업에 언급하여, 호노야라는 호인의 맘이 어느 날 어떻게 변할는지 모르지마는 현재와만 같으면 먹기는 걱정 없다는 것으로 말을 맺고, 그런 뒤에 삼봉이는 자기 말만 한 것이 미안하다는 듯이 잠깐 낯을 붉히고 유정석의 경력을 물었다.

"내야."

하고 유정석은,

"내야 고생을 했다기를 몇 푼어치 했겠소? 감옥에를 가 있었다기로니 울로초 뽑는 고생에 비길 수가 있어요? 나 같은 사람이 일생에 했다는 고생을 다 뭉치더라도 형이 하로에 한 고생을 당해낼 수가 있나. 또 우리 따위야 말일세 글일세 하고 서울 한복판에 전깃불을 켜고 앉아서 한담 삼아 떠들기나 했지, 인류 위해서 무어 하나 새로 이루어놓은 것 있나. 형 같은 이는 울로초 뿌리를 뽑아서 논을 천여 평을 만들어놓았으니 이런 일이야말로 창조거든. 한 해에 스무 섬이 나면 쌀이 열 섬, 쌀이 열 섬이면 열 사람의 일 년 양식 아니오? 그 논이 백 년만 갈 것이 아니요 천 년만 갈 것이 아니니까, 그렇게 생각하면 형의 이태 노력이 몇천 명, 몇만 명 양식을 만들어준 심이란 말요."

하고 칭찬하였다.

실상 유정석은 삼봉의 인격에서 영웅적인 점을 발견하였다. 이 사람이 민중의 지도자가 될는지 모른다고까지 생각하였다.

그러나 유정석은 삼봉이가 아직도 온전히 옛날식 도덕관념과 사회 조직 관념, 신식 말로 하면 반봉건, 반자본주의적 이데올로기를 고대로 가지고 있는 것을 발견하였다. 삼봉이는 그와 같은 불행한 경력을 가지고도 남을 원망할 줄을 모르고, 세상을 원망할 줄을 몰랐다. 그는 모든 불행을, 절반은 자기의 팔자에, 절반은 자기의 잘못에 돌리는 것 같았다. 이것은 선량한 조선 구식 민중의 모형이라고 유정석은 생각하고 그 속에 다분의 아름다움이 있는 것까지도 승인하였다.

그러나 유정석은 삼봉의 이데올로기를 그냥 두려고 생각하지 아니하였다. 도리어 이것은 인류의 행복을 위하여 깨뜨려버려야 할 것이라고 생각하였다. 그래서 유정석은 삼봉이에게 마르크스주의 사회 이론의 선전을 시작하였다.

남의 요릿집에 너무 오래 있을 수도 없어서 약 한 시간 만에 거기서 나왔다.

나왔으나 차 시간이 지났기 때문에 두 시간 이상이나 기다릴 필요가 생겨서 삼봉은 유정석이가 인도하는 대로 마차를 타고 성내 구경을 돌았다. 삼봉이에게는 마차를 타는 것이 처음이었다. 도무지 먹어보지 못하던 배갈(호소주)을 유정석이가 권하는 대로 석 잔이나 먹었더니 대단히 맘이 유쾌하다.

유정석은 시내를 구경하는 동안에도 눈에 보이는 대로 예를 들어서 삼봉에게 마르크스주의 틀에 집어넣기에 전력을 다하였다. 그러나 삼봉이는 마르크스주의의 이론 설명도 봉천 성내 구경이나 다름없는 흥미로 들었다.

오후 ○시. 유정석과 삼봉은 봉천 정거장으로 나왔다. 역두에는 춘궁을 못 이겨서 밀려오는 조선 사람 이민군과 산동성 등지에서 오는 일본 사람 이민군으로 찼다. 그들은 끝없이 의심스럽고 끝없이 불안스러운 눈으로 두리번거리고 있었다. 때 묻은 옷, 영양 불량한 얼굴, 여편네 등에 매달린 코 흘리는 어린것들, 사내들 등에 매달린 땀 냄새 나는 이불 보퉁이, 중국 빈민들의 궁상스러운 머리꼬리며 벌린 입. 모두 순후하게들 생겨서 별로 죄도 지었을 것 같지 아니하건마는 밤낮을 벌고 일생을 벌어도 도무지 힘 피울 날을 보지 못하는 박복 제비를 뽑아가지고 세상에 나온 무리들. 빈민, 궁민, 유리민 등 영광스럽지 못한 별명을 가지고 간 곳마다 파리나 모기 모양으로 귀찮음을 당하는 그들. 보라, 지금도 반반한 옷을 입고 얼굴에 기름기가 있는 승객들은 마치 옴쟁이나 피하는 듯이 그들의 곁을 지날 때에는 옷자락을 걷어들고 코를 쥐지 않는가.

유정석은 삼봉이를 향하여 가난의 원리를 설명하였다. 이들 가난한 백성들은 만일 목숨이 천 년을 살아서 밤낮으로 이천 년을 노동하더라도 결코 가난을 벗어놓지 못하리라고 말하였다.

또 유정석은 중국 정부, 그중에도 동북성 정부가 서북간도에 산동성 빈민을 이주시키고 조선 이민을 배척하려는 민족주의적 정책을 설명하였다. 이 앞으로 전 만주를 통하여 조선인 배척 운동이 일어날 것도 설명하였다. 서북간도에 사는 조선인의 생활에는 요만한 안전도 없는 것, 지금은 비록 뿌리를 박고 사는 듯한 사람들도 한번 중국 정부의 정책이 변하기만 하는 날이면, 또는 일본과 중국과의 관계가 좋지 못하게 되는 날이면 터무니째 무너지고 말 것을 설명하였다.

"그러면 우리는 어디를 가면 맘 놓고 벌어먹고 살 수가 있어요?"
하고 삼봉이는 견디다 못하는 듯이 물었다.

"글쎄."
하고 정석은 빙그레 웃었다.

오늘 종일 들은 정석의 말, 그리 유심하게 들은 것도 아니건마는 그 말은 삼봉의 맘속에다가 견딜 수 없는 불안을 집어넣었다.

삼봉이는 플랫폼에 우물거리는 이민의 떼를 바라보고 또 자기의 신세를 반성할 때에 정석의 말은 절절히 옳은 듯하였다.

그러나 정석이가 이 문제에 대한 해결의 설명을 주기 전에 차 떠날 시간이 되었다.

사람들은 가련한 추태를 연하면서 차로 올랐다.

"만일 나를 만날 일이 생기거든 이리로 오시오."

하고 유정석은 삼봉에게 주소를 적어주었다.

"잘 가시오! 매씨께도 문안해주시오!"

하고 정석은 승강대 난간을 붙든 삼봉의 손을 잡아 흔들었다.

"무슨 일이 있거든 내게 알리시오."

하고 유정석은 모자를 벗어 들었다.

삼봉이는 차에 올라앉아서도 유정석이가 하던 말들을 생각하였다. 유정석이는 저 한 몸의 일은 도무지 잊어버리고 무슨 큰일만을 생각하는 듯하였다.

삼봉이는 요릿집에서 하던 문답 중에 혼인에 관한 한 구절을 생각한다.

"혼인은 하시었나요?"

하는 삼봉이의 묻는 말에 유정석은 가볍게 고개를 흔들고,

"내가 장가를 들면 노형 매씨를 버리고 누구한테 들겠소? 허지만 나와 같이 금일동 명일서로 정처 없이 다니는 사람이, 게다가 언제 어느 나라 감옥에 들어갈는지, 어느 나라 총에 맞아 죽을는지도 모르는 사람이 장가를 들면 어찌한단 말이오? 장가를 들면 집을 잡고 살아야지, 또 내

외가 같이 살면 자식도 낳아야지, 처자가 주룽주룽 달리면 꼼짝 못 하지, 우리네 일이야 할 수가 있나. 허니까 우리 따위는 뽀토리(홀아비)가 제일이란 말야, 하하."

하고 대단히 우스운 듯이 껄껄 웃었다.

그러나 삼봉이 생각에는 처자가 없이 인생이 무엇인고 하였다.

"형도 집을 버리고 나하고 같이 안 댕기랴오?"

하고 유정석이가 삼봉의 뜻을 움직일 때에,

"내야 집을 떠날 수가 있나. 또 나 따위야 집을 떠나기로니 무엇 할 것 있나?"

하고 단연히 거절하였다,

이 말을 할 때에 삼봉의 눈앞에는 늙은 어머니, 아이 밴 아내, 어린 동생들이 팔을 벌리고 나타났다.

"삼봉아, 나를 어찌하고?"

하는 것은 어머니다.

"여보셔요, 나는 어찌하고요? 배 속에 어린것은 어찌하고요?"

"오빠, 우리는 누구를 믿고 사오?"

하는 것은 누이들이다.

"언니!"

하고 매달리는 것은 동생이다.

돈푼이나 있는 놈들(노 참사, 김문제, 호 노야, 이 모양으로)의 아니꼬운 꼴을 생각하면, 그 놈들을 둘러엎는다는 유정석의 일이 통쾌하지 아니함이 아니요, 또 생활이 모두 구차하고 신산한 것으로 보더라도 모두 뿌리치고 뛰쳐나올 생각이 나지 않는 것도 아니지마는, 사랑하는 식구들이 자기 하나를 믿고 산다는 것을 생각하면 그들을 버린다는 것은 상상도 할수 없는 일이었다.

'어서 집으로 가자. 그리운 식구들이 기다리는 곳으로 가자.' 하고, 삼봉이는 비로소 맘이 가라앉아서 차창 밖의 풍경을 바라보았다.

조선 사람의 한 떼와 산동 사람의 한 떼는 무순탄광에서 떨어지는 모양이었다. 여기서 기운찬 장정은 저승과 벽 하나 사이에 둔 천 길 땅속에 들어가서 석탄을 캐어내는 광부가 될 것이요, 늙은 여편네는 밥 짓고 빨래하는 사람이 될 것이요, 젊은 여편네와 계집애들은 아마도 대부분은 그 얼굴과 살을 팔아서 인조견 옷값과 밀기름값을 벌 것이다. 그러다가는 아마도 십 년이 못 해서 늙음과 다침과 화류병과 폐병과 도덕적 타락으로 아무 데도 쓸 수 없는 쓰레기 인간이 되어서, 옛날 격언 고대로 빈손 들고 (돈 한 푼 없이) 물러나고 새로운 젊은 남녀가 그 뒤를 보충할 것이다. 마치 전선의 제일선이 죽고 부상하는 대로 쉴 새 없이 후방에서 신병이 보충되는 모양으로. 그러나 이 무리들은 자기네가 무슨 목적을 위하여 이러한 고역을 하지 아니하면 아니 되는지, 누구의 의사와 이익을 위하여 자기네는 무료로(끝에 아무것도 남는 것이 없으니 결국 무료로) 일생을 노력하였는지도 모른다. 이렇게 삼봉이는 유정석에게서 들은 이론을 무순탄광에 떨어지는 무리들에게 응용해보았다. 그리고,

'과연 그렇기는 해.'

하고 혼자 웃었다.

참말 길 가기는 좋은 때다. 봄철이니 앓는 사람을 제하고야 누구에게는 좋은 때가 아니랴.

혼하의 철교도 지나고 무순성도 지나서 삼봉이는 버들피리로 양산도,

수심가를 불어 생명과 기쁨에 찬 봄철의 일광과 공기를 흔들어놓으면서 동으로 동으로 사랑하는 무리 있는 곳을 향하였다.

몸에 일천팔백 원의 현금을 지닌 삼봉이는 외딴길을 갈 때나 객주에를 들 때나 도무지 맘이 놓이지를 아니하였다. 앞으로 마주 오는 사람, 뒤로 따라오는 사람이 다 자기의 품속을 엿보는 도적놈만 같고, 또 밤에 주막에서도 곁에서 잠꼬대하는 이, 밤에 일어나 오줌 누러 나가는 이가 다 자기 품속의 일천팔백 원을 엿보는 도적놈과 같이만 보였다.

"참 살이 내릴 일이로군."

하고 삼봉이는 무사히 하룻밤을 주막에서 지내고는 아침 길을 떠나며 이렇게 중얼거리고 혼자서 웃었다.

'나만 남들을 도적으로 아는 것이 아니라 남들도 품에 돈을 넣고는 나를 도적인가 의심하여 마음을 못 놓을 것이다.'

하고 번뜻번뜻 마주치는 행객들의 눈, 그중에도 손이 곱고 살에 기름이 있어 돈 전대가 묵직한 것이 허리땀에 촉촉이 젖었을 듯한 사람과 소매를 스치고 지날 때에 마주치는 눈을 볼 때에는 삼봉이는 이런 생각을 하였다.

만일 삼봉의 품속에 일천팔백 원이라는 돈이 없었던들, 또 다른 행객의 품속에들도 돈이 없었던들,

"따 나얼 라이야?(어디서 오시오?)"

"쌍 나얼 춰야?(어디로 가시오?)"

하는 인사가 얼마나 마음 턱 놓고 하는 반가운 인사가 될까.

삼봉이는 사람과 사람 사이에 생기는 갈등의 대부분이 이 '제 것'이라는 것에서 생긴다는 유정석의 말이 옳은 것을 절실하게 깨달았다.

'과연 이 세상에 네 것 내 것이 없이 저마다 일하고 서로 도와서 살 때

가 올 수가 있을까. 그때가 되면 놀고도 배부르고 일하고도 배곯는 야릇한 일도 없어지고, 길과 주막에서 사람과 사람이 만날 때에 서로 도적인가 의심하고, 서로 저놈이 없었으면 하고 미워하는 일도 없어지련마는. 그때에는 노 참사도 없고, 김문제도 없고, 호 노야도 없으련마는…….그러나 그럴 때가 올 수가 있을까. 유정석의 말과 같이 그날이 오게 하기위하여 뭉치고 싸우면 될까, 나같이 미미한 사람이?'

삼봉의 생각에는 그런 문제가 너무도 크고 복잡하였다. 도저히 그런 문제를 꽉 그러쥘 힘이 없었다. 그러나 알 수 없는 그리움이 솟아오름은 면할 수가 없었다. 지금보다 나은 어떤 '때'에 대한 그리움은 도저히 누를 길이 없었다. 자기와 같이 정직하고 착하고 부지런한 사람이(삼봉의 생각에) 일하면 일할수록 더욱 고생과 수치만 늘어가는 이 세상에는 반드시 어디 고동이 잘못 들린 데가 있다고 삼봉이는 생각하지 아니할 수가 없었던 것이다.

그러나 삼봉에게 있어서는 그러한 좋은 세상은, 혹은 죽은 후에 천당에서나 바랄 것이거나, 그렇지 아니하면 삼봉이가 죽고 삼봉의 손자의 손자의 손자 청에나 볼동말동한 것이었다.

삼봉의 눈앞에 있는 현실은 길을 가는 것이요, 가서 또 돼지몰이를 하는 것이었다. 여러 식구를 벌어 먹이고 입히는 것이었다.

이러한 현실 문제를 생각할 때에 삼봉이는 잠깐 올라갔던 공상의 천궁에서 곤두박질을 쳐서 뚝 떨어졌다.

'아아, 십수 일 못 보던 고향 홍수하자. 어머니와 아내와 동생들이 있는 홍수하자!' 삼봉이는 오래 떠났던 애인의 품에 안기는 기쁨과 흥분으로 홍수하자에를 돌아왔다.

그날 이후

삼봉이가 집에 돌아온 때의 의기양양함은 실로 개선장군과 같았다. 돼지 백 마리를 한 마리도 축 안 내고 무사히 봉천까지 몰아갔다는 것만도 자랑할 만한 일이요, 칭찬할 만한 일이었다. 왜 그런고 하면, 길을 너무 많이 걸려도 돼지가 병이 나기가 쉽고, 주막을 잘못 골라 들어서 돼지의 음식과 잠자리가 좋지 못해도 그러하고, 또 만일 너무 돼지를 때리고 엄포를 해도 반항을 일으켜서, 이를테면 돼지의 동맹파업, 탈주 등의 어려운 사건이 일어나서 돼지를 잃는 수가 있고, 그와 반대로 너무 위신이 없어도 돼지들이 잘 복종을 아니 해서 고개를 넘을 때나 나루를 건널 때에 규율이 어지러워져 길이 더디고 돼지가 축이 나는 일도 있는 까닭이다.

"아, 하오아, 띵 하오, 띵 하오!(아, 잘했네, 썩 잘했네, 썩 잘했어!)"
하고 호 노야가 기쁨에 못 이겨 삼봉이의 등을 수없이 두드리고 선선히 상급으로 돈 오십 원을 집어준 것도 그럴 만한 일이었다.

"어머니, 댕겨왔어요! 주인이 돈 오십 원 상급을 주었어요. 옛습니다."

하고 삼봉이는 어머니에게 돈 오십 원을 바쳤다.

"아이그, 오빠!"

"언니!"

하고 을순이, 오봉이, 정순이는 그들의 지도자요 영웅인 삼봉이를 에워싸고, 혹은 팔을 혹은 허리를 안고 매달렸다.

부엌에서 잠깐 내다보고 얼른 들어간 삼봉이의 아내 안 씨의 기쁨인들 누구의 것만 못할 것이냐.

그날 삼봉이가 저녁상을 받고 앉아서, 거의 반달 동안이나 여행하던 이야기를 하고 유정석을 만났던 이야기를 할 때에 주인 호 노야는 손수 소금에 절인 돼지다리와 닭의 창자 순대를 들고 삼봉의 집에(기실은 아랫방이라고 할 만한 데) 찾아와서,

"저거 하오츠, 저거 하오츠.(이거 맛나. 이거 맛나.)"

하고 먹으라고 권하였다.

주인 호 노야가 들어오는 것을 보고, 삼봉이네 가족은 일제히 밥술을 놓고 일어났다. 삼봉의 어머니는 말을 할 줄 모르나, 끝없이 감사하고 존경하는 뜻을 표하노라고,

"네, 그저 은혜는 백골난망입니다. 네, 그저 은혜는 머리를 베어서 신을 삼아드려도 다 못 갚겠습니다. 네, 그저⋯⋯."

하고 귀신 앞에서 비난수하는 여편네 모양으로 손을 읍하기도 하고, 합장도 하였다. 삼봉의 어머니는 호 노야가 특히 지금 삼봉에게 상금 오십 원 준 것이 더할 수 없게 고맙게 생각되었던 것이다.

"아, 아, 아, 아."

하고 호 노야도 삼봉의 어머니의 말을 알아듣는다는 듯이 고개를 *끄덕끄*

덕하였다. 그리고 호 노야는 안으로 들어가고 삼봉이네 식구는 다시 밥상을 대하였다.

참으로 오래간만에, 실로 여러 해 만에 보는 밥맛이었다. 아버지가 돌아가기 전에 맛본 밥맛을 삼 년이 지나서야 처음 보는 듯하였다. 그동안 먹던 밥은 모래를 씹은 것이 아니냐.

"곤하겠다, 어서 자거라."

하여 어머니는 형과 동생들 사이에 끝날 줄을 모르는 이야기를 끊었다. 그리하고 삼봉이 내외를 딴 방을 주어 오래간만에 편안히 쉬게 하였다.

잠자리에 들어간 뒤가 이 젊은 내외가 서로 쌓인 회포를 이야기하는 때다. 두 내외의 화제 중에는 복중에 있는 어린애에 관한 것도 있었다. 그것이 아들일까, 딸일까, 누구를 닮았을까, 이러한 어린애다운 문답도 있었으나, 그것이 다 이날따라는 대단히 즐거웠다. 삼봉이가 무사히 다녀온 것, 돈 오십 원이 덜컥 생긴 것 등등으로.

땅, 땅 하는 두어 방 총소리에 놀라 삼봉이가 곤하게 들었던 잠을 깬 것은, 시계가 없어서 시간은 알 수 없으나, 아마 동트기 얼마 아니 전인 듯하였다.

땅, 땅 하고 총소리가 두어 방이 나고는 개들이 미칠 듯이 짖었다. 사람들이 쿵쾅거리는 소리와 부르짖는 소리도 들렸다.

"이게 무슨 소리요?"

하고 아내가 무서워서 삼봉에게 꼭 달라붙었다.

"글쎄, 놀라지 마오!"

하고 삼봉이도 고개를 들고 귀를 기울였다. 아내가 태중인 것을 염려함이었다.

"아, 저게 주인 소리야!"

하고 삼봉이는 매달리는 아내를 떼어 누이고 일어나 부리나케 옷을 입었다.

삼봉의 머릿속에는 '도적'이라는 생각이 번개같이 지나갔다.

삼봉이가 문을 열고 나서는 소리를 듣고,

"삼봉아, 도적인가 보다."

하고 어머니가 경계하였다.

그러나 삼봉이는 주인의 위급을 보고 주저할 수가 없었다. 그는 쏜살같이 호 노야의 침실인 안채로 뛰어 들어갔다.

호 노야는 잔뜩 손발에 결박을 지고 입에는 재갈을 물고 지랄하는 사람 모양으로 눈만 희번덕거리고 침실 한복판에 나가자빠져 있었다. 침실은 산란하여 난리를 겪은 뒤인 것이 분명하였다.

삼봉이는 곧 뛰어 들어가서 호 노야의 입에 틀어막은 버선짝을 빼고 손발을 묶은 오라를 끌러놓았다. 그래도 호 노야는 죽은 사람 모양으로 일어나지를 아니하였다.

"노야! 웬일이시오?"

하고 삼봉이는 호 노야의 양돼지같이 뚱뚱한 몸을 안아 일으켰다.

이리하는 동안에 삼봉의 어머니와 오봉이와 을순이도 들어왔다. 그래서 호 노야에게 냉수를 먹이고 온 가족이 들어붙어서 호 노야의 사지를 주물렀다.

이리한 지 궐련 한 대를 다 피울 때쯤 되어서야 호 노야는 정신을 차렸다.

호 노야는 정신을 차리기가 바쁘게 엎더진 돈궤와 흩어진 문서들을 끌어안았다. 그러나 그 궤 속에는 쇠천 한 푼 남지 아니하였고, 문서들은 찢기고 구겨져서 무엇이 무엇인지를 알 수가 없게 되었다. 호 노야가 목숨보다도 애지중지하던 현금과 금은과 빚 받을 문서는 터무니없이 빈탕이 되고 만 것이었다.

이렇게 빈탕이 된 돈궤를 안고 천 조각 만 조각으로 찢긴 문서 조각을 만지작거리면서 호 노야의 커다란 몸집이 애통하는 양은 참으로 측은하였다.

이때에 어느 구석에 숨었다가 나왔는지 조선 사람 간에 암범이라는 별명을 가진 호 노야의 작은마누라가 뛰어 들어오며,

"까오리아, 까오리런나!(조선이야, 조선 사람이야!)"

하고 호 노야 앞에 펄썩 주저앉으며 몸부림을 하고 운다.

"너희도 같은 조선 놈들야."

하고 호 노야의 작은마누라는 삼봉이네 일가족을 노려보며 발악을 하였다.

"내가 다 알어! 내가 다 알어! 홍, 내가 모르는 줄 알고. 아까 그 도적놈들 중에는 분명히 이놈(삼봉이를 가리키며)도 끼었었어. 암, 끼었었구말구. 내가 다 보았어."

하고 발악을 하고는, 다시 삼봉을 향하여,

"내가 모르는 줄 아나. 다 알어, 다 알거든. 네가 돼지 판 돈을 우리 영감께 갖다가 주고, 너희 조선 사람 공산당에게 일러바치고는, 네가 앞장을 서서 그 도적놈들을 이리로 인도했지. 내가 다 알어. 내가 가만히 뒷간 모퉁이에 숨어서 다 보았거든! 홍, 너희 조선 놈들이 다 그런 놈들이야. 돈화서는 안 그랬나, 왕청문에서는 안 그랬나."

하고는 이번에는 호 노야를 향하여,

"영감, 내가 다 보았어요. 그 도적놈들이 다 조선 놈들이라니깐. 그 속에는 삼봉이도 있었더라니깐."

하고 중언부언 자기가 분명히 보았다는 것을 증거하였다.

암범이라는 별명을 가진 호 노야의 작은마누라가 알뜰히 삼봉을 도적에 집어넣으려는 데는 자기에게 독특한 이유가 있었다. 그것은 다름이 아니라, 근래에 호 노야가 을순에게 눈을 걸어서 암범에 대하여 다소간 어성버성하게 된 눈치를 본 까닭이다. 마침 만주 각지에 조선 사람 공산당, 또는 공산당이라고 자칭하거나 지목을 받는 강도단들이 횡행하는 때여서, 어디서 도둑을 맞았거나 누가 맞아 죽은 사건이 났다고 하면 중국 사람 심리에는 곧 '까오리런(조선 사람)'을 연상할 때니까, 암범은 이 기회를 타서 사랑의 강적이요 시앗이 될 심히 유력한 후보자인 을순을 없이하기 위하여, 대장을 잡으려면 말을 쏘는 격으로 삼봉이를 몰아넣으려 한 것이다.

삼봉에게 또 하나 불리한 일이 생겼다. 그것은 그날 밤에, 거의 같은 시각에 김문제의 집에도 강도가 들어서 김문제와 그의 가족을 묶어놓고 난장을 치고 돈과 값가는 물건을 약탈해 간 것이다. 이튿날 날이 밝은 뒤에, 이십여 명의 무장한 순경대가 조사를 왔을 때에 김문제는 혐의자의 한 사람으로 김삼봉의 이름을 불었다.

암범의 공술과 김문제의 공술이 일치하는 것은, 순경대장에게 김삼봉을 유력한 혐의자로 생각하는 유력한 심증을 주었다.

양 대장(楊隊長)이라는 순경장은 즉시로 김삼봉을 포박할 것을 명하고, 친히 김삼봉의 집을 샅샅이 뒤지고, 가족의 몸까지 빨가벗기다시피 뒤져서, 돈 오십 원(호 노야에게서 삼봉이가 돼지 몰고 갔다 온 상급으로 탄

것)과 삼봉이가 유정석에게서 얻어 온 언문으로 번역한 공산당 선언서 기타 팸플릿 이삼 종을 압수하였다.

규율 없는 젊은 순경들은 삼봉의 아내며 을순, 정순과 같은 처녀들의 몸을 수험할 때에 필요 없이 가혹하게 하였고, 특히 을순은 양 대장이란 자가 손수 수색한다고 주장하여서, 을순은 두 번이나 수험을 받았다.

김삼봉이가 호 노야와 김문제와 두 집 강도 사건의 가장 유력한 혐의자로 순경대의 손에 붙들려 갈 때에, 삼봉이네 가족은 발을 구르며 통곡하였다. 그러나 눌린 자들의 통곡은 누르는 자들의 하품만큼도 힘이 없었다.

삼봉이가 붙들려 가서 갇힌 곳은 홍수하자에서 한 이십 리쯤 되는 장(場)거리다. 정말은 이 장거리가 홍수하자이지마는 사람들은 근방에 있는 촌락을 홍수하자라고 부르고, 이 장거리는 '개상'이라고 불렀다. 이 개상에는 집이 한 이백여 호 되고, 순경 분건대가 있었다.

삼봉이는 곧 엄중한 취조를 받았으나 모두 부인하였다.

"네가 공산당이지?"

하는 신문에 대해서도 삼봉이는,

"아니오, 나 공산당 모르오."

하고 더욱 굳게 부인하였다.

"그러면 이 책들은 웬 것이야?"

하고 양 대장은 삼봉의 집에서 압수해 온 공산당 선언서 기타와 증거물을 들어서 책상을 두들겼다.

"봉천 갔을 적에 어떤 사람이 주길래 받아가지고 왔지마는, 아직 한 장도 읽어보지도 못하였소."

하고 삼봉이는 사색이 식식하였다.

"따바!(때려라!)"

하고 양 대장은 더 참을 수 없다는 듯이 마룻바닥을 발길로 탕 구르고 벌떡 일어섰다.

곁에 섰던 순경 두 사람은 달려들어 삼봉의 웃통을 활짝 벗기고 두어자 길이나 되는 손가락만 한 채찍으로 삼봉의 머리, 팔, 등 할 것 없이 후려갈겼다. 그 소리가 휙, 휙, 투드럭투드럭하였다. 그중에 한 회초리 끝이 삼봉의 코를 때려서 코에서는 피가 쏟아졌다. 그러나 삼봉이는 꼼짝 아니 하고, 돌로 깎아놓은 사람 모양으로 앉아서 맞고 있었다.

삼봉이가 그렇게 매를 맞고 홍수하자 순경대에 갇힌 날 밤에, 삼봉이가 매 맞은 자리의 아픔과 죄 없이 고초를 당하는 분함과, 노친과 가족들이 슬퍼할 것에 대한 근심 등으로 잠을 이루지 못하고 있을 때에 아까 심문실에서 통역을 서던 조선 사람이 삼봉이를 찾아왔다. 그 사람은 역시 순경의 복장을 입었다. 그 사람은 박 통사라고 부르는 사람인 줄을 삼봉이는 짐작하였다. 왜 그런고 하면, 박 통사라면 이 근방 조선 사람 간에는 세력가 중의 하나이기 때문이다.

"당신 어지간히 독한 사람이오."

하는 것이 박 통사가 삼봉에게 대하여 붙인 첫인사였다.

"내 당신같이 독한 사람은 첨 보오. 여기 독립당도 몇 사람 들어와보았고 공산당도 몇 사람 들어와보았지마는, 그만큼 얻어맞으면 대개는 '그저 살려줍소서.' 하고 항복을 하는 법인데, 당신은 그렇게 얻어맞고도 살려달란 말 한마디도 없으니, 내일 그만치 또 얻어맞아도 여전히 뻗 델 모양이오?"

하고 칭찬인지 조롱인지 알 수 없는 소리를 한다.

"내일 또가 아니라 백날을 때리기로 죽으면 죽었지 안 한 노릇을 했대 겠소?"

하고 삼봉이는 모욕이나 당했다는 듯이 불쾌한 어조로 툭 내쏘았다.

"아니 했다면 말이 서오?"

하고 박 통사는 삼봉이가 걸터앉은 널빤지 한편 끝에 걸터앉는다. 마당에 켜놓은 장명등 빛이 창으로 비치어서 방 안은 어스름 달밤과 같다. 삼봉이는 궁둥이를 조금 비켜서 박 통사에게 자리를 조금 내어주었다.

"아니 했다면 매만 더 맞았지, 쓸데 있소?"

하고 박 통사가 말을 잇는다.

"당신네 주인 호가도 당신이 공산당을 끌어들이는 것을 보았다고 하고, 또 당신네 동네 구장도 당신이 분명히 범인 중의 한 사람이라고, 당신이 본국 있을 때에도 강도질을 하고 징역을 지다가 도망해 왔다고 증언을 했는데, 그나 그뿐인가, 당신이 공산당이라는 증거가 있지, 또 당신이 어저께 호가에게 현금 일천팔백 원을 갖다주었지, 또 구장이 능개 가서 벼 팔아서 돈 가지고 오는 것을 무패고개에서 보았다지, 아모럼은 면할 수야 있나."

하고 방석을 깔아놓은 방바닥에 궐련 끝을 내던지고 발로 쓱쓱 비빈다.

"아니, 구장이라니? 구장이 누군데 그런 백주에 거짓말을 하였단 말요?"

하고 삼봉이는 박 통사를 노려보았다.

"구장을 몰라? 김 구장 말요, 김문제 말야. 양 대장하고 어떻게 친한데 그러오 말요. 호 노야는 거기는 어림도 없소."

하고 박 통사는 혼잣말 모양으로 하면서,

"하느님을 미우고 살면 살지, 그래 홍수하자에서 김문제 미우고 살 수 있다?"

하고 중얼거린다.

김문제라는 말에 삼봉이는 이를 뿌드득 갈았다.

"인제는 별수 없습니다. 돈을 어디서 한 오백 원 변통을 해서 양 대장을 먹이거나, 그러지 아니하면 당신 누이를 나를 주거나, 그밖에는 당신 살아 나갈 도리는 없습니다. 오늘이 토요일이라, 내일이 공일이라, 모레는 통화현 경찰청으로 압송을 한단 말이거든. 거기만 가놓으면야 하늘 다 보았지 별수 있나. 요새 공산당이라면 불문곡직하고 죽이는 판에, 게다가 강도 죄명까지 쓰고서 다시 땅을 밟아보아? 없소, 어림도 없소. 여보, 이건 정신이 있나 없나."

하고 박 통사는 방바닥에 침을 탁 뱉고 툭툭 털고 일어난다.

박 통사는 삼봉이가 도로 부르기를 기다리는 듯이 머뭇머뭇하였으나, 삼봉이는 못 본 체하고 내버려두었다. 박 통사는 나가버렸다.

박 통사를 돌려보낸 삼봉이는 미상불 천 근 무게로 가슴을 눌리는 듯한 고통을 깨달았다. 박 통사의 말마따나 꼭 죽었다.

'만일 내가 죽는다 하면.' 하고 생각하면 삼봉의 눈앞에는 아직 대면해 보지 못한 어린것(아내의 복중에 있는)이 아른거렸다. 내가 죽으면 유복자가 어떻게 살아가나. 주먹이 든든한 장장군인 자기도 제 '돈' 없이는 살아가기 극난한 이 세상에 핏덩어리를 안은 젊은 과부가 어떻게 일생을 살아가나 하는 것이 삼봉의 마음을 대단히 침울하게 하였다.

'그럼 별수 있나. 돈 오백 원이 어디서 나서 양 대장에게 뇌물을 먹이며, 또 열 번 죽을지언정 내가 살아나겠다고 누이를 팔아먹으랴.'

삼봉이는 잠을 이루지 못하였다.

옥을 깨뜨리고 도망을 할까. 그러나 손발을 묶인 지금 신세로는 그것은 생념도 못 할 일이다.

그렇다 하면 박 통사의 말대로 모레 월요일에 통화현 선으로 압송하는 도중에서 한번 격투를 해볼 길밖에 없었다. 삼봉의 눈앞에는 삼림이 무성한 큰 고개가 나타나고 그 고개 마루터기에서 쉬는 호송하는 순경과 자기와의 일행이 나타난다. 자기는 수갑 찬 손을 들어서 무심코 앉은 순경의 머리를 때려누이고 다른 한 순경과 격투하여 그놈마저 양미간을 때려누이고 자유의 몸이 되어 달아나는 것을 상상한다.

'그러자면 몸이 성해야 한다. 매를 맞지 말자. 내일을랑 무슨 소리를 묻든지 다 했다고 대답하자. 빌어먹을 것. 아무렴 순경 놈들이 사람이냐. 제나 내나 다 같이 가난하기는 마찬가지, 돈 있는 놈의 천대 받기는 마찬가지면서도 잰 듯싶어서 애매한 사람만 못 견디게 구는 놈들을 좀 거짓말로 속이면 어때.'

삼봉이는 이런 생각을 하였다. 이런 생각을 한 것은 삼봉이에게는 처음이었다. 지금까지 삼봉이는 '정직하게, 근면하게, 법을 지키고'를 표어로 삼아가지고 살아왔었다. 그러나 삼봉의 정직과 근면과 법을 지킨 데 대하여 사회가 그에게 준 갚음이 무엇이냐.

'이 오라질 놈의 세상이!'

'이 망할 놈의 세상이!'

하고 삼봉이는 이를 갈았다.

'내가 강도질을 하려 들었으면, 봉천서 돼짓값 받은 일천팔백 원을 그냥 먹어버릴 게지 무엇 하러 한 푼 안 건드리고 호가 놈을 갖다가 주어.

그런데도 호가 놈이 내 변명을 아니 해주어?'

하고 삼봉은 호가 그 암범이라는 계집년의 말을 믿고 자기의 허물을 벗겨주지 않은 것을 원망하였다.

'내가 살아만 나가보아라. 네놈의 배때기는 칼을 아니 받을 줄 알더냐.'

하고 삼봉이는 수갑 찬 두 팔을 들어서 담벼락 판장을 꽝 하고 두드렸다.

"서머, 타마 나가비!(무엇이? 오라질!)"

하고 밖에서 문을 발길로 차는 파수 순경의 성낸 소리가 들린다.

삼봉이는 꿈에서 깬 듯이 고개를 번쩍 들었다가 기운 없이 도로 숙여버렸다. 삼봉이가 이처럼 남을 원망하고 저주하기는 처음이었다.

'무슨 불행이 있든지 네 잘못인 줄 알아라. 그리고 반성하고 회개하여라!'

하는 것이 삼봉이가 지금까지 지켜오는 신앙이었었다. 그러나 오늘 밤에 삼봉이는 이러한 모든 신앙, 지금까지에 지켜오던 모든 옳은 것을 '핵, 퉤이!' 하고 뱉어버리지 아니할 수가 없었다.

'그저 망할 놈의 세상!'

하고 삼봉이는 결박을 진 호랑이 모양으로 고민을 계속하였다.

삼봉이를 붙들려 보낸 삼봉이네 집은 초상난 집 모양으로 통곡으로 밤을 새웠다.

어찌하면 좋을까. 평생에 남편과 아들에게 의뢰해 살아온 삼봉의 어머니 엄 씨는 무슨 일을 당한 때에 독립하여 판단할 능력이 없었다. 그는 다만 하나님을 부르고 팔자를 부르고 울 따름이었다.

오정 때나 되어서 박 통사가 삼봉이네 집에를 왔다. 순경복을 입지 않고 그냥 사복으로 중국 복색을 하였는데, 번쩍번쩍하는 모란꽃 무늬 모본단 마고자를 입었다. 낯가죽이 팽팽하고 아래턱이 거의 다 없다 할 만큼 짧고, 얼굴로는 아무것도 취할 만한 것이 없지마는, 그 툭 불거진 이마와 반짝반짝하는 까만 조그마한 눈이 그의 정력도 보이는 동시에 표독한 성품을 보였다.

"이 집이 김삼봉이 집이오?"

하고 박 통사는 삼봉의 집에 썩 들어섰다.

이때에 마침 삼봉이네 집에 위문차로 와 있던 최금동(崔今同), 고셋째(高世才) 두 사람이 와 있다가 그가 박 통사인 줄을 얼른 알아차렸다.

"아, 박 통사 나리님 나려오시우?"

하고 두 청년은 일어나서 거만한 박 통사를 맞았다.

"아주머니."

하고 최금동은 삼봉의 어머니 엄 씨를 돌아보며,

"이 어른이 박 통사 나리님이라고, 저 홍수허즈(홍수하자라는 말) 순경청의 통사님이웨다. 삼봉네 저그니(아우라는 말)가 있는 순경청 말씀이우다."

하고는 다시 박 통사를 향하여,

"이 어른이 김삼봉 씨 자친님이우다. 거, 어떻게 삼봉 형님이 속히 나오도록 박 통사 나리님께서 잘 힘을 써주시우. 세상이 다 알디요마는, 삼봉 형님이 도적질을 하다니 말이 되나요. 다 삼봉 형님께 원혐 품은 사람들이 쏠아서 그렇습디. 그저 박 통사님 밝히 살펴서 어서 삼봉 형님을 놓아주시우."

하고 고셋째도 같은 뜻으로 간청하였다.

박 통사는 마치 모든 권력이 자기 손에나 있다는 것처럼, 높은 사람이 낮은 사람의 발괄이나 듣는 것처럼 거만한 태도로 말을 들으며 가끔 경관이 흔히 하는 모양으로 집을 이리저리 둘러본다.

"그저, 나리님. 내 아들을 살려주시우. 내 아들이 그런 못된 짓을 할 놈은 아니야요. 다 무슨 횡액으로……."

하고 엄 씨는 말을 맺지 못하고 울음을 참는다.

"거, 장히 어려운걸요."

하고 박 통사는 비로소 입을 연다.

"원체 단단히 걸렸단 말이거든. 첫째로 호 노야 내외가 댁 자제가 강도들을 인도해 들이는 것을 보았다고 한단 말야요. 그나 그뿐인가요, 또 누구라고 말은 할 수 없지마는 댁 자제가 본국 있을 적에 강도질을 한 일이 있다는 것을 먹어 넣었단 말이거든요. 게다가 공산당 증거가 압수가 되었으니깐두로 도모지 면하기가 어렵단 말야요."

박 통사의 말은 그가 생긴 모양보다는 부드러운 맛도 있었다.

"그러면 어찌 됩니까. 애매하게 누명을 쓰고 맙니까. 법이 있고 하늘이 있거든……."

하고 엄 씨의 말끝은 매양 울음에 흐려진다.

"글쎄 말씀야요."

하고 박 통사는 엄 씨에게 깊이 동정하는 태도로, 그러나 곁눈으로 힐끗힐끗 두 청년과 오봉이와, 또 누구를 찾는 듯이 앞뒤를 돌아보며 말한다.

"오늘은 공일이니깐두로 공사를 쉬지만, 아마 내일은 통화현 경찰청으로 압송이 될 듯하단 말씀야요. 그래도 홍수허즈에 있는 동안이면 내라도 어떻게 손을 써보기도 하겠지마는, 저리로 가버리면 고만이란 말씀이야요. 그래서 내가 온 것도……."

하고 박 통사는 이빨 사이를 쭉쭉 들이빤다.

"그럼 지금 곧 손을 써야갔구만."

하고 금동이와 셋째가 제 일처럼 눈이 둥그레진다.

박 통사는 '너희들이 말참견할 자리가 아니다.' 하는 듯이 한번 두 사람을 노려본다.

"아이고머니, 이를 어찌해!"

하고 엄 씨가,

"나리님, 그럼 어떡하면 좋습니까. 나리님, 그저 내 아들을 살려내 주시우. 내 죄 없는 아들을 살려내 주시우. 아모렇게 해서라도 통화현엔가로 넘어가지 않고 여기 내놓도록 해주시우. 내 아들만 살려내 주시면 그저 그 은혜야 내 머리카락을 베어서 신을 삼아서라도 갚을 테니, 나리님, 나리님, 그저 내 아들만 살려내 주시우."

하고 체면 불고하고 박 통사의 옷소매를 붙들고 놓지를 않았다.

박 통사가 오는 것을 보고 을순이, 정순이와 함께 자리를 피하여 옆방에서 이야기를 엿듣고 있던 삼봉의 처 안 씨도 내일이면 삼봉이가 어딘가 살아 돌아오지 못할 곳으로 잡혀 넘어간다는 말에 그만 방바닥에 이마를 대고 울기 시작한다.

"글쎄올시다."

하고 박 통사는 금동이와 셋째를 향하여,

"당신네들은 무슨 일이 있소?"

하고 두 사람이 자리를 피하라는 뜻을 비쳤다.

금동이와 셋째는 무안한 듯이,

"아주머니, 이따가 또 오겠습니다. 나리님 앉아 말씀이나 하시우."

하고 일어나 나왔다.

두 사람이 나간 뒤에 박 통사는 엄 씨를 보고,

"글쎄, 말씀야요. 내가 이렇게 내려온 것도 내 일 때문에 온 것이 아니란 말씀야요. 자제 정경이 하도 불쌍하니깐두로, 또 자제 부탁도 있고요. 그래서 어떻게 자제를 통화현성으로 보내지 말고, 거기만 가면 열이면 열 다 죽는 것이거든요, 그러니깐두로 거기까지 가기 전에 빼낼 도리를 해야겠거든. 그러자면 말씀야요. 지금 세상에 어디 그저 되는 일이 있습니까."

하고 오른손 엄지손가락과 밥손가락으로 동글이를 만들어 엄 씨의 눈앞에 흔들며,

"이게 좀 있어야겠단 말씀야요. 속담 상말에도 지옥에도 인정이라고, 요새 세상에 돈만 쓰면 안 되는 일이 어디 있나요. 허니깐 돈을 좀 변통을 하시면 내라도 어떻게 힘껏은 자제를 빼내도록 해보겠습니다. 그래 오늘도 바쁜 걸 내려온 것이지 무슨 내 일이 있어서 온 것이 아니야요."

하고 박 통사는 눈을 힐끗 치떠서 엄 씨의 눈치를 바라본다.

엄 씨는 박 통사의 말을 듣고 앉았더니, 고만 절망한 듯이 고개를 푹 수그러버린다. 돈이 어디서 나나. 삼봉이가 돼지 팔아 온 상급 오십 원조차 어저께 순경들한테 압수를 당하지 않았나.

이윽고 있다가 엄 씨는,

"돈은 얼마나 되면 되겠나요."

하고 겨우 울음으로 씰룩거리는 입을 열어서 말을 붙였다.

"글쎄요, 나도 댁 형세를 노상 모르지 않는 바에 많이 말하겠어요? 한 댓 하면 글쎄 말을 해볼까요?"

"댓이라니, 오십 원요?"

"오백 원!"

"아머니! 우리 식구가 다 죽으면 죽었지, 돈 오백 원이 어디서 나옵니까."

"그럼 얼마나 맨드실 수가 있겠나요, 힘껏 맨드시면 말씀야요?"

하고 박 통사는 제 코에서 나오는 궐련 연기를 피하는 듯이 그 작은 눈을 더 가늘게 만들어서 엄 씨를 바라본다.

"오백 원이야 어림이나 있나요. 한 오십 원이나 같으면 어떻게 해보기도 하련마는."

하고 엄 씨는 불의에 쓸데 있을 때를 생각하고 삼봉이도 모르게 꽁꽁 싸둔 일본 지전 오십 원을 눈앞에 그려본다.

"글쎄요. 오십 원 가지고야……."

하고 박 통사는 어이가 없는 듯이 픽 웃었다.

이런 말을 엿듣고 있던 을순이는 만일 누가 자기의 몸을 오백 원에 사준다는 사람이 있으면 첩으로 가든지, 갈보로 가든지를 막론하고 팔아서 사랑하고 소중한 삼봉이를 건져내리라고 맹세하였다.

'노 참사가 이때에 있었으면.'

하고 을순이는 눈을 찡긋하고 입술을 물었다.

"언니!"

하고 을순은,

"누가 내 몸을 오백 원에 사준다기만 하면, 나는 내 몸을 팔아서 오빠를 뽑아낼 테야. 그렇지만 누가 지금 나를 오십 원엔들 사주우?"

안 씨의 어깨에 얼굴을 비비고 울었다.

박 통사는 엄 씨에게서 돈이 나올 눈치가 없는 것을 보고 약간 실망하였으나 그 돈 오십 원이라도 받아두는 것이 득책이라고 생각하고,

"그러면 오십 원이라도 내시지요. 조고만 인정이라도 아니 쓴 것보다는 나을 터이니까."

하였다.

엄 씨는 돈 감춘 데를 생각하고 일어서려 하였으나, '이 돈 오십 원을 마저 없애버리면 어찌하누.' 하고 잠깐 주저하였다.

박 통사는 이 눈치를 보고 혼잣말 모양으로,

"나도 실없는 놈이지, 남의 집 제사에 감 놓아라 배 놓아라 할 것 있나."

하고 그담에는 엄 씨에게,

"아따, 마음대로 합쇼. 돈을 주신대야 쇠천 한 푼이나 내 주머니에 들어올 것은 아니외다. 댁 자제의 사정이 하도 딱하니깐두로 내가 실없어서 댁에 말이나 전해드리는 것이지요. 나는 갑니다."

하고 일어나려고 한다.

엄 씨는 깜짝 놀라서,

"잠깐만 기다리셔요. 그러면 오십 원만이라도 드릴 테니, 그것으로 인정을 쓰셔서 어떻게 내 아들이 곧 놓여나오도록 해주셔요."

하고 밖으로 나갔다.

엄 씨는 부엌 담벼락 밑에 땅을 파고 유지에 꽁꽁 싸서 묻어두었던 십 원 지폐 다섯 장을 꺼내서 박 통사를 갖다가 주었다.

박 통사는 그 꼬깃꼬깃한 지전을 착착 접어서 지갑에 넣어 속주머니에다가 집어넣고 대단히 만족한 듯이,

"이것으로 꼭 될는지는 모르겠습니다마는 어디 한번 말은 해보지요.

가부간 곧 알려드리겠소이다."

하고 삼봉이네 집을 나왔다. 엄 씨는 대문까지 따라 나가서 중언부언 아들을 살려달라는 부탁을 하였다. 그러고도 안심이 아니 되어서 오봉이를 시켜서 박 통사의 뒤를 따라가보라고 하였다.

삼봉이네 집에는 또 한 가지 큰 재앙이 내렸다. 삼봉의 처 안 씨가 배가 아프다고 하며 하혈을 하는 것이었다. 밤이 들도록 복통과 하혈을 계속하다가 마침내 낙태를 해버렸다. 육 개월이나 넘은 태아는 인형을 다 이루어서 밖에 나와서도 한참 동안은 경련을 하였다. 그것은 사내였다. 삼봉이가 그처럼 못 잊어 하는 어린애는 고만 떨어지고 만 것이다. 엄 씨는 마치 실신한 사람과 같이 울지도 못하고 말도 못 하였다.

낙태한 안 씨는 그칠 줄 모르는 다량의 출혈과 후산을 못 한 것으로 고만 이튿날 먼동이 틀 때에 세상을 버리고 말았다.

오봉이는 개상에 가고 아니 돌아왔으나, 금동이와 셋째가 와서 일을 보아주었다.

금동이는 늙은 아버지와 단둘이서 구차한 살림을 하는 총각이요, 셋째는 부모와 두 형과 형수들과 같이 서간도를 왔다가 모두 죽고 형수들은 시집가고 저 혼자만 남아서 어린 조카 하나를 데리고 살아가는 역시 총각이었다.

금동이와 셋째는 삼봉이와 좋은 친구였다. 삼봉이가 울로초 뿌리를 뽑을 때부터 이 두 사람은 삼봉이를 사랑하여 무엇이나 그를 도우려 하였다. 자기네는 낫 놓고 기역 자도 모르는 무식쟁이인데 삼봉이는 학교를 졸업해서 책도 볼 줄 알고 편지도 쓸 줄 안다는 것이 금동이나 셋째에게는 대단히 부러웠다. 그래서 그들은 삼봉이에게 대해서는 친구 이상 일종의 숭배심을 가지고 있었다.

삼봉이가 김문제에게 봉변을 당했을 때에도 금동이나 셋째는 기어이 보복을 한다는 것을 삼봉이가 한사코 말렸다. 그렇지 아니하였다면 김문제는 그때에 벌써 금동이와 셋째의 손에 단단히 경을 쳤을 것이다.

이렇게 삼봉에게 대해서는 친형제와 같이 사모하는 마음을 가진 최금동이와 고셋째 두 사람은 삼봉이네 집이 곤란할 때를 당해서는 제집 일을 제쳐놓고 애를 썼다. 그들에게 삼봉이네 집을 도와줄 아무 힘도 없었다. 돈도 없고, 권세도 없고, 지식도 없었다. 다만 그들이 가진 것은 몸과 정성뿐이었다.

삼봉의 처 안 씨가 낙태를 하게 된 원인이 삼봉이가 붙들려 간 데에 있는 것은 말할 것도 없다. 그렇지 않아도 놀라기 쉬운 태모가 남편이 무지한 순경에게 붙잡혀 가는 것을 보고 아니 놀랄 수가 없으려도, 하물며 박통사의 입으로 내일은 남편이 통화현으로 넘어가서 다시 살아 나오기가 어렵다는 말을 들음에랴.

해가 많이 올라온 뒤에야 오봉이가 개상으로부터 돌아왔다. 그는 형수가 죽었다는 말을 듣고 어린애 모양으로 울었다.

"그래, 무에라던?"

하고 얼빠진 어머니 엄 씨를 대신하여 금동이가 물었다.

"자기가 양 대장헌테 그 돈을 주고 잘 말을 해서 오늘은 형이 안 넘어간다고. 그렇지만 그까짓 오십 원 가지고야 무사할 수야 있느냐고. 그 박통사 말이 그런단 말야. 암만해도 일이 무사하게 되려면 아모리 적어도 삼백 원은 더 있어야 한다고. 만일 돈이 삼백 원이 못 되면 누나를 저를 달라고……."

오봉이가 이렇게 보고하는 말을 듣다가,

"무어? 누나를 달라고?"

하고 금동이가 소리를 지른다.

"응, 그 녀석이 아주 흉한 녀석이던데."

하고 오봉이는 영리한 소년의 표정으로,

"어머니헌테서 뺏어 간 돈 오십 원도 아마 제가 먹어버렸나 봐. 아모리 살살 뒤를 따라도 양 대장네 집에 가는 눈치가 없거든. 그러고도 글쎄 누나를 저를 달라는 것이 이상하지 않어?"

하고 어머니와 을순이와 두 청년을 돌아본다.

"그래, 형은 못 만나고 왔니?"

하고 엄 씨가 묻는 말에 오봉이의 대답,

"어떻게 만나봐요? 만나보랴면 적어도 삼십 원은 인정을 써야 한다고."

"그건 누가 그래?"

"박 통사가 그러지, 누가 그래."

"암만 삼백 원은 주어야 된다고?"

하고 어머니는 애가 타서,

"삼백 원을 주면 놓아주기는 준다던?"

하고 눈을 슴벅거리고 코를 들이마신다.

"응, 삼백 원만 가져오면 나오도록 해주마고. 만일 돈이 없거든 누나를 데려오라고."

하고 오봉이는 을순이를 바라본다.

"박 통사가 못 믿을 사람이우다."

하고 금동이와 셋째는 못마땅하다는 듯이 고개를 절레절레 흔들었다.

오봉이의 보고를 듣고, 이렇게 저렇게 의견을 교환하는 동안에 어느덧에 나갔는지 을순이가 집에 쏙 빠져나가버렸다.

"을순아! 을순아! 아, 애가 어디 갔니?"

하는 엄 씨의 부름에도 을순의 대답이 없었다.

"정순아, 언니 어디 가던?"

하고 오봉이가 제가 한 말이 있으니까 맘에 찔리어 정순이더러 묻는다.

"난 몰라. 지금 여기 있었는데."

금동이와 오봉이가 황망히 밖으로 뛰어나간다.

을순이는 돈 삼백 원을 마련하기로 결심하였다. 을순이는 부리나케 김문제의 집으로 향하였다. 금동이와 오봉이는 이것을 보고 뒤를 따랐다.

을순이가 김문제 집 마당에 들어섰을 때에 마침 문제는 안으로부터 나왔다. 두 집이 절교된 지가 근 일 년이나 되었으니까, 을순이가 찾아온 것을 문제는 이상하게 생각하지 아니할 수 없었다. 그러나 을순의 얼굴과 몸을 대하매, 오랫동안 문제의 맘을 태우던 애욕의 불길이 일어남을 금할 수 없었다.

"을순이 웬일인가."

하고 문제는 얼른 반가운 표정을 지으며,

"아, 거, 삼봉이가 그렇게 되어서, 원, 그런 일이 있나."

하고 가장 동정하는 듯이 혀를 찬다.

'요 녀석이!'

하고 을순이는 분이 치밀어 오름을 깨달았으나 그럴 때가 아닌 것을 생각하고, 을순이는 가장 공손하게,

"잠깐 종용히 여쭐 말씀이 있는데요."

하였다.

문제는 얼른 눈치를 채는 듯이 앞서서 사랑문을 열고 을순이를 먼저 들여보내고 자기가 나중 들어갔다.

"왜? 무슨 말?"

하고 문제는 을순에게 더욱 친밀한 모양을 보였다.

"돈 삼백 원만 취해주세요."

하고 을순은 서슴지 않고 내붙였다.

"돈 삼백 원?"

하고 김문제는 놀라는 빛을 보였다.

"네, 제 몸을 드릴 것이니 삼백 원 주세요. 아시는 바와 같이 우리 오빠가 내일은 통화현성으로 압송이 되리라는데, 압송만 되면 살아 나오기는 어렵다고요……."

"아마 그럴걸."

하고 김문제는 을순의 염려하는 것에 보증을 한다.

"그런데 돈 삼백 원만 있으면 오빠가 살아 나올 수가 있다니, 제가 목숨을 팔더라도 오빠를 살려내고 싶습니다. 조곰만 날짜가 있더라도 무순이나 봉천에만 가더라도 갈보로 몸을 팔기로니 그만한 돈이야 못 구하겠습니까마는 오늘 안으로 돈이 되어야만 된다고 하니 어찌합니까. 아저씨, 그저 내 오빠 살려주는 줄만 아시고 삼백 원만 돌려줍시오. 그러면 저는 무엇이나 하라는 대로 다 하겠습니다. 죽으라시면 죽진들 못하겠습니까?"

을순이는 조금도 부끄러운 빛이 없이, 서슴는 양도 없이 유창하게 할 말을 다 하였다.

　김문제는 하도 의외의 말에 한참은 어안이 벙벙하였다. 그러나 그는 곧 자기의 좋은 신수를 축복하지 아니할 수 없었다. 어여쁜 을순이가, 그처럼 거만하고 아니꼽게 굴던 삼봉의 누이 을순이가 인제는 문제의 앞에 몸을 내던지지 아니하였느냐.

　"글쎄."

하고 문제는,

　"애초에 내 말대로만 했으면 그동안 괜한 고생도 아니 하고, 또 이런 일도 아니 생겼을 것이 아닌가. 그저 내 말을 아니 듣다가는, 쩟쩟."

하고 매우 걱정되는 듯이 혀를 차고 나서,

　"글쎄, 내가 이번에 도적만 아니 맞았어도 그만 것은 돌려주겠지만, 어저께 도적을 맞아서 지금 돈이 있어야지. 원, 이 일을 어찌한단 말인가."

하고 무수히 한탄한다.

　을순은 낙심이 되어,

　"그럼 못 하신단 말씀야요?"

하고 눈물이 쏟아짐을 걷잡을 수 없었다.

　"아니!"

하고 문제는 손으로 을순의 어깨를 또닥또닥하면서,

　"내 힘껏은 해보겠지만, 글쎄, 아까 말한 대로 도적을 맞아서, 원, 삼백 원이 다 될 것 같지가 않단 말야."

하고는 어깨를 만지는 손으로 을순의 뺨을 만지고 턱을 만진다.

　을순은 마치 버러지를 피하는 모양으로 본능적으로 김문제의 손을 피하려 하였으나 자기가 이 사람에게 몸을 팔러 온 사람인 것을 생각하고는 굳이 피하지도 않고 다만 고개를 숙일 뿐이었다.

　김문제의 손이 거드랑으로 들어와 젖에 닿으려 할 때에, 을순은 간지럼을 못 견디는 체 문제의 손을 떠밀치고,

　"삼백 원이 못 되면 그럼 얼마나 주실 터입니까."

하고 물건 팔려는 장수답게 흥정을 재촉하였다.

　김문제는 말은 아니 하고 왼편 손의 식지와 장지 두 손가락을 내어흔들었다.

　"이백 원?"

하고 을순이는 잠깐 양미간을 찌푸렸다.

　문제는 고개를 끄덕끄덕하였다.

　"몸을 드린다는데 무얼 그까짓 것을 에누리를 하서요. 삼백 원이 있어야만 오빠가 살아 나올 터인데. 삼백 원만 주서요. 아저씨야 돈 삼백 원 없기로 못 사시겠어요. 우리 오빠가 일쿠어놓은 논만 해도 삼백 원은 더 받을걸."

하고 을순의 낯에는 웃음인지 울음인지 알 수 없는 무서운 빛이 돌았다.

　그러나 을순이가 아무리 졸라도 김문제는 이백 원 위에 한 푼을 더 보지 아니하였다.

　을순은 생각하였다. 이백 원만이라도 받아두자고, 그리고 나머지 백 원은 달리 변통을 해보자고.

　"그럼 이백 원이라도 주서요."

하고 을순은 손을 내밀었다.

　돈 이백 원을 꼭 부르쥐고 을순은 김문제 집 문을 나섰다.

"누나!"

하고 오봉이가 나서고 그 뒤에는 금동이가 대어섰다. 오봉이와 금동의 눈에는 불쾌한 빛이 있었다. 그들은 을순의 뒤를 따라와서 여태껏 문밖에서 여러 가지 불길한 상상을 하면서 을순이가 나오기를 기다리고 있던 것이다. 오봉이와 금동의 눈에 뜬 의혹과 불쾌의 빛, 그것은 을순의 몸이 받았을 고난을 염려하였음이었다.

을순은 잠깐 집에 들러서 어머님 엄 씨에게 돈 이백 원을 구하였다는 말을 아뢰고는 개상을 향하고 떠났다.

"어머니, 내 오빠를 놓아가지고 올 테니 염려 마시오."

하고 머리채를 머리에 둘러 감고, 수건으로 머리를 싸매고 길을 나섰다. 오봉이와 금동이와 둘이 을순이를 보호하기 위하여 뒤를 따랐다.

얼마 힘들이지 아니하고 금동이는 박 통사의 집을 찾았다. 박 통사는 을순이를 기다리고 있던 판이라, 꼼짝 아니 하고 집에 있다가 나와서 을순의 일행을 맞았다.

을순은 방에 들어앉기가 바쁘게 박 통사를 향하여 입을 열었다.

"저는 김삼봉 씨 동생이올시다. 아까 제 집에 오시었을 때에 듣노라니까 돈 삼백 원만 있으면 오빠를 놓아주시마 하시길래, 돈 이백 원을 변통해가지고 왔습니다. 그저 약소하나마 이 돈을 가지고 어떻게 힘을 쓰셔서 제 오빠를 놓아주시면 그 은혜는 일생에 잊지 아니하겠습니다."

하고 이백 원 뭉텅이를 박 통사의 앞에 내놓았다.

박 통사는 그 돈 뭉텅이를 집어 세어보고, 그것을 제 돈지갑에 집어넣으며,

"그러면 잠깐 기다리시오. 내 양 대장헌테 가서 이 돈을 주고 어디 삼

봉 씨가 놓이도록 힘을 써보오리다."

하고 일어나 나간다.

을순이는 박 통사의 뒤를 따라설까 하다가 그까지는 용기가 나지 아니하여서, 박 통사의 집에서 기다리기로 하였다.

박 통사의 집이라는 것은 어떤 중국 사람 집의 한 채였다. 거기는 눈이 움쑥 들어가고 뼈만 남은, 아래턱이 길고 입을 헤벌린, 기운 없고 늙어빠진 박 통사의 마누라가 있고, 또 혹은 박 통사를 닮고 혹은 그 마누라를 닮은 아들과 딸들이 넷이나 있었다. 그렇게 마누라가 늙었기 때문에 박 통사는 젊은 여자를 구하는 것이었다.

박 통사 마누라는 그 광채 없는, 그러나 악의 있는 듯한 눈으로 을순을 힐끗힐끗 볼 뿐이요 도무지 말이 없고, 아이들도 모두 기운이 없이 방구석에 우두커니 앉아서 장난할 생각도 아니 하였다.

박 통사가 나간 뒤 잠깐 있다가 오봉이가 슬그머니 따라 나가고, 금동이도 혼자 앉았기가 싱겁다는 듯이 오봉의 뒤를 슬그머니 따라나섰다. 그러고 을순이만이 우두커니 박 통사 마누라와 말끔 보기를 하고 앉았다.

거의 해가 넘어가고 침침한 박 통사네 집에는 벌써 밤이 온 듯하였다. 그제야 박 통사의 마누라는 부시시 일어나서 밥 짓기를 시작하였다. 열서너 살 된 딸이 그 어머니를 도왔다. 옷들은 물론 청복이다.

밥 짓는 연기가 방으로 기어 들어오는 속에서 을순은 이제나저제나 하고 박 통사가 돌아오기를 고대하였다. 자기가 그렇게도 소중히 여기던 몸을 판 돈 이백 원이 반드시 그 오라비의 자유를 사 올 것을 의심하지 않았다.

박 통사 마누라가 짓는 밥이 끓어서 넘고 잦는 소리가 날 때쯤 해서야 박 통사가 지단가오(鷄蛋糕, 카스텔라 종류의 과자)며 밥풀과자를 사가지고 돌아왔다.

"어떻게 됐어요? 우리 오빠 나오십니까."

하고 황황하게 묻는 을순의 앞에 과자를 내놓으며 박 통사는,

"글쎄요, 지금 그 돈 이백 원을 양 대장한테 갖다주었더니만, 너무 적다고 하두구먼요. 이만저만한 죄가 아니고 꼭 죽을 죄인데 오백 원에 한 푼이 들어도 안 되겠다고, 그까짓 돈은 도로 가져가라고 그러는 것을 내가 여러 가지로 말을 해서 양 대장이 그 돈을 받기는 받았지요. 허니까 내일 아침에는 가부간 알게 될 것이니까 내 집에 자시지요. 집은 누추하지만 저 건넌방이 비었으니까. 자, 이 과자나 좀 자시지."

하고 퍽 은근한 정을 보인다.

이때에 오봉이와 금동이가 들어온다.

"박 통사님, 어디 갔댔소?"

하고 금동이가 다짜고짜로 물었다.

"가긴 어딜 가? 양 대장네 집에 갔었지."

하고 박 통사는 괘씸하게 금동이를 노려보았다. 그러고는 다시는 그런 소리를 말라는 듯이 눈을 한 번 감았다 떴다.

"내래 여태껏 양 대장 집 앞에서 기두루구 있댔는데."

하고 금동이도 지지를 않는다.

"순경청에서 만났지, 집에서 만났나."

하고 박 통사는 아까 말을 얼른 돌린다. 그러고는 와락 성을 내며 금동이더러,

"그래, 갠 무엇인데 여러 소리야, 응? 한번 가막소 밥이 먹고 싶은가.

웬 챙견야, 응? 되지를 못하게."

"아니, 순경청이라니요."

하고 이번엔 오봉이가 들고난다.

"내가 여태껏 순경청 앞에서 기다리고 있었는데도 박 통사님 들어가고 나오는 것을 못 보았는데요."

박 통사는 잠깐 말이 막혔다.

그러나 박 통사는 곧 둘러대었다.

"그래, 내가 누구 알게시리 누구를 만나볼 사람이란 말이냐. 그래, 내가 양 대장을 안 만나고 만났다고 한단 말이냐. 고이얀 놈들 같으니. 그런 소리를 하겠거든 다들 가거라! 냉큼 다 나가거라! 내가 누구를 위해서 이렇게 애를 쓰는 줄 알고……. 되지못한 것들이 은혜를 몰라보고 도리어 누구를 의심을 해? 괘씸한 놈들 같으니. 다들 가! 삼봉이가 죽거나 살거나 나는 모르니, 다들 가! 아니꼬운 놈들 같으니. 이놈들! 내가 누군 줄 알고!"

하고 박 통사는 제 소리에 제가 놀라리만큼 점점 크게 소리를 질렀다.

오봉이와 금동이는 박 통사의 행동을 감시하느라고 아까 박 통사의 나간 뒤를 따라 나가서 길을 갈라, 하나는 순경청을 지키고, 하나는 양 대장의 집을 지켰다. 그러나 아무리 기다려도 박 통사가 오는 것을 오봉이도 못 보고, 금동이도 못 보았다. '이놈이 필연 협잡이로구나.' 하고 두 사람은 크게 분개하여 단단히 들이세울 양으로 박 통사에게 말을 붙여보았으나, 박 통사의 호령을 듣고 보니 고만 기운이 줄고 만다.

'내가 누구 알게 누구를 만나겠니.' 하는 것도 그럴듯한 말이요, 그보다도 '삼봉이가 죽으나 사나 나는 모른다.' 하는 것이 더욱 무서운 말이었다. 그래서 오봉이와 금동이는 무안한 듯이 고개를 푹 수그리고 말았다.

오봉이와 금동이가 수그러지는 것을 본 박 통사는 더욱 기가 나서 으르딱딱거렸다.

마침내 오봉이와 금동이는 박 통사에게 잘못하였다고 빌고, 을순이는 울면서 박 통사에게 오라비를 살려주기를 빌었다.

"박 통사님, 우리 오빠를 살려주셔요!"

하고 을순이는 체면 불고하고 울었다.

이렇게 해서 박 통사의 분은 겨우 진정되었으나, 그 대신 오봉이와 금동이는 박 통사의 집에 있지 못하리라는 퇴거 명령을 받고 쫓겨 나가고, 을순이만이 '오빠하고 같이 집에를 가든지 여기서 죽어버리고 말든지.' 할 결심으로 박 통사네 집에 혼자 떨어졌다.

을순은 박 통사가 자기의 살에 대하여 욕심을 가지는 줄을 잘 알았다. 그러나 그것이 무엇이냐. 오라비만 살아 나온다면 일생을 박 통사의 첩이나 종으로 지내면 어떠냐. 김문제에게 허할 몸이면 박 통사에게는 허하지 못할 것이 무엇이냐. 내 몸이 무엇이 되든지 오라비 하나만 살려내자고 을순은 굳게 결심하고 태연하게 있었다.

이튿날 아침에 을순은 박 통사를 따라서 순경청으로 갔다. 박 통사는 을순이더러 집에 있고 오지 말라고 하였으나 을순은 한사코 따라나섰다.

순경청에는 아직 양 대장은 오지 아니하고 얼빠진 듯한 순경들이 수연대를 빨며 중국 사람 특유한 제스처로 손을 내어두르면서 떠들고 있었다.

순경들은 박 통사를 보고 아무 민족적 차별도 없는 듯한 툭 터놓은 태도로 고개를 끄덕거리며 인사들을 하였다. 그러고는 뒤에 딸린 을순이를 보고 쑥덕거렸다.

을순은 양 대장을 만나거든 직접 담판을 할 결심으로 박 통사의 뒤를 바싹 대어섰다. 박 통사는 매우 창피하다는 듯이 연해 고개를 돌려 을순을 돌아보고 못마땅하다는 눈질을 하였으나 을순은 못 본 체하였다. 인사체면 다 집어삼키고 악과 뱃심밖에 남은 것이 없는 것 같았다.

박 통사는 하릴없이 을순에게 걸상 하나를 권하였다. 방은 네모 번뜻한데 사무 보는 테이블이 너덧 개 사방에 벌여놓고, 그 책상 가에 순경들이 불규칙하게 둘러앉아 있었다.

"나 오빠 좀 만나보게 해주서요."

하고 을순은 박 통사의 어깨에 입술이 스칠 듯이 바싹 가까이 가서 졸랐다.

박 통사는 귀찮은 듯이 몸을 일으켜서 저편에 수연대를 빨고 앉았는 뚱뚱보 순경에게로 가서 몇 마디 귓속말을 하더니, 그 뚱뚱보가 고개를 끄덕거리는 것을 보고는 두 주먹을 마주 붙여서 흔들어서 감사하다는 뜻을 표하고 을순을 향하여 이리로 오라는 손짓을 한다. 을순은 박 통사의 뒤를 따랐다.

안중문이라 할 만한 문 하나를 지나서 넓은 마당을 건너서 광채 비슷한 집으로 가서, 수직하는 순경에게 말을 하여 수직 순경의 뒤를 따라서 몇 감방 문을 지나서 삼봉이가 갇히어 있는 방에 들어갈 수가 있었다.

"오빠!"

하고 을순은 발목과 손목을 철사로 비끄러매이고 널조각에 궁둥이를 붙이고 앉은 삼봉이의 목을 안고 매달려서 울었다.

"안 돼! 안 돼!"

하고 문을 열어주던 순경이 을순의 어깨를 손으로 잡아 삼봉이에게서 떼어 제치려 하였으나, 을순은 아니 떨어졌다. 박 통사가 무어라고 하는 말을 듣고 수직하는 순경은 나가버렸다.

"너 어찌해 왔니?"

하고 삼봉이는 우는 누이를 대했기 때문에 힘써 냉정한 태도를 가졌다.

"오빠!"

하고 을순은 삼봉의 어깨에 대고 비비던 눈물 묻은 낯을 들어 피곤한 듯한 삼봉의 눈을 쳐다보며,

"오빠, 이 양반이, 이 박 통사 양반이 오빠를 놓아주시마고 했어요. 돈이 삼백 원이 꼭 있어야 된다는 것을 이백 원만 양 대장에게 인정을 쓰고……."

하는 것을 박 통사가 큰일이나 날 듯이 입 닥치라는 몸짓을 한다.

"이백 원이 어디서 났니?"

하고 삼봉이가 눈을 크게 뜬다.

"김문제한테서 얻었죠."

하고 을순은 고개를 숙인다.

"얻다니?"

하고 삼봉이는 을순의 어깨를 잡아 흔든다.

"아니, 꾸어달랬단 말야요."

하고 을순은 단언하였다.

"그래, 꾸어주디?"

을순은 말없이 고개를 서너 번 끄덕끄덕하였다.

삼봉이는 박 통사를 바라보았다. 박 통사는 삼봉의 시선을 피해서 고개를 돌렸다.

"아니."

하고 을순은 도리어 놀라면서,

"어저께 박 통사 나리가 집에 오셔서 그러시던데."

하고 박 통사를 바라보았다. 그러나 박 통사는 다른 데를 바라보고 있었다.

"오빠, 오늘 아침에는 놓아주마고 했으니 내 문밖에서 기다리께, 얼른 나오슈."

하고 을순은 박 통사의 재촉에 응하여 삼봉이를 놓고 일어섰다.

삼봉이는 을순의 모양과 말을 보고 울고 싶었다. 을순이가 자기를 위하여 애쓰는 것이 애처로운 것보다도 힘없는 것이 누구에게 속아서 무슨 짓을 하는가 하는 것이 의심되었다.

"어서 집에 가!"

하고 삼봉이는 엄하게 소리를 질렀다.

"커단 계집애가 무엇 하러 이런 데를 와! 어서 나가거라!"

하고 을순에게서 외면해버렸다. 을순은 무안한 듯이 문을 나섰다. 을순의 눈에서는 한량없이 눈물이 쏟아져서 아무것도 볼 수가 없었다. 그래서 문지방을 붙들고 울었다. 박 통사는 을순의 손목을 잡아끌었으나 뿌리치고 그 자리를 떠나려 아니 하였다.

"어머니 과히 슬퍼 마시라구."

하는 삼봉의 소리가 을순의 귀에 들렸다.

을순은 울음 밑으로 대답하였다.

"응!"

"네 올케 아모 일 없니?"

하고 삼봉이는 '태모'와 '놀람'과를 연상하여 걱정이 되어서 물었다.

　이 말에 을순은 더욱 앞이 캄캄하여짐을 깨달았다. 그렇다. 이 경우에 올케가 죽은 것을 말할 수는 없었다. 그래서,

"네에."

하고 대답하였다.

"어서 가거라. 괜히 안 될 일을 하려고 애쓰지 말고 집에 가!"

하고 삼봉이는 마지막으로 명령을 하였다.

"네에."

하고 을순은 소매로 눈물을 씻고, 새 눈물이 앞을 가리기 전 한순간에 한 번 더 오라비를 바라보고 박 통사에게 끌려 나갔다.

　을순이가 삼봉이를 이별하고 박 통사의 뒤를 따라 사무실에 나온 때에는 벌써 양 대장이 출석하였었다.

　기어이 양 대장을 보고야 나간다고 떼를 써서 을순은 박 통사의 인도로 양 대장의 앞에 나아갔다.

"웬 사람야?"

하고 양 대장은 을순을 보고 박 통사를 향하여 권세 있는 자답게 소리를 질렀다.

"저 호삼덕이 집 강도 사건으로 잡혀 온 김삼봉이의 누이올시다."

하고 박 통사가 공손하게 아뢰었다.

"응?"

하고 양겸촌은 물끄러미 을순이를 바라보더니 어깨를 뒤로 번쩍 잦히며,

"그래, 무슨 말이 있어?"

하고 박 통사를 본다.

을순은 이때로구나 하고 삼봉이가 무죄한 것과, 삼봉이를 잃으면 많은 식구가 의지할 곳이 없는 것을 말하고,

"우리 오빠를 놓아주서요!"

하고 양 대장의 책상 앞에 엎드려 수없이 절을 하였다.

양 대장은 박 통사가 을순의 말을 통역하기를 기다려서 고개를 설레설레 흔들며,

"안 돼, 안 돼! 벌써 상부에서 압송하라는 명령이 있으니까, 안 돼, 안 돼."

하고는 더 말을 들을 필요가 없다는 듯이 벌떡 일어나서 소리를 높이어 누구를 부르며 창황하게 밖으로 나간다.

"박 통사님, 어찌 된 일야요?"

하고 을순은 일어나서 박 통사를 노려보았다.

"내 오빠를 놓아주시마더니 어찌 된 일야요? 어찌 된 일야요?"

하고 대들었다.

"여기서 이럴 것이 아니니 나가!"

하고 박 통사는 나가려 한다.

"아니, 여보시오."

하고 을순은 박 통사의 팔을 붙들었다.

"내 돈 이백 원은 어찌하고, 내 오빠는 잡혀 보낸단 말요? 내 돈 이백 원 도로 내놓으오! 오, 돈 뺏고, 내 몸 뺏고, 그러고는 모른다? 그래 네 모가지에는 칼 들어갈 줄 모르더냐?"

하고 소리를 지르나, 조선말을 모르는 중국 순경들은 이 말뜻을 알아들을 길이 없었다.

박 통사는 주먹을 들어 제 팔에 매달린 을순의 팔을 부러져라 하고 때리고는 몸을 빼서 뛰어나가고 말았다.

을순은 이 순경 저 순경 붙들고 원통한 사정을 하려 하였으나, 말이 통치 못할뿐더러 그들은 정성으로 을순의 원정을 들어주려 함보다도 어떠한 이쁘장한 조선 계집애 하나를 희롱하려는 데에 흥미를 가지는 모양이었다.

을순은 박 통사를 두루 찾았으나 보지 못하고, 여러 순경들의 조롱하는 입과 눈을 뒤로 순경청을 나왔다.

순경청 밖에는 오봉이와 금동이가 지켜 섰었다. 그들은 어젯밤 집으로 돌아갔다가 아침에 온 것이었다.

"누나! 왜 우우?"

하고 오봉이가 쓰러지려는 을순을 붙들었다.

독이 올라서 뛰어나오던 을순은 오봉이를 볼 때에 고만 설움이 북받쳐 몸을 가눌 수가 없었던 것이다.

"박 통사가 날 속였고나!"

하고 을순은 오봉의 어깨에 매달렸다.

"박 통사가 내 돈 이백 원을 떼어먹었고나."

하고 을순은 양 대장이 땅방울같이 으르던 말과 박 통사가 자기의 팔을 때리던 말을 하였다.

"이놈을!"

하고 금동은 두 주먹을 불끈 쥐었다. 오봉이도 으드득하고 이를 갈았다.

"오냐. 이놈, 내 손에 죽어봐라!"

하고 오봉이와 금동이는 박 통사에게 원수 갚기를 맹세하였다.

원수는 갚는다

그러나 오늘 안으로 삼봉이가 압송되어 홍수하자를 떠난다는 말을 들은 오봉이는 여기서 박 통사 따위의 원수를 갚을 한가한 틈이 없음을 깨달았다.

오봉이는 금동이에게 부탁하여 을순이를 집으로 데려다 두게 하고 자기는 따후링(打虎嶺)에 먼저 가서 매복하였다가 형을 빼앗아 오겠다는 뜻을 말하였다.

"그러면 임자더러만 가라갔습마, 나도 함께 갑세."

하고 금동이가 같이 가기를 주장하였다.

"오봉아, 나도 가."

하고 을순이도 같이 가기를 주장하였다.

"누나가 가면 무엇 하오?"

하고 오봉이는 지도자적 권위를 가지고 을순의 청원을 기각하였다.

"나도 이빨이 있으니 어떤 놈을 하나 물어뜯지도 못해?"

하고 기어이 따후링에 따라가기를 주장하였다. 을순의 얼굴에는 늠름한 장부의 빛이 돌았다. 그의 눈물과 여자다운 얌전은 다 스러지고 말았다. 그는 머리채를 머리에 휘휘 둘러 감고 수건으로 질끈 머리를 동여 눈썹 위 이마 전체를 가리어버렸다.

　오봉이는 잠깐 눈살을 찌푸리더니,

　"누나, 그러면 좋은 일이 있소. 누나보다는 셋째가 힘이 있을 것이니깐 누나가 얼른 집으로 가서 셋째더러 도끼와 낫을 가지고 따후링으로 오라고 하오. 금동 씨하고 나하고는 먼저 가서 기다릴 테니. 그놈들이 언제 형님을 잡아갈지 모르거든, 우리는 곧 따후링으로 가야만 된단 말야. 여기서 따후링이 이십 리지만 집에서는 시오 리도 다 못 되거든. 누나가 링에만 가면 여기서 집이 이십 리니깐 낮전에 가겠거든. 셋째야 링에 걷는 걸음에 얼마 걸리겠소. 잘하면 형님이 따후링에 오기 전에 셋째가 먼저 올 것 같단 말야요. 그러니깐 누날랑은 곧 집으로 가우!"

하고 을순의 등을 떼민다. 을순은 오봉의 말이 지당한 것을 깨달았다. 그러고는,

　"오봉아! 네 부대 오빠를 빼앗어라."

하고 다시 금동이를 향하여,

　"그럼 믿습니다. 제가 힘껏 빨리 가서 셋째 씨를 보낼 테니, 그럼 우리 오빠를 살려주서요!"

하고는 뒤도 아니 돌아보고 집을 향하여 걸음을 내놓았다.

　인가 있는 데서는 남의 의심이 두려워서 예사로 걸음을 걸어갔으나 인가 없는 데 미쳐서는 여자의 다리와 기운이 감당할 수 있는 한에서 달음박질을 하였다. 을순의 생각에 자기의 한 걸음 한 걸음이 사랑하는 오빠

삼봉이의 생명에 관계하는 것을 깨달았다.

  오봉이와 금동이는 낯을 아는 철물전에 가서 도끼 두 개와 식칼 두 개를 외상으로 사고 또 숫돌 하나를 빌렸다. 그들은 산에 여름날 나무를 하러 간다는 뜻으로 다른 사람의 의심을 풀게 하였다.

  따후링은 홍수허즈에서 통화현으로 가는 데는 꼭 넘지 않으면 안 될 길목이다. 오르고 내리기에 십 리도 다 못 되는 고개건마는 수목이 무성하여 매양 도적이 나는 곳이었다.

  오봉이와 금동이가 따후링에 다다른 것은 오정이 거의 된 때였다. 나무에는 아직 잎사귀도 아니 나왔으나 양지쪽에 파릇파릇 풀이 나고 일광이 넘치는 산골 공기가 한없이 부드럽고 평화로웠다.

  오봉이와 금동이는 고개턱을 거의 다 올라가서 호젓한 시냇가에 몸을 숨기고 앉아서 숫돌을 내놓고 두 사람이 번갈아 하나는 망을 보고 하나는 도끼를 갈았다. 돌돌돌 시냇물 흐르는 소리와 싹싹싹 도끼날 갈리는 소리가 고요한 온 산을 차지한 듯하였다.

  몇 시간을 갈았는지 모르거니와 도끼와 칼은 은빛같이 희게 갈렸다. 오봉이는 도끼날을 시험해보느라고 단단한 참나무 가지를 찍어 지팡이와 몽둥이를 만들었다. 도끼날이 닿기가 무섭게 참나무 가지는 마치 두부로 만들어놓은 것같이 소리도 없이 떨어졌다.

  "이만하면."
하고 오봉이는 엄지손가락으로 도끼날을 만져보았다. 그것은 마치 부레풀을 바르기나 한 것같이 살에 척척 붙었다.

  "형을 잡아가는 놈들은 모조리 패어버려라!"

하고 오봉이는 스스로 자기에게 명령을 하였다. 그리고,

"안 오오?"

하고 망을 보고 있는 금동에게 물었다.

금동은 등성이 큰 나무 뒤에 몸을 숨기고 홍수하자 쪽을 바라보았다. 그러나 워낙 수목이 많아서 비록 잎은 아직 없지마는 멀리 내다보이지를 아니하였다.

"안 보여!"

하고 금동이는 손을 이마에 들어 빛을 가리었다. 벌써 해가 낮이 기울어서 나무 그림자들이 동쪽으로 길게 비낀다.

오봉이는 또 앉아서 도끼를 갈았다. 그는 참나무 지팡이 찍기에 무딘 것을 보충할 생각이었다.

"온다, 온다!"

하고 금동이가 굴러내리듯이 등성이에서 내려온 것은 봄철 오후의 바람이 나올 때였다.

"어디, 어디?"

하고 오봉이는 고개를 가만히 들어서 서쪽을 바라보았다. 무엇이 보일 때까지 그는 발랑발랑 기어올랐다. 그러다가 미끄러지는 듯이 고개를 움츠렸다. 오봉의 눈에는 순경 세 사람과 형이 걸어오는 양이 들어온 것이다. 삼봉이가 모자도 없이 수갑을 차서 두 손을 읍하고 앞을 서고, 순경 하나가 삼봉의 손과 허리를 맨 포승 끝을 한 손에 감아쥐고, 한 순경은 창 꽂은 총을 멘 것도 부족해서 기다란 군도를 뽑아 군대 영솔하는 장교 모양으로 들고 오고, 그 뒤에 총창도 없고 군도도 없는 것은 먼빛에도 박 통사인 것이 분명하였다.

순경의 일행은 기운이 빠진 사람들 모양으로 오봉이와 금동이가 숨어 있는 언덕 밑을 향하여 올라왔다.

이 언덕은 아주 고개 마루터기는 아니나 짐을 벗어놓고 앉기에 편한 바위도 있고 먹기도 하고 세수도 할 물도 있고 또 지금까지 답답한 수풀 속으로 올라오다가 서쪽으로 툭 터진 데가 되기 때문에 이 고개를 넘는 사람은 누구나 여기 앉아 쉬는 것이 법이 되어 있다.

순경의 일행도 오봉이가 예기한 바와 같이 쉼바위에 앉아서 총을 내려 누이고 모자를 벗어놓고 담배를 피웠다. 삼봉이는 두 순경 사이에 앉히고, 박 통사는 아무 책임 없는 듯이 모자와 저고리를 벗어 던지고 샘의 물을 먹으러 내려갔다. 그는 오봉이가 잊어버린 숫돌을 보고 고개를 기웃했으나 대수롭게 아니 여기고 엎드려서 물을 먹었다.

오봉이와 금동이는 바위 뒤에서 순경들을 습격할 기회를 기다렸으나, 두 순경이 다 앞을 향하고 앉은 것이 아니라 마주 앉았기 때문에 뒤로 가까이 갈 기회를 얻기가 어려웠다. 더구나 물을 먹은 박 통사가 무슨 경치 구경이나 하는 듯이 서성거리며 두리번거리기 때문에 도무지 기회를 얻을 수가 없었다.

이렇게 한참 초조하던 차에 금동이는 오봉이의 옆구리를 손가락으로 질렀다. 금동이가 가리키는 곳을 보니 거기는 셋째와 을순이가 오는 것이 보였다. 셋째는 어깨에 도끼를 메고 을순이는 지팡이를 짚었다. 그들은 오봉이네 일행이나 순경 일행을 다 보지 못한 듯이 길만 들여다보고 빨리 걸음을 옮겼다.

순경들은 빨병에서 배갈을 따라 먹고 한가히 쉬고 있고 박 통사도 순경의 배갈을 얻어먹느라고 두 순경의 앞에 쭈그리고 앉았다.

셋째와 을순이는 비탈을 돌아서는 때에 순경 일행을 보았는지 잠깐 멈 칫하였으나 다음 순간에는 을순이가 앞을 서서 더욱 빨리 쉼바위를 향하 여 올라왔다. 셋째는 누구를 찾는 모양으로 두리번두리번하였다.

순경들은 을순이가 오는 것을 보고 일제히 그리로 고개를 돌렸다. 그 러나 수건을 푹 내려쓴 여인을 아까 홍수하자에서 잠깐 본 을순으로 알아 볼 수도 없었다. 박 통사도 그것이 을순이리라고 생각지도 못하였다.

을순이는 점점 가까이 와서 박 통사와 딱 마주쳤다. 깜짝 놀라는 박 통 사의 머리를 향하여, 을순의 지팡이가 번개같이 떨어졌으나 박 통사는 한 팔로 그 지팡이를 막고 몸을 피하였다.

이때에 을순의 뒤를 따르던 셋째가 도끼를 들어서 박 통사를 쳤다. 도 끼는 빗맞아서 박 통사의 팔 하나가 반이나 끊어지며 피가 흘렀다.

"이놈아! 이 죽일 놈아!"

하고 셋째는 다시 도끼를 들어서 치려고 하였으나 두 순경에게 꼭 붙들 렸다.

이때에 오봉이와 금동이는 시퍼런 도끼날을 하늘 높이 들고 순경에게 로 달려들었다. 오봉의 도끼는 용하게도 셋째를 붙든 순경의 머리를 깨 뜨려 그 자리에서 즉사케 했으나 금동의 도끼는 빗맞아서 순경의 칼 혁대 를 끊었다.

이러는 동안에 을순의 몽둥이가 박 통사의 코허리를 후려 박 통사는 정 신을 잃고 자빠졌다.

혁대를 끊긴 순경은 형세가 틀린 것을 보고 오던 길을 향하고 달아났다.

"이놈 잡아라!"

하고 금동이는 순경의 뒤를 따랐다.

오봉이는 삼봉의 포승을 끊고 수갑을 깨뜨렸다.

"오빠, 달아나서요!"

하고 을순이는 삼봉의 등을 떼밀었다.

삼봉이는 순경들이 놓고 달아난 총과 칼을 가리키며 오봉이와 금동이더러,

"인제는 우리는 세상에 나아가 살 수는 없는 사람들이다. 우리는 인제는 세상과 싸우는 사람이 될 수밖에는 없다. 우리는 세상에서 화평하게 살랴고 애를 썼으나 세상은 우리를 몰아내이고야 말았다. 우리들은 인제부터는 더 생각할 것도 없고 아무것도 꺼릴 것도 없다. 우리는 인제는 우리 힘껏 있는 놈의 것을 빼앗아먹고 우리를 해치던 모든 사람과 법에게 원수를 갚아야 할 것이다."

하고 을순을 향하여,

"을순이 너도 인제는 홍수하자에서 살 수 없이 되었으니 부득이 누구든지 따라서 시집을 갈 수밖에 없다."

하고 총 하나를 몸소 어깨에 메었다.

"아냐요!"

하고 을순은 사내답게,

"나도 오빠를 따라갈 테야요. 나도 오빠와 함께 우리 원수를 갚아보랍니다. 오빠가 당한 모든 고생은 다 나 때문이었고, 또 오빠의 원수는 다 내 원수입니다. 나도 오빠를 따라서 마적이 되든지, 혁명당에 들든지 오빠 따라 갈 테야요!"

하였다.

박 통사가 정신을 차려서 눈을 번히 뜬다. 을순은 한 발로 박 통사의 가

슴을 밟고 한 손으로 칼을 엎어쥐어 박 통사의 목을 겨누며,

"이놈아! 내가 누군지 아느냐."

하고 이를 갈았다.

박 통사는 지나간 기억을 깨어 일으키는 듯이 눈을 끔적끔적하더니 갑자기 무서운 생각이 나는 모양으로 두 손으로 칼날 있는 데를 가리며,

"사, 살려줍시오. 그저 죽을죄로 잘못했습니다."

하고 전신을 무서움으로 부르르 떨었다.

순경 하나는 아주 달아나버리고, 그 순경을 쫓아갔던 셋째는 쉼바위로 돌아왔다.

이에 삼봉이와 오봉이, 을순이, 금동이, 셋째, 합이 다섯 사람의 한 군대가 생기고 삼봉이가 자연히 그 지도자가 되었다.

순경 하나를 죽였으니 인제는 누구든지 붙들리면 죽는 판이다. 삼봉이의 선언과 같이 인제는 세상과 싸우는 길밖에 없었다.

가만히 생각하면 금동이나 셋째는 세상이 미운 것뿐이었다. 가난한 집에 태어나서 만리타국에까지 굴러다니면서 한 것이 지질한 고생이요, 받은 것이 이가 갈리는 천대뿐이었다. 설사 죄를 아니 짓고 산다기로니 세상이 이대로 있는 이상, 배부른 날, 시원한 날을 볼까 싶지도 아니하였다.

'에라, 빌어먹을, 엎어치나 둘러치나. 같은 값이면 세상과 한바탕 겨루어나 볼까.'

하는 생각이 금동이와 셋째에게도 일어나지 아니할 수 없었다.

박 통사는 아직 죽이지 아니하고 데리고 다니도록 삼봉이가 처분을 내렸다. 박 통사는 살려준 은혜를 고맙게 여겨서 수화를 가리지 아니하고

삼봉의 명령에 복종할 것을 맹세하고, 또 을순이에게서 속여 빼앗은 돈 이백 원을 당장에 지갑에서 꺼내어 바쳤다.

이 자리에서 을순은 그 돈 이백 원 만들어낸 전말을 말하고, 또 올케가 놀라서 죽은 것을 말하였다.

을순의 보고를 들은 삼봉이는 두 주먹을 불끈 쥐어서 한번 공중에 내두르고,

"으흐흐!"

하고 소리를 질렀다. 그러할 때의 삼봉의 얼굴은 마치 금강신과 같이 무서웠다. 양미간은 내 천 자로 찌푸려지고, 눈초리는 찢어질 듯이 쑥 올라가고, 입은 등 굽은 한 일 자로 잡아 켕기어졌다. 그리고 그의 팽팽해진 눈에서는 금시에 불꽃이 튈 듯하였다. 그 씨근씨근하는 힘 있는 숨소리, 금시에 터질 듯이 들먹거리는 가슴! 삼봉이는 바야흐로 분하고 노함으로 전신의 털구멍의 피가 뿜을 것 같았다.

을순이도 이러한 삼봉이를 볼 때에 몸서리가 치도록 무서운 생각이 났다. 피 흐르는 도끼를 들고 머리카락 올올이 분노의 불길로 타오르는 오라비의 모양이 천지에 가득하게 차는 것 같았다.

"살려만 줍시오. 무에든지 하라시는 대로 다 하겠습니다."

하고 박 통사는 아픔과 무서움으로 찌그러진 낯을 들어 삼봉이를 쳐다보며 꿇어앉아 합장하고 빌었다.

삼봉이는 눈을 박 통사에게로 돌렸다. 그러나 무엇인지 분명히 보이지를 아니하였다.

삼봉의 눈에는 안개가 낀 것도 같았다. 그의 검은자위는 바늘 끝같이 졸아들고 윗눈가죽이 벌컥 뒤집혔다.

"이놈을!"

하고 삼봉이는 피 묻은 도끼를 들어 박 통사를 겨누었으나 겨우 정신을 진정하여서 입을 열었다.

　"오늘 밤으로 김가의 집과 호가의 집을 치자! 그놈들의 집터를 쑥밭을 만들어라!"

하는 명령이었다.

　아무도 이 명령에 왈가왈부를 할 사람이 없었다. 오직 그의 뒤를 따를 뿐이었다.

　박 통사를 앞세우고 일행은 홍수하자를 향하여서 떠났다. 죽은 순경의 시체를 언덕 밑 골짜기에 굴려버리고.

　순경으로 차린 박 통사가 앞을 섰으니 혹시 길에서 사람을 만난다고 하더라도 총과 도끼 가진 일행을 수상하게 볼 것은 없었다. 만일 수상하게 본 사람이 있었다고 하면 아마 조선 사람 뚜리탕(독립당)으로나 생각하였을까.

　삼봉의 일행이 홍수하자 김문제의 집과 호 노야의 집을 습격한 것은 그날 밤 자정이 넘어서였다.

　콩콩콩 개들이 짖는 소리를 수상하게 여길 새도 없이 김문제의 집에는 방문마다 얼굴 가리고 도끼나 칼이나 총을 든 사람이 나타났다.

　"꼼짝 말어라! 꼼짝만 하면 죽는다!"

하는 소리에 식구들은 이불 속에서 떨었다.

　"김문제 나서라!"

하는 소리에 사랑에서 자던 김문제는 뒷문으로 빠져나가려 하였으나,

　"이놈, 꼼짝 마라!"

하는 소리에 우뚝 서니 어떤 억센 팔이 문제의 팔을 꽉 붙들고,

"이게 칼이다, 이놈아!"

하고 어두운 속에도 번쩍하는 것을 가슴에 거누었다.

"아이쿠, 살려줍시오!"

하고 문제는 전신에 힘이 빠져 땅바닥에 무릎을 꿇어버렸다.

"돈 둔 데로 가자."

하고 삼봉이는 발길로 문제를 차서 일으켰다.

"네 등 뒤에는 칼이다!"

하고 삼봉이는 군도 끝으로 한번 문제의 잔등을 저고리 위로 질렀다.

"아이쿠, 살려줍시오!"

하고 문제는 껑충 뛰었으나 억센 팔에 꽉 붙들려 꼼짝을 못 하였다.

문제는 안방으로 들어갔다.

"이놈아, 이게 도끼다!"

하고 안방 문 안에 들어서자 어떤 사람이 도끼 등으로 문제의 뒤통수를 한번 가만히 때렸다.

"네, 살려만 줍쇼. 다들 꼼짝 말어!"

하고 문제는 가족들을 경계하였다.

방에는 문제의 처와 아들과 딸들이 누웠으나 쥐 죽은 듯하였다.

"불 켜라!"

하고 삼봉은 호령하였다.

"성냥 어디 있소?"

하고 문제는 떨리는 소리로 아내를 불렀다.

"여기 있다."

하고 웬 사람이 성냥을 그었다. 방 안은 환하게 밝았다.

　파랗게 질린 김문제의 얼굴에서 쥐눈 같은 두 눈이 방 안에 둘러선 낯가린 무서운 사람들과 손에 들린 도끼와 칼들과 총들을 보았다. 그리고 김문제는 한 번 더 혼이 났다.

　김의 얼음장같이 식은 떨리는 손이 벽장을 뒤져서 지전 뭉치 하나를 꺼내 두 손으로 받들어서 자기를 붙들고 들어온 칼 든 사람 앞에 내밀며,

　"돈이라고는 이것뿐입니다. 한 푼인들 속일 리가 있습니까. 그저 목숨만 살려줍시오!"

하였다.

　"네 손으로 세어보아라."

하고 칼 든 사람이 분부하였다.

　김문제는 떨리는 손으로, 헝겊으로 싸고 또 싼 지전 뭉치를 끌러서 한 장씩 두 장씩 세었다.

　"모두 사백오십 원입니다."

하고 문제는 눈을 들었다.

　칼을 든 사람은 그 돈을 받아서 춤 속에 집어넣었다.

　"그것만이 아닐걸."

하고 또 한 번 칼 든 사람이 으른다.

　"더는 없습니다. 맘대로 찾아봅시오."

하고 문제는 애걸하였다.

　"나가자."

하고 칼 든 사람은 또 김문제의 팔을 꽉 붙들고 문밖으로 잡아끌었다.

　"살려줍시오. 돈은 고만이니 살려줍시오. 어디로 저를 잡아가시랍니

까."

하고 김문제는 문지방을 붙들고 아니 나가려고 반항을 하였다.

"이놈아!"

하고 도끼날이 번쩍할 때에 문제의 문설주 붙들었던 손이 힘을 잃고 마치 무엇이 등을 떠미는 듯이 문밖으로 뛰어나갔다. 마치 폭력의 효력이 이처럼 큽니다, 하는 듯이.

문설주를 놓자 김문제는 마치 고양이에게 물린 쥐 모양으로 아무 소리도 못 하고 그 위대한 힘(문제에게는 그렇게 보였다)에게 끌려 나갔다.

대문 밖에 나가서야 김문제는 겨우 입을 열었다.

"저를 어디로 잡아가십니까. 저는 아모 죄도 없고 돈도 없소와요."

하고 전신을 풍 맞은 사람 모양으로 떨면서 애걸하였다.

그래도 그 위대한 힘은 말없이 김문제를 한참 동안이나 끌고 나가다가 우뚝 서며, 비로소 입을 열었다.

"이놈아! 내가 누군지 아느냐?"

하고 낯을 가렸던 수건을 끌러버렸다. 때마침 어스름한 달빛에 김문제의 눈에는 가장 무서운 사람의 얼굴이 비쳤다.

가장 무서운 사람이란 누군가, 그는 김삼봉이었다.

그것이 김삼봉인 줄을 알 때에 김문제는 새로운 무서움을 느꼈다. 왜 김삼봉이가 그다지 무서웠는가. 그것은 김삼봉의 손에 군도가 들린 때문만은 아니다. 그 군도보다도, 좌우에 따르는 총과 칼 든 사람들보다도 무서운 것이 있으니 그것은 김삼봉을 향하여 지은 김문제 자신의 죄였다. 삼봉이네 집의 유일한 재산인 이백 원 돈을 빼앗은 것, 삼봉이네 식구가 피땀을 흘려서 이루어놓은 논을 빼앗은 것, 을순이의 정조를 빼앗은 것,

또 삼봉이가 아는지 모르는지 모르지마는 삼봉이가 이번 강도 혐의로 붙들려 갈 때에 문제의 입으로 삼봉에게 해로운 증언을 한 것 등을 생각할 때에, 예전 같으면 그렇게 힘없어 보이던 삼봉이가 이 세상에 제일 무서운 사람 같았다.

"조카님, 내가 조카님께 죽을죄를 지었네."

하고 김문제는 삼봉의 발밑에 엎드렸다.

삼봉이는 칼을 들어서 김문제를 칠 듯이 하다가 멈칫하고,

"흐윽!"

하고 숨을 내쉬었다. 마치 북받쳐 오르는 분을 참을 수 없는 것같이.

"일어나!"

하고 삼봉이는 발로 김문제의 옆구리를 질렀다.

김문제는 마치 용수철로 만든 사람과 같이 벌떡 일어났다.

삼봉이는 말로라도 분풀이를 하고 싶었으나 다 부질없다고 생각하고 입을 다물었다.

"목숨을랑 살려줄 테니 내 말대로 해라!"

하고 몇 걸음을 더 가서 삼봉이는 무거운, 명령하는 어조로 문제를 꽉 붙들어 세우고 말하였다.

"살려주셔요. 살려만 주신다면 무슨 일을 아니 하겠어요?"

하고 김문제는 조카님이라는 말은 뺐다. 감히 삼봉이를 조카님이라고 부르는 것이 어마어마하다고 생각한 것이다.

"가자!"

하고 일행은 걸음을 옮겼다.

늦은 봄의 어스름 달밤. 생명에 찬 흙냄새 품은 훈훈한 바람. 묵화와

같은 고요한 산과 들. 사람과 사람이 미움과 원수 갚음과 피로 싸우기에 는 너무나 평화로운 밤이다. 사람 사람이 서로 사랑하고 즐기고 농사지 을 토론이나 하기에 합당한 그러한 평화로운 밤이다.

사람들이 두런거리는 소리에 콩콩 짖는 개 소리(김문제네 개들은 너무도 혼이 나서 짖을 기운도 없었다). 마치 꿈과 같이 황홀하였다.

그길로 삼봉이가 호 노야의 집을 습격하였을 것은 말할 것도 없다. 그 러나 호 노야의 집에서 일어난 일을 여기 기록할 수는 없다. 왜 그런고 하면, 그것은 여러분 독자에게 말씀하기에는 너무도 참혹한 일이기 때 문이다.

이튿날 새벽에 홍수하자 주재소 순경들이 호 노야의 집으로 달려왔을 때에는 호 노야의 집에는 주인 잃은 돼지들만 꿀꿀대고 있었다.

호 노야네 안방에는 호 노야 내외의 시체가 피에 떠 있을 뿐이었다.

순경들은 곧 삼봉이네 집을 보았으나 거기도 아무도 없고, 있어야 할 삼봉의 처의 시체도 간 곳이 없었다.

순경들은 호 노야네 돼지몰이하는 호인을 심문하였으나, 그는 혼이 나 서 제 방구석에서 벌벌 떨다가 호 노야네 부처가 다 죽고, 죽인 사람들이 달아난 뒤에야 부시시 일어난 것이었다.

순경들은 김문제의 집에를 갔으나 김문제 집 식구들만이요 김문제는 없었다. 주인이 어디 갔느냐고 물으면 식구들은,

"어젯밤 도적놈들이 잡아갔어요."

할 뿐이었다.

순경들은 어설프나마 그래도 경관답게 몇 마디 묻기도 하고 집 안을 뒤 지기도 하다가 돌아가고 말았다.

사면 산. 그중에도 북편으로 따후렁, 서편으로 뉘얼산은 수목이 탱천하고 인적 부도처가 이십 리, 삼십 리 되는 곳이다. 어디 가서 범인을 잡으랴. 순경들은 애초에 범인을 잡을 생각도 아니 하고 말았다.

그러나 홍수하자에서 삼봉이, 오봉이, 을순이, 정순이, 삼봉이 모친, 금동이, 셋째, 박 통사, 김문제 등 십여 인이 일주야 사이에 없어진 것은 큰 문제라고 아니 할 수 없고, 더구나 홍수하자에 굴지하는 부자인 호노야네 내외가 참살을 당한 것은 듣는 사람으로 하여금 소름이 끼치게 하였다.

이 일이 있은 후로 통화현 각지, 조선 사람이 많이 사는 곳에는 밤중이면 수상한 격문이 붙기 시작하였다. 홍수하자에도 그 격문이 붙었다. 격문은 이러한 것이었다.

金三峯爲曉諭事(김삼봉위효유사)

라 하고 머리에 쓰고는 그 밑에는 누구든지 조선 동포의 등을 긁어먹고, 조선 동포를 천대하고, 조선 동포를 학대하고, 조선 동포의 땅을 떼고, 조선 동포의 집을 빼앗고, 조선 동포의 아내나 딸을 빼앗는 자에게는 반드시 호 노야와 같이 죽임으로써 원수를 갚는다는 것이었다.

이러한 수상한 격문이 붙기 시작한 지 십여 일 내에 두 군데서나 조선 사람에게 원망을 듣는 중국 지주가 자기의 침실에서 죽고 그의 재산은 강탈되었다. 하나는 궁 노야라는 사람이요, 또 하나는 웅 노야라는 사람으로서 모두 조선 사람을 학대하고 착취하기로 유명한 자들이었다.

이러한 사건이 접종해 일어나는 것을 보고는 아무리 뱃심 좋은 중국 관헌이라도 가만히 있을 수가 없어서 순경대를 파견해서 김삼봉이라는 도적의 뒤를 따랐으나 도무지 잡을 도리가 없어서 애매한 조선 사람만 여럿이 붙들릴 뿐이었다.

김삼봉이는 어디로 갔는가.

홍수하자 사변이 일어난 지 두어 달 후에 산과 들에 풀이 많이 자라고 나뭇잎이 무성하여서 더구나 김삼봉의 종적을 찾을 수가 없을 때에 투디먀오라고 하는 장거리 어귀 큰길에 순경복 입은 사람 둘이 칼을 맞아 죽어 넘어지고 그 뒤에 나무패에,

동포에게 죄가 많고, 또 살려준 은혜를 저바린 죄인들이니, 좌편은 박유병(朴有秉)이요 우편은 김문제(金文濟)라.

고 누런 중국 편지지에 먹으로 쓰고, 거기도 첫머리에는 역시 "金三峯爲曉諭事(김삼봉위효유사)"라고 씌어 있었다.

개인을 넘어서

박 통사와 김문제의 주검은 중국 관헌의 검시를 받은 뒤에 흙 속에 묻혀버렸으나 이 이야기가 인심 속에 낳아놓은 일종의 불온한 공기는 묻혀버릴 수가 없이 만주 전폭을 덮었다.

찐쌴펑(김삼봉이라는 중국 발음)은 조선인을 소작인으로 둔 중국인 지주에게는 한 큰 공포였고, 관헌에게는 일종의 위협인 동시에 조롱이었다.

여름도 거의 다 지나고 가을이 가까이 올 때에는 찐쌴펑의 부하는 이백이라고도 일컫고 삼백이라고도 일컬었다. 그것은 누가 본 사람이 있는 것이 아니라, 동에 번쩍 서에 번쩍 여름날의 번개와 같이 미처 눈이 따를 수가 없으리만큼 이곳저곳에 나타나기 때문이었다.

때때로 중국 순경청을 습격하여 총, 검, 탄환 등 무기를 약탈하는 것은 새로 부하가 증가한 증거라고 사람들이 상상하였다. 웬만한 큰 도회나 장거리며 조선인 동포가 많이 사는 농촌에는 반드시 한두 사람씩 김삼봉의 끄나풀이 들어박혔다는 것이 사람들의 신앙이었다.

金三峯爲曉諭事(김삼봉위효유사)

라고 허두한 글이 나붙는 곳마다 중국인 지주의 집은 약탈이 되어, 혹은 돈만 빼앗고, 혹은 집을 불사르고, 혹은 주인을 당장에서 죽여버리고, 혹은 주인을 잡아갔다가 김문제, 박 통사 모양으로 사람이 많이 다니는 곳에 놓고 그 죄상을 들어서 효유문을 써 붙였다.

중국 지주에게 등을 대고 동포를 괴롭게 하는 자들, 일본 관헌의 위엄과 금력을 빌려서 무엇을 한다고 해석받은 무슨 회장이니 하는 사람도 사오 인 사형을 당하였다.

이 때문에 중국 지주나 조선인 협잡배들은 얼마큼 겁을 내어서 조심도 하게 되었으나 중국 관헌의 수색은 점점 심하여 무고한 조선 농민에게 대한 압박이 날로 심하게 되었다.

이 문제는 마침내 ○○성 정부의 문제가 되어서 전 성 각 현을 통하여 대대적으로 조선인의 호구 조사를 명하고, 또 조선인을 소작인으로 둔 각 중국인 지주에게 명령하여 각기 소유지에 있는 조선인의 행동을 감시하게 하고, 만일 그중에서 김삼봉의 부하나 기타 불온 분자가 생길 때에는 각기 지주가 책임을 지라고 하였다. 그렇게 하기 위하여 ○○성 정부에서는 지주가 보증하는 조선인에 한하여 십삼 세 이상의 남자에게 매명 육 원을 받고 '한인고용증'이라는 몸표를 주어 전같이 소작하고 살아갈 권리를 주고 그렇지 아니한 조선인은 일체로 내쫓을 것을 명하였다.

이것이 이른바 한인고용법이라는 것이니, 이 법으로 하여 ○○성 내에 사는 조선인은 전부가 중국인의 고용인으로 화하여 이를테면 농노가 되어버리고 말았다.

이 때문에 만주 각지에 조선인 구축이 일기 시작하여 오곡이 다 익은 때에 피땀 흘려 개척해놓은 논밭과 거기 지어놓은 곡식을 한 알도 먹어보지도 못하고 중국인 지주에게 바치고 부로휴유하고 쫓겨나는 조선 동포로 봉천으로 닿은 큰길이 메게 되었다.

이것은 삼봉에게는 예기하지 못하던 결과였다. 자기가 학대받는 동포를 조금이라도 도우려던 뜻은 도리어 그와 반대인 결과를 일으키게 되었다.

초가을 어떤 날 봉천 성중에 있는 유정석에게는 편지 한 장이 왔다. 그것은 김삼봉에게서였다.

유정석 선생

배별한 지 반년이 넘는 이때에

형체 만안하시길 비나이다. 소제의 그동안 지난 일은 혹은 풍편으로 혹은 신문 지상으로 선생도 들어 아실 듯하오니 길게 말씀 아니 하오며 이제에 이르러 소제는 큰 의문을 만나 소제의 지식으로 해결할 수 없사옵기로 이 편지를 쓰나이다.

하는 것을 허두로 하였다.

김삼봉의 편지는 계속하였다.

그 의문은 다름이 아니오라, 소제는 동포에게 조곰이라도 도움이 되어지라고 하던 일이 지금에 와서 보온즉 도리어 동포에게 해를 미치는 결과가 되었사오니 이 일을 어찌하올지. 소제는 동포를 못 견디게 구는 외국인과 가난한 사람을 못 견디게 구는 지주며 돈 많은 이들에게 원통해하는 동포들을 대신하야 원수를 갚기로 맹세하고 반년 동안이나 힘써왔으나 이것이 도리어 동포를 해치는 일이 되었사오니, 소제는 죽고 싶도록 괴로워함을 마지아니하나이다.

한번 선생님을 뵈오면 자세한 말씀을 들어 속이 환하게 열릴 듯도 하건마는 지금 사정으로는 그리하기도 어렵사온즉 간단하게 편지로라도 소제가 이 앞에 나아갈 길을 지시하여주시기 바라나이다.

하였다. 그리하고 회답할 처소를 끝에 썼으니 그 처소는 봉천 성중이었다. 아마 삼봉이가 봉천까지 전인을 보내서 일부러 자기를 찾지는 아니하고 우편으로 부친 것이라고 짐작하고 유정석은 곧 답장을 썼다. 그것은 삼봉이가 이 회답을 기다리는 것이 심히 바쁜 줄을 아는 까닭이었다.

삼봉 형 회감

의외에 혜서를 받아 반갑기 그지없나이다. 인형의 일은 비록 멀리 있으나 인편과 신문 지상으로 많이 듣고 사모함이 컸나이다.

물으신 일에 대하여서는 도저히 일봉서를 가지고 다 말씀할 수 없거니와 한마디로 말하면 "개인을 넘으라."고 할까 하나이다.

형께서는 형과 형의 가족을 괴롭게 한 것이 노 참사나 김문제나 호가로 생각하시고, 또 재만 백만 동포를 괴롭게 하는 것이 장삼이사 하는 개인으로 아시는 모양이어니와, 이것이 형께서 근본적으로 잘못 생각하시는 것인가 하나이다.

개인 중에도 선인도 있고 악인도 있는 것이 사실이어니와, 그것을 제

도라는 무서운 힘 밑에 놓으면 성명도 없는 것이니, 예하면 형이나 제라도 지주의 처지에 놓이면 소작인의 것을 빨아먹는 사람이 될 수밖에 없는가 하나이다. 노 참사나 김문제가 반드시 사람 중에 가장 악한 사람이 아니요. 그저 제도의 충실한 복종자인 보통 사람인가 하나이다.

그러므로 형이여, 형께서 만일 재만 동포의 불행을 근본적으로 구제하시려거든 개인 개인을 따라다니며 원수 갚기를 그치시고 개인을 넘어서 제도, 그 물건과 싸우셔야 할 것을 삼가 말씀하나이다.

하고 끝에,

가까운 장래에 한번 만날 기회를 얻기를 바라나이다.

하였다.

김삼봉이가 이 편지를 본 것은 그로부터 삼사 일 후였다.

김삼봉은 따후링에서 북편으로 이십여 리를 들어가서 인적이 미쳐보지 못한 삼림 속에 한 오 리 사거를 두고 세 곳에 숨을 곳을 마련해놓고, 또 촌락 중에도 사오 처나 그의 유숙하는 비밀한 처소가 있었다. 그리고 각 처소마다 지키는 심복이 있고, 심복과 심복 사이에는 민첩한 연락군이 있어서 마치 전신, 전화나 있는 것같이 연락을 하였다.

삼봉이가 유정석의 편지를 받은 것은 바로 이 삼림 속의 한 숨는 집에서였다. 삼봉의 좌우에는 이 파의 중요 간부라고 할 만한 사람 오륙이 있으니, 그중에는 남복을 입은 을순이와 정순이도 있었고, 한검(韓劍)이라는 이름을 가진, 삼봉의 모사요 비서 격인 사십이 넘은 상투 있는 선비도 있었다.

이들은 마침 후미허라는, 여기서 삼십 리가량 되는 촌락의 중국인 지주 하나를 처형하고 돌아온 길이었다.

때는 자정, 음력 칠월의 하현달이 삼림 속으로 금화살을 쏘아 보내는 한밤중이었다.

이슬은 푹푹 내리고 바람은 없었다. 달빛에 번쩍거리는 풀잎 밑에서는 벌레들이 기를 써서 우는 소리가 들렸다. 벌써 하늘은 높아지고 은하수가 우리 입 가까이 왔다. 은하수가 바로 고개를 젖힐 때에 우리 입 위에 오면 햇곡식을 먹게 된다는 것이다. 그렇지마는 삼봉이네는 인제는 햇곡식을 짓는 농부가 아니요, 총, 칼을 드는 무사였다. 을순이와 정순이까지도 인제는 말을 달리고 총을 놓는 병정이다. 일찍 평화밖에 모르던 그들은 인제는 사람의 피를 흘리고 목숨을 끊기로 직분을 삼는 사람들이 되고 말았다. 허리에 둘러찬 탄환들, 그들은 사람의 피에 목이 말라 하는 것이었다.

이 수풀 속에는, 보통 집으로 말하면 사 간 폭이나 될 만한 집이 있었다. 집이라야 통나무를 우물 정 자 모양으로 올려 쌓고 앞으로 향한 데를 도려내어서 문과 창을 만들고, 방 안에는 사람 하나가 드러누울 만한 평상 같은 것이 칠팔 개 벽에 연하여 놓이고 한가운데는 식당의 식탁이라고 할 만한 기다란 탁자가 놓여 있었다. 그리고 그 탁자 위에는 양초 네 개가 불길을 뿜어 어두움을 밝히고 있었다.

삼봉이와 그 부하들은 오늘 일과 길에 피곤한 듯이 총과 칼을 벽에 박힌 말뚝에 벗어 걸고 각각 평상 하나씩을 차지하고 앉았다.

"오늘도 봉천서 기별이 없어?"

하고 삼봉이는 보시기에 더운 물을 따르는 청복 입은 사람(다른 사람들은 순경복과 군복을 입었다)에게 물었다.

"아직 안 왔어요."

하고 물 따르던 사람은 어리석은 듯한 어조로,

"그 사람, 원, 웬일야? 요새 조선 사람 행인 취체가 심해서 더러 욕들을 보는 모양인데, 상균이도 어디서 붙들려 경을 치고 있지나 아니한가."

하고 혹시 상균이라는 사람이 금시 문밖으로 들어오거나 하는 듯이 문으로 목을 내밀어 바깥을 바라본다.

이때에 '휘휘휘, 휘, 휘휘' 하는 휘파람이 들렸다. 그것은 동지의 군호다. 방 안에 앉았던 사람들은 모두 귀를 기울였다.

그것이야말로 삼봉이가 기다리고 기다리던 봉천 갔던 상균이었다.

"댕겨왔습니다."

하고 상균이는 군인이 상관 앞에서 하는 모양으로 기착하고 건대에서 유정석의 편지를 꺼냈다.

삼봉이는 양초 불에 가까이 가서 그 편지를 읽었다. 다른 사람들은 감히 삼봉의 곁에 바싹 가까이 오기를 두려워하는 듯이 고개는 앞으로 내밀고 편지를 읽는 삼봉의 눈을 바라볼 뿐이었다. 마치 편지를 보는 삼봉의 눈의 움직임에서 그 편지의 뜻을 알아보려는 듯이.

이 세상의 불공평한 모든 악이 어느 개인에게서 오는 것이 아니요, 제도에서 오는 것이란 말은 삼봉이도 수긍하였다. 그러나 유정석이가 삼봉이더러, 그러면 무엇을 어떻게 하여라, 하고 분명히 지시한 것이 없는 것은 심히 불안하였다.

'그럼 어떡허란 말야. 개인에게는 죄가 없다고 하면 우리 동포를 괴롭

게 구는 원수를 어디다 갚는단 말야.'

하고 삼봉이는 혼자 생각하였다. 삼봉이는, 유정석이가 마치 삼봉이가 지금까지 생명을 내놓고 한 사업을 조롱하고 부인한 듯하여서 불쾌하였다.

'개인을 넘어서.'

라는 말이 자리에 누워 잠을 이루지 못하던 삼봉의 머릿속에 번개같이 일어났다.

'오, 개인을 넘어서. 오, 크게 동지를 모아서 큰 단체를 이루어가지고 전 민족적으로 문제를 해결해야 된다는 말이다!'

하고 삼봉이는 벌떡 일어나 앉았다.

삼봉의 이 해답은 유정석이가 의미한 것과는 전혀 딴 것인지 모른다. 유정석이가 삼봉에게 원한 바는 아마 삼봉이가,

'오, 개인을 넘어서. 오, 전 세계의 무산대중이 합해서……'

라고 깨닫기를 바랐을 것이다.

그러나 김삼봉의 생각은 '조선 사람이' 하는 것을 벗어날 때가 되지 못한 것이었다. 혹은 이것이 다음 걸음을 밟는 데 반드시 먼저 밟아야 할 계단일는지도 모른다.

'오, 나는 내 길을 찾았다!'

하고 삼봉은 곁에서 곤하게 자는 동지들을 돌아보았다.

가족이라는 사상

장문석

텍스트 『삼봉이네 집』

이광수의 『삼봉이네 집』은 1930년 11월 29일부터 1931년 4월 24일까지 『동아일보』에 『군상』의 셋째 작품이라는 이름으로 연재된 장편소설이다. 중간에 연재를 한 달 반가량 쉬기도 하여서 실제 연재 기간은 서너 달이었다. 연재 횟수로는 84회이고, 200자 원고지 700매를 조금 넘는 분량으로 아주 긴 소설은 아니다.

연재를 마친 후 이광수는 1935년 이 소설을 한성도서출판주식회사에서 단행본으로 간행하고자 하였으나, 같은 해 5월 29일 총독부 경무국 도서과로부터 '출판 불허가' 처분을 받는다. 『삼봉이네 집』이 단행본으로 간행된 것은 1941년 영창서관에서였다. 이때는 1935년 검열의 결과를 수용하면서도 일부 연재분이 삭제되고 단어 등에 변화가 있었다. 특히 사회주의에 대한 서술이나 식민지 권력 및 법제의 억압적 측면에 대한 서술 등이 삭제되거나 수정된다. 단행본 『삼봉이네 집』은 간행 이후 유통 과정에서도 다시금 일부 표현이 검열되었다. 해방 후에는 『유랑』

(홍문서관, 1945), 『방랑자』(성문당서점, 1948; 중앙출판사, 1949; 대지사, 1955) 등 새로운 이름으로 거듭 간행되는 한편, 1957년 영창서관에서 『삼봉이네 집』이 재출간된다. 해방 후 단행본은 대개 1941년 영창서관 단행본을 바탕으로 한 것이었으나, 개제(改題) 및 개작(改作)의 주체가 불확실하며 검열의 흔적을 자연화하는 등의 결과를 가져오기도 하였다. 단행본의 일부 면을 새로 조판한 경우도 있는데, 이는 전쟁 등으로 지형(紙型)이 소실된 까닭으로 추측된다. 『삼봉이네 집』은 판본의 혼란과 오류가 상당했기에 1963년 삼중당에서 '이광수 전집'을 간행할 때 연재본을 저본으로 삼아야 할 정도였다. 또한 최근에는 『삼봉이네 집』육필 원고가 전하고 있다는 사실도 알려졌다(이금선, 「'식민지 검열'이 텍스트 변화 양상에 끼친 영향 — 이광수의 영창서관판 『삼봉이네 집』의 개작을 중심으로」, 『사이間SAI』7, 국제한국문학문화학회, 2009; 최주한, 「영창서관 본 『삼봉이네 집』(1941)의 검열에 대한 재고찰」, 『근대서지』25, 근대서지학회, 2022).

이번에 태학사에서 새롭게 간행하는 '춘원 이광수 전집'의 제9권으로 『삼봉이네 집』을 편성할 때는 『동아일보』연재본을 저본으로 하였다. 1941년 단행본 출판 과정에서 삭제 및 수정된 부분이 상당했다는 점, 해방 이후 단행본 출판 과정에서 텍스트의 오류가 적지 않았다는 점을 고려할 때, 여전히 최초 발표본인 신문 연재본을 바탕으로 『삼봉이네 집』을 읽는 것이 필요하다고 판단하였다. 뜻이 정확하지 않은 몇몇 한국어 및 외국어 단어의 독해는 역사학자 홍종욱 선생님(서울대 인문학연구원)과 중국문학 연구자 송가배 선생님(서울대 중어중문학과)의 도움을 받았으며, 이 책의 담당 편집자님도 꼼꼼히 텍스트 비평을 교차 검토해주셨다. 감사의 말씀을 드린다. 물론 텍스트 비평 및 입력의 최종 책임은 감수자에게 있다.

『삼봉이네 집』의 연재와 서사

이광수가 쓴 『군상』 연작의 둘째 작품인 『사랑의 다각형』은 1930년 3월 27일에 제1회를 연재하기 시작하여 11월 2일에 제71회까지 같은 『동아일보』 지면에서 연재되었다. 11월 2일 자 『동아일보』 5면에는 『사랑의 다각형』 최종회가 연재되었고, 2면에는 이광수의 새로운 소설 『삼봉이네 집』의 연재를 알리는 기사가 실린다. 11월 3일과 6일에도 연이어 같은 기사가 실렸다.

　　춘원 작 『군상』의 기삼(其三)
　　『삼봉이네 집』
　　금월 중순부터 연재
　　배산임수한, 대대로 살아 내려오던 정든 집과 조상의 분묘와 밟고 만지던 논과 밭과, 밤나무와, 의좋은 이웃 사람들을 두고 무엇이 삼봉이네 집으로 하여금 고향을 떠나게 하였나. 무엇이 삼봉이네 집을 낯설고 바람 찬 만주 벌판으로 끌어갔나. 무엇이 장사 같은 삼봉이 아버지를 죽게 하고 무엇이 꽃 같은 삼봉이 어머니를 짓밟게 하였나. 그리고 마침내 무엇이 젊은 삼봉이로 하여금 사랑하는 처자를 버리고 표연히 집을 떠나 무장 공산군에 들게 하였나. 그러다가 삼봉이의 운명은 마침내 어찌 되었다.

작자는 이 한 편에서 조선 민족의 운명의 일면을 그리려 하였거니
와 사랑과, 비분과, 모험과, 비장으로 일관한 이 이야기는 소설이라
기보다는 일편의 서사시다.

본월 중순부터 『사랑의 다각형』의 뒤를 이어 연재될 것이다.

청전도 삽화에 대하여는 그의 조선 일인 독특한 풍경화 솜씨로 조
선과 만주의 농촌의 정경을 방불케 할 것이다.

    —「춘원 작 『군상』의 기삼(其三) —『삼봉이네 집』금월 중순부터 연
     재」, 『동아일보』, 1930. 11. 2.

기사를 살펴보면 당시 이광수가 전작 『사랑의 다각형』을 마친 후 보름
정도의 휴식을 가지고 『삼봉이네 집』연재를 계획하고 있었고, 전작과
마찬가지로 청전 이상범이 삽화를 맡기로 한 상황임을 확인할 수 있다.
다만 기사가 소개한 서사의 경개는 실제로 발표된 소설의 서사와는 다소
차이가 있다. 연재 예고 기사에서는 삼봉의 아버지와 어머니가 수난을
당하고 삼봉이 처자를 버리고 '무장 공산군'에 드는 것으로 예고하고 있
지만, 실제로 연재된 『삼봉이네 집』에서 김삼봉의 아버지는 이미 세상을
떠난 것으로 제시되며, 여성으로서 특히 수난을 당하는 인물은 김삼봉의
누이 김을순이다. 『삼봉이네 집』에서 김삼봉은 처자를 버리고 집을 떠
나지 않았으며, 어머니 엄 씨, 아내 안 씨, 누이 김을순과 김정순, 남동생
김오봉 등 여섯 식구 모두와 고향을 떠난다. 서사의 후반에서 김삼봉이
스스로를 "세상에 나아가 살 수는 없는 사람들", 혹은 "세상과 싸우는
사람"이라 칭하면서 "힘껏 있는 놈의 것을 빼앗아먹고 우리를 해치던 모
든 사람과 법에게 원수를 갚"(194면)고자 비합법 실천에 나서는 것은 사

실이지만, 그것이 '무장 공산당'은 아니었다. 연재 예고의 내용을 소설에 대한 밑그림으로 이해한다면, 연재 시작 전의 구상과 실제 연재된 소설 사이에는 서사의 초점 및 세부 요소의 설정에 변화가 있었음을 확인할 수 있다. 물론 어느 정도 세부적인 조정은 있었으나 생활의 어려움을 겪게 된 조선인 가족이 서간도로 삶의 터전을 옮기면서 갖은 고난을 마주한다는 『삼봉이네 집』 서사의 기본적인 틀은 유지되었다.

앞서 살펴본 연재 예고 기사는 11월 중순을 기약했지만 실제 연재 개시까지는 시간이 조금 더 걸렸다. 그달 말인 11월 28일에서야 다음 날부터 연재가 시작된다는 박스 형태의 예고가 신문에 실린다.

> 『군상』의 속편 ⋯ 기삼(其三)
> 『삼봉이네 집』
> 28일 석간부터 연재
> 춘원 이광수 작
> 청전 이상범 화
> ─「『군상』의 속편 ⋯ 기삼(其三) ─『삼봉이네 집』」, 『동아일보』,
> 　1930. 11. 28.

당시 『동아일보』는 석간제로 간행되었기에 28일 석간은 29일에 배포되었다. 『동아일보』 신문 지면의 기사 상단 날짜는 11월 29일로 표기하였고 1면 제호 아래에는 '28일 석간'이라고 썼다. 예고대로 다음 날인 29일 이광수가 쓰고 이상범이 삽화를 그린 『삼봉이네 집』 제1회가 『동아일보』 7면에 실렸다. 『삼봉이네 집』은 다음 해 4월까지 연재되었는데

구체적인 연재 상황은 다음과 같다.

장 제목	연재 회수	연재 일자
떠나는 길	7	1930. 11. 29. ~ 1930. 12. 6.
밥의 유혹	7	1930. 12. 7. ~ 1930. 12. 16.
돈, 돈, 돈!	7	1930. 12. 17. ~ 1930. 12. 27.
죄	15	1931. 1. 6. 1931. 1. 31. ~ 1931. 2. 17.
서간도로	2	1931. 2. 18. ~ 1931. 2. 19.
믿는 나무에 좀	12	1931. 2. 20. ~ 1931. 3. 5.
돼지몰이	9	1931. 3. 6. ~ 1931. 3. 24.
그날 이후	15	1931. 3. 25. ~ 1931. 4. 11.
원수는 갚는다	7	1931. 4. 12. ~ 1931. 4. 19.
개인을 넘어서	3	1931. 4. 21. ~ 1931. 4. 24.

연재 일자와 관련하여 눈에 띄는 것은 1931년 1월의 연재 중단이다. 1931년 1월에는 6일과 31일 이틀만 연재가 되었다. 『사랑의 다각형』에 연이은 집필로 인한 무리와 피로 때문인지, 『삼봉이네 집』은 연재를 시작한 지 한 달 만인 12월 말 휴재를 공지한다. 「떠나는 길」, 「밥의 유혹」, 「돈, 돈, 돈!」 3개 장, 총 21회를 연재한 상황이었다.

쓰는 사람의 사정으로 이 소설은 수일 중지하였다가 신년부터 연재하겠습니다. (편집인)
— 이광수, 「삼봉이네 집 (21)」, 『동아일보』, 1930. 12. 27.

1930년 12월 27일 「돈, 돈, 돈!」 마지막 회 연재분 말미에는 위와 같은 편집자의 말이 실려 있었다. 수일 중지라는 안내처럼 1주일 후인 1931년 1월 6일 「죄」의 제1회가 실리지만 그다음 날 이번에는 안내 없이 다시 연재가 중단된다. 1월 중순 한 독자는 『동아일보』의 「응접실」을 통해 연재 중단의 이유를 직접 문의했다.

> ▲ 독자 : 정초부터 계속 연재된다던 『삼봉이네 집』이 왜 실리지 않소? 〔밀양 일문생(一問生)〕
>
> △ 기자 : 필자가 병석에 있는 까닭입니다. 그러나 거의 쾌복(快復)된 모양이니 수일 내로 연재케 되겠습니다.
>
> —「응접실」, 『동아일보』, 1931. 1. 16.

「응접실」이 연재에 대한 독자의 질문을 채택한 것으로 보아, 『삼봉이네 집』은 당대 독자들에게 상당한 관심을 받은 것으로 보인다. 기자는 『삼봉이네 집』이 연재되지 못하는 이유를 저자의 건강 문제로 설명하고 수일 내 연재가 재개되리라 안내한다. 보름 후인 1월 31일 「죄」 제2회가 다시 실리면서 연재가 이어진다. 이후 60여 회 분량의 연재를 거쳐 『삼봉이네 집』은 4월 24일 총 84회로 막을 내린다.

연재 중지는 작가 개인의 건강 사정으로 인한 것이었지만, 그것을 계기로 하여 『삼봉이네 집』의 서사의 진행과 분량이 어긋나기 시작한다는 점은 눈여겨볼 필요가 있다. 연재 중지 이전의 3개 장은 장별로 7회씩 연재되었고 서사의 분절과 호흡은 안정적이었다. 하지만 연재 중지 이후의 장들은 분량이 균질하지 않다. 가장 긴 장은 15회에 달하며 가장 짧은 장은 2회에 그쳤다.

연재 횟수가 10회를 넘는 장은 「죄」, 「믿는 나무에 좀」, 「그날 이후」이다. 「죄」는 노 참사에게 폭행을 가한 김삼봉이 가족이 함께 유치장에 갇혔다가 김상봉과 김을순이 법정에 서는 과정을, 「믿는 나무에 좀」은 '서간도' 이주 이후 김문제의 태도 변화로 김삼봉 가족이 간난신고를 겪고도 결국 재산을 모두 잃는 과정을, 「그날 이후」는 김삼봉이 누명을 쓰고 잡혀간 후 그의 가족과 이웃들이 그의 구원을 위해 애쓰지만 결국 속아 넘어가 곤란을 겪는 과정을 제시하고 있다. 세 장은 모두 김삼봉과 그의 가족이 큰 위기를 겪는 것으로, 인물 사이의 갈등과 긴장이 밀도를 가지고 전개되고 인물의 감정은 크게 오르내린다. 서술자는 갈등의 정도가 높은 부분에서 장면을 확장하고 서사의 길이를 늘인 셈이다. 연재 횟수가 짧은 서사는 두 가지 성격을 가진다. 분량이 짧은 서사 가운데 하나는 이동의 서사이다. 김삼봉과 그의 가족이 '간도'로 이주하는 「서간도로」와 김삼봉이 호 노야의 돼지를 몰고 봉천에 심부름을 다녀오는 「돼지몰이」 부분이다. 이 장들은 서사의 긴장이 높지 않으며, 국경 너머 '만주'를 배경으로 하고 있는 만큼 배경은 추상적으로 제시된다. 분량이 짧은 또 다른 서사는 김삼봉과 그의 가족의 비합법적 실천을 다룬 서사이다. 김삼봉과 그의 가족이 법의 경계를 넘어 원수를 갚고 폭력을 행사하는 과정을 담은 「원수는 갚는다」와 그 과정에 얻은 고민을 다룬 「개인을 넘어서」가 그것이다. 검열로 인한 재현 가능한 범위의 한계, 그리고 비합법적 폭력에 대한 작가 이광수의 거리감 등이 복합적으로 작용하여 상대적으로 서사가 짧아진 것으로 이해할 수 있다.

연재 상황을 되짚어 보면 『삼봉이네 집』의 서술자는 김삼봉과 그의 가족이 겪는 고난과 갈등을 공들여 서사로 제시하고 있다는 것을 확인할 수 있다. 이 점에 유의하여 『삼봉이네 집』의 쟁점을 살펴보고자 한다.

『삼봉이네 집』과 가족

그동안 『삼봉이네 집』은 중심 인물 김삼봉에 초점을 두고 이해되었다. 문학평론가 김윤식은 소설의 서사를 정리하면서 김삼봉의 자기 인식과 실천이 개인의 단계에서 출발하여 민족으로 확장된 것으로 서사의 벼리를 정리하였다.

삼봉이는 누구이며 삼봉이네는 누구들인가. 삼봉이네는 아직 세상 물정을 모르는 농촌 청년이다. 박 진사 소작인인 삼봉이네 집은 박 진사네가 땅을 동척 회사에 팔아버렸기에 소작할 곳이 없어 농토를 찾아 정든 땅을 남부여대하여 서간도로 떠나게 된다. 가장이 된 김삼봉. 그러나 세상이 무엇인지 모르는 그는 서간도가 두려워 직접 가지 않고 일족을 이끌고 머뭇거리다가 노 참사의 사기수에 걸려든다. 누이의 정조를 요구하는 노 참사와의 싸움. 감옥 신세를 진 삼봉은 마침내 두 번째 시련으로 서간도에 이른다. 개간될 땅을 빼앗긴 삼봉은 중국인의 돼지몰이꾼으로 전락되고, 돼지 판 돈을 강도당해 감옥 생활을 한다. 이 두 번째 감옥생활에서 삼봉은 독립단을 만난다. 마르크스주의자 유정석도 알게 된다. (…) 중국인의 말할 수 없는 횡포, 그 중국인 편에 빌붙어 동족의 피를 빼는 조선인들을 삼봉은 이제 그대로 둘 수 없었다. 뿐만 아니라 이제는 누이 을순이, 동생 오봉이, 금동이 등 김삼봉 일족이 한 덩어리가 되어 악을 징벌하는 민족의 활빈당이 된다. 한 개인에서 출발한 삼봉의 행위는 마침내 민족적 문제로 연결 확산되었다.

— 김윤식, 『이광수와 그의 시대』 2, 솔, 1999, 176~177면.

특히 김윤식은 『삼봉이네 집』에서 세 번의 시련을 통해 김삼봉이 성장해간다는 점에 주목하고 있다. "막연한 정직함이라든가, 사람의 도리밖에 모르는 삼봉이라는 농촌 청년이 첫 번째 감옥 생활에서는 식민지 치하에서의 삶의 조건이 무엇인지 깨닫고, 두 번째 감옥 생활에서는 민족의식이 무엇임을 체득함으로써 어른으로 성장하는 것이다. 세 번째 시련은 살인을 감행함으로써 어둠의 세계를 대표하는 인물로 성장하는 것이다." 동시에 그는 『삼봉이네 집』이 제시하는 김삼봉의 성장이 미완의 것임을 지적하였다. 김윤식이 이러한 판단을 내린 근거는 결말 부분에 대한 분석에 바탕을 두고 있다.

'개인을 넘어서.'

라는 말이 자리에 누워 잠을 이루지 못하던 삼봉의 머릿속에 번개같이 일어났다.

'오, 개인을 넘어서. 오, 크게 동지를 모아서 큰 단체를 이루어가지고 전 민족적으로 문제를 해결해야 된다는 말이다!'

하고 삼봉이는 벌떡 일어나 앉았다.

삼봉의 이 해답은 유정석이가 의미한 것과는 전혀 딴 것인지 모른

다. 유정석이가 삼봉에게 원한 바는 아마 삼봉이가,

  '오, 개인을 넘어서. 오, 전 세계의 무산대중이 합해서…….'

라고 깨닫기를 바랐을 것이다.

  그러나 김삼봉의 생각은 '조선 사람이' 하는 것을 벗어날 때가 되
지 못한 것이었다. 혹은 이것이 다음 걸음을 밟는 데 반드시 먼저 밟
아야 할 계단일는지도 모른다.

  '오, 나는 내 길을 찾았다!'

하고 삼봉은 곁에서 곤하게 자는 동지들을 돌아보았다. (212면)

  동포의 고통을 돕기 위해 폭력을 행사하였지만 결과적으로 김삼봉의
활동은 '만주'의 조선인의 생존을 위협하는 결과를 낳는다. 자신이 예견
하지 못한 상황에 당황하던 김삼봉은 사회주의자 유정석에게 조언을 청
한다. 유정석이 제시한 화두는 '개인을 넘어서'였다. 서술자의 판단에
따르면 유정석은 개인을 넘어선 곳에서 전 세계 무산계급 대중의 연대
와 혁명을 발견하고 있었다. 이와 달리 김삼봉은 '개인을 넘어서'는 자
리에서 '동지'와 '큰 단체', 나아가 '전 민족'을 발견한다. 그리고 서술자
는 이 장면에 나타나는 "김삼봉의 깨달음이 매우 애매하고 공소하게 들
리"도록 장면을 제시하고 있다. 이 점에서 김윤식은 이 소설이 "성장소
설로서의 가능성을 충분히 발휘하지만, 그 결말에서 작가는 아무런 해결
도 보여주지 못한다. 작가 춘원이 아니라 동우회 지도자 이광수의 모습
이 이 소설을 여기서 멈추게 했음은 애석한 일이다."라고 아쉬움을 표하
면서, 『삼봉이네 집』을 "중단된 '성장소설'"로 평한다(김윤식, 앞의 책,
177~179면).

『삼봉이네 집』의 서사는 마지막 장 「개인을 넘어서」로 수렴하며, '개인을 넘어서'라는 인상적인 화두를 마주한 김삼봉의 고민은 『삼봉이네 집』의 성취와 한계를 오롯이 드러낸다. 앞 장에서도 살펴보았듯, 『삼봉이네 집』에서 김삼봉이 마지막에 도달한 비합법적 폭력이라는 결론과 그로 인한 고민은 전체 서사에서 많은 분량을 차지하는 것은 아니다. 『삼봉이네 집』은 김삼봉이 도달한 결론을 제시하는 것 못지않게, 김삼봉과 그의 가족이 경험한 사건의 재현에 상당한 공력을 들이고 있다. 『삼봉이네 집』은 김삼봉의 성장을 제시하는 한편, 김삼봉과 그의 가족, 곧 '삼봉이네 집'의 경험을 텍스트의 무의식에 새기고 있다.

　　『삼봉이네 집』의 서술자는 김삼봉을 그 자신의 가족과 연루되어 있는 인물로 제시한다. 소설의 첫 문장은 "인제 겨우 양달쪽 진퍼리에 버들가지가 보얀 털을 돋칠락 말락 한 때에 삼봉(三峯)이네 집은 십여 대 살던 고향을 떠나야만 하게 되었다."(15면)이다. 소설의 시작부터 김삼봉은 개인으로서가 아니라 '삼봉이네 집', 곧 그의 가족과 함께 등장한다. 이것은 그가 가족과 함께 움직인다는 현상의 진술에 머물지 않는다. 김삼봉은 얼마 전까지 조부와 부친의 권위에 복종하는 습속을 가졌던 스무 살 농촌 청년으로, 서술자는 그가 개인으로서 주체적인 판단을 수행하는 데 익숙하지 못한 인물로 제시한다. 그의 판단과 행동은 독립적인 개인으로서가 아니라 가족과 자신을 구분하지 못하는 상태에서 이루어지며, 때로는 '친권'을 내세운 모친에게 제압을 당하기도 한다. 소설의 서두에서 서술자는 '삼봉이네 집'을 주어로 내세운 문장을 다수 사용한다. 이것은 서사의 시작에만 한정되는 것이 아니다.

그러나 삼봉이 생각에는 처자가 없이 인생이 무엇인고 하였다.

"형도 집을 버리고 나하고 같이 안 댕기랴오?"

하고 유정석이가 삼봉의 뜻을 움직일 때에,

"내야 집을 떠날 수가 있나. 또 나 따위야 집을 떠나기로니 무엇할 것 있나?"

하고 단연히 거절하였다.

이 말을 할 때에 삼봉의 눈앞에는 늙은 어머니, 아이 밴 아내, 어린 동생들이 팔을 벌리고 나타났다.

"삼봉아, 나를 어찌하고?"

하는 것은 어머니다.

"여보셔요, 나는 어찌하고요? 배 속에 어린것은 어찌하고요?"

"오빠, 우리는 누구를 믿고 사오?"

하는 것은 누이들이다.

"언니!"

하고 매달리는 것은 동생이다. (148면)

유정석은 사회주의 혁명에 투신한 자신의 상황에서는 독신이 최선임을 말하며 김삼봉에게도 가족으로부터 독립한 삶을 권유한다. 김삼봉은 유정석의 제안에 동의하지 못한다. 서술자는 김삼봉이 "거절하였다"라는 능동형 문장을 쓰고 있으나, 실상은 가족의 환영에 의해 김삼봉은 저절로 내몰린다. 서사의 결말에서도 김삼봉은 가족을 확장하는 방식으로 비합법 무장단을 결성한다. 이 점에서 『삼봉이네 집』에서 김삼봉은 개인 김삼봉이기보다는 가족과 연루되어 있는 김삼봉, 혹은 가족으로부터 독립적인 위치를 가지지 못한 인물 김삼봉을 보여준다.

이와 같은 김삼봉의 형상을 염두에 둔다면 소설의 결말에서 제시되는 '개인을 넘어서'라는 화두의 의미를 다시 음미할 필요가 있다. 서술자는 서사의 표면에서는 개인을 넘어 무산대중으로 나아가는 유정석과, 개인을 넘어 민족으로 나아가는 김삼봉의 거리를 부각하고 있으나, '개인을 넘어서'라는 말을 마주하는 김상봉에게 개인과 가족은 미분화한 상태였다. 개인과 가족의 연루 혹은 혼동은 사실 『삼봉이네 집』의 기획 단계에서부터 잠재해 있었던 문제였다. 최초의 연재 예고 기사 역시 '삼봉이'와 '삼봉이네 집'을 서사의 주체로 혼동하고 있다. 『삼봉이네 집』은 '개인에서 민족으로'라는 구호의 (불)가능성을 탐색하는 동시에 식민지 조선에서 가족과 개인의 미분화를 텍스트의 무의식, 혹은 증상으로 두고 있다. 김윤식이 『삼봉이네 집』을 독해하기 시작하면서 "삼봉이는 누구이며 삼봉이네는 누구들인가."라고 물어야 했던 이유는 여기에 있다.

가족이라는 사상

한국의 근대에서 계몽의 기획은 근대적 국가와 각성된 개인을 동시에 산출하려는 역사적 기획이었다. 그리고 이 기획의 완수를 위해 요청된 범주가 '가정'이었다. 1910년대 이광수 역시 식민지화로 인한 정치적 공공영역의 폐쇄로 미완에 머문 계몽의 기획을 개인 및 가정의 혁신적 재구성이라는 과제로 전이하였고, 감정의 해방에 유의하면서 가정의 새로운 구성 원리로서 연애(낭만적 사랑)를 제시하였다(김동식, 「낭만적 사랑의 의

미론」,『문학과사회』14(1), 문학과지성사, 2001). 주체적인 개인의 발견이라는 기획에서 시작한 이광수의 문학은 1930~1931년 여전히, 혹은 비로소 개인과 가족의 미분화라는 문제에 도달하였다.

개인과 가족의 관계는 이광수만이 대면해야 했던 문제는 아니었다. 이광수를 그 자신의 소설『서유기』에 등장하도록 하였던 작가 최인훈은 『회색인』(1963~1964)에서 가족으로부터 독립한 개인에 정초하여 한국의 근대를 정립하고자 하였다. "신은 죽었다. 그러므로 인간은 자유다, 라고 예민한 서양의 선각자들은 느꼈다. 그들에게는 그 말이 옳다. 우리는 이렇다. 가족이 없다, 그러므로 자유다. 이것이 우리들의 근대 선언이다."(최인훈,『최인훈 전집 2 — 회색인』, 문학과지성사, 1977, 131면).

『삼봉이네 집』은 김삼봉이라는 인물이 보여준 성장과 그 미완을 제시하고 있다는 점에서 1930년대 이광수 문학의 한 지향과 도달점을 보여준다. 동시에『삼봉이네 집』서사의 무의식이 제시하는 개인과 가족의 미분화라는 문제는 한국의 근대라는 역사적 경험을 성찰하기 위한 하나의 실마리라고 할 수 있다. 이광수의『삼봉이네 집』은 한국 근대문학사에 '가족이라는 사상'은 무엇인가라는 질문을 제시하고 있다. 이에 대한 성찰과 지혜를 길어 올리기 위해 지금『삼봉이네 집』을 다시 읽고자 한다.